UN MATRIMONIO PERFECTO

PAUL PEN

UN MATRIMONIO PERFECTO

PLAZA [PJ] JANÉS

Papel certificado por el Forest Stewardship Council®

Primera edición: mayo de 2019

© 2019, Paul Pen. Representado por la Agencia Literaria Dos Passos
© 2019, Penguin Random House Grupo Editorial, S. A. U.
Travessera de Gràcia, 47-49. 08021 Barcelona

Printed in Spain – Impreso en España

ISBN: 978-84-01-02312-5
Depósito legal: B-5434-2019

Compuesto en Comptex & Ass., S. L.

Impreso en Rodesa
Villatuerta (Navarra)

L023125

Penguin
Random House
Grupo Editorial

0

Esto soy.
Esto era.
Soy.
                              Fui.
No es tan malo.
Los cortes.
                                    Ya casi.
El final.
                        Dolía.
Quemaba.
                                    La sangre.
Ya no.
No hay dolor.
                Respirar.
                No respirar.
Sin ti.
                              Es lo mismo.
                                La burbuja.
                                Respirarla.
No me asusta.
        No me duele.
Lo siento.
Es mejor así.
Soy burbuja.
                Que se rompe.
                Solo es agua.
                Ya soy agua.
                Ya no soy.

1

La mujer apareció con el agua. Luis la vio doblar la esquina de la calle en el mismo momento en que empezó a llover, cuando las gotas resultaron visibles en el halo brillante de las farolas. Enseguida formaron charcos en los que se reflejó la luz de esas mismas farolas, la del semáforo en verde, la de un rótulo de neón que dibujaba una hamburguesa. La mujer caminaba por la acera opuesta, por el lateral de una gran manzana que alojaba varios edificios de apartamentos. A estas horas de la madrugada, la luz estaba apagada en casi todas las ventanas, los bares que ocupaban los locales habían cerrado hacía un rato. El paso de ella era lento. No se resguardó de la lluvia bajo algún techado ni se protegió con ningún paraguas.

—¡Que te mojas! —gritó Luis desde el mostrador bajo el neón luminoso de la hamburguesa.

A su lado, con una espátula en la mano, Ray rio al ver el susto que el grito provocó a la mujer. Ella, como si hubiera recordado entonces que la sudadera que vestía llevaba capucha, se la puso. El gris claro del algodón se oscureció al empaparse. La mujer los miró desde el otro lado de la calle. Dibujaba una silueta encorvada, las manos metidas en los bolsillos de la sudadera como si se agarrara a ellos para no caer. No se adivinaba su rostro entre las sombras bajo la capucha, tan solo un punto brillante que emergía de ellas podía ser la nariz.

—¿Borracha o drogada? —preguntó Luis en voz baja.

—Borracha —apostó Ray con los codos sobre el mostrador—. Y un poco loca. Pero follable de todas formas, que es lo que importa.

El neón, o quizá el olor de la cebolla en la plancha que seducía a los borrachos que salían hambrientos de los bares cercanos, debió de atraer la atención de la mujer, que se dispuso a cruzar la calle. Lo hizo sin mirar a los lados. Un coche la esquivó con un rabioso toque de claxon. El conductor la insultó desde la ventanilla del vehículo, detenido bajo el semáforo cuyo reflejo en un charco se disolvió cuando la mujer lo pisó con una Converse negra.

Al verla acercarse, Ray se incorporó.

—Que tengas suerte —susurró a Luis antes de escapar a la plancha.

Desde allí el cocinero solía increpar a los clientes sin que lo vieran ni oyeran. El ralentí del generador, el zumbido del neón y la música del aparato de radio en el mostrador aislaba a los comensales, que no podían oír ninguno de los comentarios ofensivos que Ray hacía sobre ellos para el supuesto disfrute de Luis, aunque a Luis los desaires machistas, racistas y homófobos del cocinero no le hacían mucha gracia. A su compañero a veces se le olvidaba que él era hijo de mexicanos. Tampoco podía llevarle la contraria porque Ray era el hijo del dueño del *food truck*, así que no convenía. Antes de que la mujer los alcanzara, Luis giró una manivela mojada para desplegar el toldo que cubría la barra y los dos taburetes de la calle. Un reguero de agua que se habría acumulado en la lona cayó sobre un ladrón en el mostrador, al que estaban enchufados el neón y la radio. Saltaron chispas amarillas y azules que crepitaron con un olor a quemado diferente del que salía de la plancha.

—Bienvenida al mejor *food truck* de Seattle. Eso eran fuegos artificiales para celebrar tu llegada —bromeó Luis para quitar importancia al peligroso cableado—. Te has mojado, ¿eh?

La mujer no respondió, se sentó en uno de los taburetes sin secarlo. Luis pasó un trapo por el mostrador, la barra, por los menús plastificados, por los botes de kétchup y mostaza. Ella permaneció sentada, mirando al suelo con las manos entre las rodillas. Apresaba los puños de la sudadera con los dedos, escondiendo las manos como si tuviera frío.

—¿Estás bien? —preguntó Luis.

La luz del interior del camión difuminó las sombras bajo la capucha de ella, descubriendo su rostro. Resultó ser mucho más guapa de lo que había esperado. Sobre su pálida piel, el brillo del neón creó la ilusión óptica de un maquillaje que definió sus pómulos en naranja y perfiló en rosa la curvatura de su labio superior, el volumen del inferior. La nariz pronunciada no la afeaba en absoluto, sino que la dotaba de carácter. Luis le adjudicó una edad parecida a la suya, unos veinticinco años.

—Te dije que estaría follable —opinó Ray desde la privacidad de su plancha, al fondo del camión.

Había comenzado la retahíla de improperios. El ruido de la lluvia los disimularía aún más, pero para asegurarse de que la chica no los oyera, Luis subió el volumen de la radio. De madrugada la tenían sintonizada en una emisora de clásicos melódicos que ayudaban a relajar el ambiente y calmar los ánimos de quienes pasaban por ahí con ganas de seguir la fiesta. Ahora sonaba algo de The Carpenters. De puntillas para alcanzar el aparato, a Luis los ojos se le escaparon a la cremallera desabrochada de la sudadera de la joven. Descubrió que no llevaba nada debajo. Su cabello, dividido en dos partes, una a cada lado del cuello, chorreaba sobre el tejido a la altura de los pechos. La forma en que el algodón húmedo se adhería a sus pezones confirmó su desnudez. El pelo parecía más mojado de lo que correspondía a la lluvia, tampoco había dado tiempo de que se empapara tanto.

—Oye, en serio, ¿estás bien? —insistió.

—*Amigo* —dijo Ray en español, demostrando que sí se acordaba de su ascendencia mexicana—, no te preocupes tanto por los demás.

A Luis le resultó fácil imaginar al grupo de amigas de la joven mojándole el pelo en el lavabo de uno de los bares que había cerrado hacía una hora, para bajarle la borrachera. Se lo habrían secado luego con su propia camiseta y la habrían abrigado con la sudadera para no ponerle una prenda mojada. Claro que si tan buenas amigas eran ya podrían haberla acompañado a casa y no haber permitido que regresara sola a merced de los antojos de su hambriento estómago alcoholizado.

—Hambrienta —fue la primera palabra que dijo ella, casi confirmando los pensamientos de Luis—. Tengo hambre.

La chica lo miró con unos ojos de un azul tan claro que parecía gris, el mismo color del que veía ella el mundo en ese mismo instante, sumida en algún hondo pesar. En el aliento de sus palabras Luis pudo oler varias cervezas. Quizá algunas copas. Unos chupitos de tequila. Un año sirviendo hamburguesas de madrugada, en la calle, hacía que uno desarrollara esa capacidad de detección alcohólica. Y una borrachera del calibre de la que llevaba la chica era explicación suficiente para su extraño comportamiento.

—Pregúntale si tiene hambre de esto —soltó Ray estrujando su entrepierna—, que entonces tengo el plato ya preparado y no hace falta que cocine.

Luis sintió la habitual vergüenza rabiosa que le provocaban los comentarios groseros de su compañero y que tan bien había aprendido a disimular frente a los clientes.

—Entonces has venido al lugar perfecto —le dijo a la chica.

Le ofreció dos menús plastificados, uno con imágenes de hamburguesas y otro con batidos. Ella señaló el primero sin soltar el puño de la sudadera. Tampoco lo hizo para coger la carta, prefirió que Luis la dejara apoyada sobre la barra. Tras echar un rápido vistazo a las opciones, eligió la hamburguesa normal.

—Los clásicos nunca fallan —dijo él.

Le comunicó la elección a Ray, que ya había lanzado un disco de carne a la plancha.

—Siempre por delante de ti —le vaciló con una sonrisa—. Te dije que estaba borracha, y lo está, porque si estuviera colocada habría preferido dulce. También te dije que estaba loca y ya ves que no me equivoco.

Señaló a la chica, que en ese momento exprimía sin soltarlo el puño de su sudadera sobre el ladrón de enchufes, observando el crepitar de nuevas chispas.

—Eh, eh, para. —Luis detuvo su acción cogiéndola de las muñecas, de puntillas tras el mostrador—. Pórtate bien, que como se funda el neón, el jefe me mata.

Ella se liberó del agarre como si le molestara mucho que la tocaran. En la plancha, Ray dio la vuelta a la hamburguesa. La aplastó con la espátula haciendo que silbara en su propio jugo. El olor de la carne cocinándose inundó el camión aparcado.

La joven posó en Luis su triste mirada.

—¿Eres una buena persona?

—¿Cómo?

—Que si eres buena persona.

Ningún cliente le había hecho una pregunta así. Quizá ni su madre, o su novia, se lo habían preguntado nunca.

—Eh, bueno, creo que... diría que sí.

—¿Qué es lo peor que has hecho en tu vida?

Luis mostró su ropa manchada de grasa, señaló el reloj que marcaba las tres de la madrugada, el interior del camión, a Ray en la plancha. El resumen en negativo del único empleo al que había podido acceder en los últimos tres años.

—Probablemente, dejar de estudiar —respondió.

—¿Has hecho daño a alguien?

Ray rascó el paladar conteniendo una risa. Cuando Luis lo miró, el cocinero giró un dedo junto a su sien. Después dirigió a la chica un gesto lascivo que ella no podía ver, chupando una V que formó con los dedos.

—Sí, supongo —contestó Luis—. He dejado a alguna chica tirada, sí.

La mínima expresión de una sonrisa apareció bajo la capucha, como si aquél fuera exactamente el daño al que ella se estaba refiriendo. En la historia que Luis iba inventando sobre la vida de la extraña imaginó que la causa de su borrachera habría sido ésa, una ruptura. El dolor que más duele a todos, el del abandono. Un dolor tan clásico como la hamburguesa normal que había pedido.

—¿Y lo peor que te han hecho? —preguntó ella.

Ray emergió de su escondite para interrumpir la conversación.

—A ver, tú, tengo una pregunta más sencilla para ti: ¿quieres queso en la hamburguesa o no?

Ella lo miró como sorprendida de descubrir que había alguien más en el camión. Sus ojos repasaron la oronda anatomía del cocinero, pero no contestó a su pregunta. Se secó la cara con las mangas de la sudadera, cerrando los ojos. Ray aprovechó el momento para mostrarle el dedo mayor. Luis empujó a su compañero hacia la plancha.

—Ponle queso —susurró—, que coma bien.

Ray mostró su desaprobación con un bufido. Extendió de mala gana el queso sobre la carne.

—¿Eres sincero? —preguntó ella cuando terminó de secarse el cuello, también escurrió su cabello—. ¿Realmente honesto?

—Vaya pedal filosófico te ha dado, ¿eh? —dijo Luis—. Que aquí mi compañero es un poco bruto pero tiene razón, nosotros estamos para servir hamburguesas, no para estas charlas tan profundas. ¿Te has pasado con los chupitos de tequila o qué?

La mujer bajó la cabeza, frotó las manos entre sus rodillas. Una lágrima o gota de lluvia descendió por su mejilla, la secó con un dedo. Luis se arrepintió enseguida.

—Vale, vale, perdona. Perdóname. Pero aquí lo que creo que pasa es que te está dando el bajón después de una noche de mucha juerga, ¿no? ¿Has hecho algo de lo que te arrepientes? No te preocupes, nos ha pasado a todos. Mandar un mensaje a tu ex, pelearte con una amiga, liarte con un desconocido en un baño... Algo de eso, ¿no? Pues no te preocupes que en dos días solo te acordarás de lo bien que lo pasaste. Y no hay mejor medicina para la depresión del alcohol que una buena hamburguesa.

—Si es que las tías no saben beber —fue la aportación de Ray.

Luis posó una mano en el hombro de la mujer.

—De verdad, no pasa nada, está todo bien. —Masajeó el algodón húmedo de su sudadera—. Todo tiene solución menos la muerte.

Otra de esas exiguas sonrisas visitó el rostro de ella, fijó sus ojos en los de Luis.

—Si es que en realidad yo ya estoy muerta —dijo sin pestañear—. Debería estarlo.

Un frío temblor recorrió la espalda de Luis, que durante un instante creyó de verdad posible estar hablando con un fantasma, estar apretando el hueso del hombro de una mujer que ahora se desintegraría para dejar tan solo un charco de ropa húmeda en el suelo y en su alma el recuerdo sobrenatural de la chica que apareció con la lluvia.

—Anda la hostia —oyó decir a Ray—, ahora esto también es *The Walking Dead*.

El comentario desterró a Luis de su ensoñación fantasmal. Soltó el hombro de la mujer que seguía frente a él. Un hombro normal, de músculo y hueso.

—Sí, claro. —La señaló de arriba abajo—. Pues yo diría que estás bastante viva.

—Aunque ahora que lo dice —intervino Ray—, sí parece la típica que se corta las venas en la bañera porque la ha dejado algún tío...

Luis iba a desacreditar la opinión de Ray pero se dio cuenta de que era una explicación bastante razonable para todo lo raro que había en la chica. Lo de que su pelo estuviera tan mojado. Lo de ir desnuda bajo la sudadera. Lo de no soltar en ningún momento los puños para tapar los cortes que se habría hecho en las muñecas. Esa noche de juerga y borrachera con amigas que Luis había imaginado quizá había sido en realidad una solitaria ingesta de alcohol para atreverse a usar la cuchilla que habría dejado preparada en el filo de la bañera.

—... aunque seguro que es de las que lo intentan mucho pero nunca lo consiguen. Niñatas suicidas que solo quieren llamar la atención —continuaba Ray—. Si de verdad hubiera querido desangrarse en la bañera no estaría aquí pidiendo una hamburguesa. Pobre del tío que esté con ella.

—¿Quieres que llamemos a alguien? —preguntó Luis a la chica, mirándola fijamente para que supiera que hablaba en serio—. Sé que hay teléfonos para eso. O puedes quedarte con nosotros toda la noche si lo que necesitas es compañía.

—Estupendo, que vengan todos los locos del barrio.

—¿Tienes teléfono? —Luis no vio que lo llevara—. Toma el mío.

Lo sacó del bolsillo y se lo ofreció.

—Te lo va a robar —alertó Ray.

Pero la chica ni siquiera lo cogió, negó con la cabeza.

—Solo quiero comer, de verdad.

Luis vio la manera en que mecía ambos pies en el reposapiés del taburete, percibió su intranquilidad. No debía de gustarle que le dieran instrucciones sobre cómo comportarse, ni el tono paternalista que había adquirido la voz de Luis, un tono que le desagradó incluso a él mismo. Se guardó el móvil en el bolsillo, cogió la hamburguesa que Ray terminaba de preparar en ese momento y se la sirvió en la barra.

—Y comer es lo que vas a hacer. —Le acercó los botes de salsa y un montón de servilletas—. Además, invita la casa, para que veas que el mundo es un lugar feliz en el que merece la pena estar, con chicos simpáticos que te invitan a la cena.

—Eh, cabrón, se la pagarás tú, que yo paso de trabajar gratis.

La chica no sonrió ni agradeció las buenas intenciones de Luis. Se limitó a coger la hamburguesa, usando los meñiques para mantener los panes en su sitio. Dio un mordisco con la boca muy abierta. Volvió a morder antes de tragar el bocado anterior. Luis iba a decirle que comiera con calma, pero se abstuvo. La lluvia creció en intensidad, las imágenes reflejadas en los charcos asemejaban cuadros puntillistas, el repiqueteo de las gotas sobre el toldo competía en volumen con el ruido del generador.

En la radio sonaba *Jolene*, de Dolly Parton.

La chica siguió comiendo, cada vez más lento. Realizó pausas para tomar aire y sorber mocos. Luis no supo si lo hacía por frío, o porque de verdad estaba llorando. Tampoco resultaba fácil discernir si las gotas que resbalaban hacia las comisuras de sus labios eran lágrimas o agua de lluvia. Y la irritación en sus ojos, que teñía de rojo los extremos, podía deberse tanto a un llanto silencioso como a una adelantada resaca que empezaba a hacer mella ahora que iba llenando el estómago.

Luis se volvió hacia la plancha.

—¿Qué hacemos? —susurró—. No podemos dejarla irse así.

—¿Cómo que qué hacemos? —Ray arqueó las cejas—. Hamburguesas, *compadre*, eso es lo que hacemos. Y en cuanto esa tía se acabe la suya, que se vaya por donde ha venido.

Seguro que vive en un apartamento de los de enfrente si ha bajado tan rápido después de... —Fingió cortarse las muñecas con la espátula.

Luis le cogió la mano para detener el teatro, un atrevimiento que sorprendió a ambos, acostumbrados como estaban a que Luis aceptara cualquier barbaridad de Ray. Pero burlarse de una chica que podría haber intentado quitarse la vida era demasiado.

—Eres muy inocente, chaval, no hay que fiarse nunca de la gente. —Ray usó ahora la espátula para rascar queso quemado en la plancha—. Que somos todos unos cerdos mentirosos en el fondo.

La chica terminó la hamburguesa. Dobló el papel encerado con gotas de kétchup y los restos de un pepinillo y lo dejó en la canasta de plástico donde se la había servido.

—¿Te ha gustado? —preguntó Luis.

—Sabía a jabón. —Chasqueó la lengua como para despegar un sabor desagradable de su paladar—. Todo me sabe a jabón.

—Venga, hombre —la espátula de Ray raspó más fuerte contra la plancha—, que se pire ya.

Una gota del toldo se precipitó sobre el ladrón, provocando una chispa que flotó en el aire hasta desaparecer. La chica la siguió con los ojos.

—¿Has estado alguna vez tan triste como para no tenerle miedo al dolor ni a la muerte? —preguntó sin dejar de mirar al cableado.

—Mmm... No.

Ella sonrió con los labios perfilados en rosa de neón.

Y cogió el ladrón de enchufes con las dos manos.

Se sacudió presa de una violenta descarga eléctrica. Tan violenta que pareció que iba a desplomarse al suelo desde el taburete, pero la corriente mantuvo sus manos adheridas al ladrón. El rótulo de neón se fundió con una detonación como de bombilla rota. La música en la radio se convirtió en humo. Cuando la chica logró despegar una mano, la dirigió hacia Luis. Él la agarró sin pensarlo. La electricidad atravesó su cuerpo en un brutal espasmo. Con sus ojos perdidos en la desconsolada mirada de la chica, Luis fue incapaz de discernir si ella había extendido el brazo en busca de socorro o con la perversa intención de que compartieran el dolor que ella sentía. Traspasárselo de alguna manera, aunque fuera convertido en electricidad.

—Pero ¡¿qué haces, hija de la gran puta?! —oyó gritar a Ray.

Las manos se separaron.

Luis cayó al suelo. Tiritó, incapaz de dominar su cuerpo. Estaba todo más oscuro. Tenía los pies del cocinero frente a su nariz. Trató de mantener los ojos abiertos centrando la atención en un punto, que resultó ser un agujero en un calcetín de Ray, sus Crocs de goma dejaban el talón al aire.

—¡Luis! —Ray se arrodilló, le propinó varias bofetadas—. ¿Ves lo que te pasa cuando eres bueno con la gente? ¿Me oyes? ¡Luis! ¡Luis! ¡Luis!

2

El agua al fuego estaba a punto de ebullición, una tenue cortina de vapor emanaba del cazo. El hervidor lo habían guardado ya en una de las cajas. Grace vio a su marido meter el pulgar.

—¡Dios! —Recogió el brazo al pecho con un espasmo, después se llevó el dedo a la boca y lo chupó—. Está ardiendo.

Grace contuvo la risa.

—Es que hay formas mejores de probar la temperatura del agua. ¿Ves esas burbujitas? —las señaló en el fondo del cazo—, eso significa que está a punto de hervir.

Instantes después, un sonoro burbujeo estalló en el agua.

—¿Lo ves? Ya está.

Grace apartó a Frank con un golpe de cadera, apagó los fogones. El naranja fluorescente de la vitrocerámica se desvaneció.

—Ya lo sabía —se defendió él—. Solo estaba entrenando mi piel para las aguas termales.

Frank puso entonces su mejor cara de niño travieso y Grace tuvo que besarlo. Sentía el impulso de hacerlo cada vez que veía esa réplica de inocente malicia infantil reproducida en el rostro del cuarentón atractivo en quien se había convertido su marido. Dieciséis años casada con él y aún le funcionaba el truco.

—Espero que esas aguas termales no estén tan calientes

—murmuró Grace contra los labios de él—, que yo quiero relajarme, no quemarme.

Frank entrelazó las manos en el final de su espalda, convirtió el beso rápido que ella quería darle en uno más largo. En esta misma posición, hacía unos años, él hubiera metido la rodilla entre sus piernas para subirla de un impulso a la isla de la cocina y hacerle el amor allí mismo, los dos con la ropa aún puesta, arrebujada en los talones y en los hombros, las lenguas perdidas en la boca del otro. Ahora la lengua de él se quedó a las puertas de sus labios. Era así como se besaban desde hacía años, quizá desde que tuvieron a Audrey, o más bien desde que nació Simon. Era así, probablemente, como acababan besándose todas las parejas que se convertían en padres. O a lo mejor todos los matrimonios a partir del séptimo u octavo aniversario.

—Venga déjame, que tengo que acabar, me falta cerrar las cajas del estudio.

Grace se separó de él, pensando que quizá sería interesante grabar un vídeo sobre el tema, el de la pasión menguante en parejas de larga duración. Generaría seguro un debate entre los ochocientos mil suscriptores, en su mayoría suscriptoras, de *Gracefully*, su canal de YouTube, y eso siempre animaba la sección de comentarios. Mientras oía a Frank verter el agua hirviendo en dos tazas, valoró algunos argumentos que podría esgrimir en el vídeo. Por ejemplo, que por mucho que se empeñaran la literatura y el cine, ella tenía muy claro que no es la pasión la que mantiene unido a un matrimonio más allá de los primeros años, sino el verdadero afecto diario. El compromiso. La honestidad. Besar a Frank cada vez que él le dedicaba su cara de niño travieso y a ella se le derretía el corazón, eso era amor. A sus seguidoras les gustaría oír eso. Parecía que solo los *millennials* habían aprendido a ganarse la vida compartiendo vídeos, pero ahí estaba ella, integrante de la Generación X y aportando un sueldo más que digno a la familia grabando con una cámara su vida en pareja y compartiendo consejos sentimentales para que sus suscriptoras alcanzaran una felicidad parecida a la suya.

—Ya está el café —gritó Frank desde la cocina.

Ella, en el vestíbulo de entrada, metió dos trípodes y el anillo de luz en la última de las cajas de cartón donde había guardado los artilugios que conformaban su estudio de grabación. La cerró con el dispensador de cinta adhesiva de la empresa de mudanza y la apiló sobre otras tres. Con rotulador, escribió su nombre en el lateral de las cajas. Revisó si Audrey había hecho lo mismo con las suyas, erigidas en varias columnas junto a dos jaulas vacías.

—Sí, he puesto mi nombre, sí. —Oyó la voz de su hija, que bajaba la escalera tecleando en su móvil con un tamborileo frenético de los dedos.

—¿Y lo llevas todo? ¿Seguro?

—Menos mi alma y mi vida social. Ésas se quedan aquí aunque a vosotros no os importe.

En general Audrey era madura para su edad y solía sorprender a Grace con un discurso y unos valores casi de adulta, pero aún dejaba ver a menudo a la chica de dieciséis años, recién cumplidos, que era en realidad.

—¿No eres tú la que dice que es bueno evolucionar, que el cambio alimenta y reactiva el espíritu?

Eso le había dicho la propia Audrey cuando cortó su pelo moreno al estilo *garçon*, una muestra de carácter que la diferenció de tantas compañeras de clase que competían por tener la melena más rubia, más larga y más lisa.

—Si he dicho eso alguna vez, que ahora mismo no me acuerdo pero puede ser, me refería a cambios que parten de uno mismo, no a que tus padres te digan que nos vamos a vivir a la otra punta del país de un día para otro.

Antes de que Grace pudiera responder, uno de los operarios de mudanza apareció para llevarse más cajas al camión. Señaló las dos jaulas.

—¿Qué es esto, como una mansión para hámsters? —Las jaulas tenían varios pisos, rampas y escaleras que los comunicaban, incluso pequeñas hamacas colgadas de los barrotes—. Estos tíos viven mejor que yo.

El muchacho giró la visera de su gorra corporativa hacia la nuca, preparado para agacharse.

—¿Me las llevo así, tal cual?

Grace cogió la mano de su hija. Le concedió unos segundos para que fuera ella quien decidiera qué hacer. Si quería conservar las jaulas, se las llevarían, aunque ocuparan mucho espacio en el camión. Audrey encogió los hombros apenada.

—No, ponlas donde la basura —indicó al operario—. Están vacías.

El joven en cuclillas dedicó a Grace una mirada de disculpa al entender que había tocado algún tema delicado para su hija.

—Vaya, lo siento. De verdad. Si es que los hámsters no duran mucho, ¿no? —dijo para intentar arreglarlo—. Ni viviendo en casas tan chulas.

—Eran hurones —corrigió Audrey—. Por eso las jaulas son así de grandes. Vamos, yo te ayudo.

Audrey cogió una de las jaulas, el operario se llevó la otra. Las desecharon junto a una pared del salón, donde iban acumulando aquello que no superaba la criba de la mudanza.

Grace regresó a la cocina, que olía a café. Se apostó junto a Frank aceptando la taza que él le tendía. Sorbieron a la vez, apoyados en la encimera, observando la cocina vacía. Grace sintió una honda melancolía al pensar que era la cocina en la que habían desayunado sus hijos toda la vida. Para los niños había sido su primer hogar, el único que de verdad lo es para siempre.

—¿La descolgamos a la vez? —preguntó Frank.

Sumida en su añoranza, Grace no entendió a qué se refería su marido hasta que se acercó a la foto clavada junto al reloj de pared.

—Es lo único que falta por quitar —dijo él.

La invitó a acercarse. La descolgaron cogiendo uno cada esquina del marco, como bajarían dos restauradores de arte el cuadro de un museo. La fotografía los había acompañado en todas las casas que habían compartido a lo largo del tiempo: el pequeño estudio del centro de Seattle en el que vivieron juntos por primera vez, el apartamento de dos habitaciones al que se mudaron en cuanto Frank consiguió su primer ascenso en el hotel y este chalet independiente que les cedió la compañía tras el tercer ascenso y en el que se habían hecho realidad los sueños suburbanos de idealizada domesticidad familiar que ambos compartían.

—Qué guapos éramos —dijo Grace.

—Y somos —añadió él.

En la fotografía aparecían sentados en la parte de atrás de un coche, la había tomado un amigo desde el asiento del copiloto. Reían frente con frente, mirando una cinta de casete que Frank rebobinaba con un bolígrafo ensartado en uno de los orificios. Aunque los dos recordaban esa cinta, y la relevancia que tenía en su relación, ninguno se acordaba de por qué se habían reído tanto en aquel momento. El amigo reveló la foto con alguna técnica que la dejó en blanco y negro a excepción de los pantalones vaqueros de ambos, que relucían en azul intenso. Era un efecto que la hija de ambos calificaba de hortera veinte años después pero que aún resultaba sorprendente en aquel momento de finales de los noventa en que ellos comenzaron su relación.

—Ésta la llevamos con nosotros en la caravana, que no quiero que se pierda en la mudanza —dijo Grace.

Frank elevó una ceja.

—¿Acabas de meter en cajas tu estudio de YouTube por

valor de seis mil dólares y no vas a meter una foto antigua?

—Esta foto vale mucho más que todo ese dinero.

Él sonrió ante el comentario.

—El hotel nos ha pagado la mejor compañía de mudanzas, no va a pasar nada.

Pero Grace dejó la foto sobre la encimera, quería que viajara con ellos.

—Vuestra foto hortera —dijo Audrey, que entraba en la cocina.

Con su iPhone, le hizo una foto a la imagen enmarcada. Sus dedos repiquetearon en la pantalla de vuelta al vestíbulo. Estaría mandando la imagen a alguna amiga, riéndose de lo mayores que eran sus padres, con sus fotos en papel y sus artilugios anticuados para escuchar música. Un hondo suspiro sobrevino a Grace.

—¿Estamos haciendo bien? Estoy más triste de lo que pensé que estaría. Me da pena dejar la ciudad donde comenzamos nuestra familia, donde nacieron los niños.

Se acordó de la noche que encontraron a Simon, de pequeño, durmiendo frente a la nevera abierta. Tenía miedo a la oscuridad pero aún no alcanzaba los interruptores en la pared, la de la nevera fue la única luz que supo encender. En ninguna otra casa Grace volvería a vivir ese momento que la hizo llorar de ternura. Notó que se le humedecían los ojos.

—Vamos, mi amor. —Frank le pellizcó la barbilla.

—No me hagas caso, que estoy tonta. —Se abanicó los ojos para secarse.

—No eres tonta, eres preciosa. —Besó su mejilla—. Pero esta ciudad ha dejado de tratarnos bien.

—Hemos pasado una mala racha, nada más. Eso le ocurre a todo el mundo, en todas partes. Y no todo el mundo se va así, de repente. La gente no puede moverse así de fácil.

—Bueno, pero es que nosotros sí hemos tenido la oportunidad.

—Rogaste a tu jefe por la oportunidad, tampoco es que llegara sola.

—Da igual cómo llegara, lo importante es que la tenemos. Y la estamos aprovechando, que es lo que haría cualquier familia lista en nuestra situación. Tú puedes trabajar en cualquier lado y para mí es una gran oportunidad, no creas que hay tantos puestos disponibles de director de hotel por ahí.

—Ya, ya lo sé...

Grace no sabía ni por qué debatía con Frank a estas alturas. La decisión estaba más que tomada, los dos estaban de acuerdo. Apresó la taza entre las manos, dio un sorbo al café.

—A los niños les va a venir muy bien el cambio, les va a abrir la mente —continuó Frank—. Ojalá a mí me hubieran sacado de mi pueblo mucho antes.

—Primero, Seattle no es un pequeño pueblo como lo era el tuyo. —Audrey había reaparecido de repente, mecía el móvil en el aire al ritmo de su gesticulación—. Segundo, yo la mente la tengo ya muy abierta porque he visto *Girls* aunque creáis que no. Y, tercero, por favor dejad de incluirme en la palabra *niños*, que yo ya no me identifico con el término *niña*, ahora soy una joven adulta. ¿No veis que leo a John Green?

Abandonó la cocina sin darles opción a réplica.

Frank se rio buscando la complicidad de Grace, pero a ella le estaba costando deshacerse de la tristeza. Apenas sonrió con la boca en el filo de la taza, notó en la punta de la nariz el calor de la bebida.

—Mi amor —Frank se puso serio, su mirada se hizo profunda—, necesitamos el cambio. Necesito el cambio.

Grace pudo entrever los malos recuerdos que se alojaban tras los ojos de su marido, los mismos que se alojaban tras los de ella y que poblarían para siempre el interior de esta casa. El rostro de Frank se ensombreció como si acabara de oír la explosión de nuevo, se le arrugó la nariz como si aún pudiera oler la pólvora. Ella revivió la vibración del techo, cómo retumbaron las paredes.

—Hemos esperado las tres semanas que el doctor recomendó para Simon, pero no podemos retrasarlo más —continuó él—. Ni el trabajo ni la casa en Boston van a estar esperándonos siempre. Tenemos que dar gracias y pensar que hemos tenido mucha suerte. —Debió de darse cuenta de lo incorrecta que era esa frase para definir lo que había ocurrido últimamente, porque se corrigió enseguida—: Con lo de mi traslado. Hemos tenido suerte con eso al menos.

—Sí, nos va a venir bien —concedió Grace.

El trago final que dio al café supo más amargo.

—Vale, pero una cosa. —Audrey estaba ahí otra vez—. ¿Era necesario levantarse tan pronto? ¿Qué soy, Ariana Grande actuando en *Good Morning America*?

Se rio de su propia ocurrencia y tecleó a toda prisa en su teléfono, seguro que retransmitiéndosela a alguna de sus amigas. Grace pensó que la distancia física ya no dificultaba la comunicación, su hija podría seguir mensajeándose con sus amigas de costa a costa, la mudanza no tenía por qué ser tan traumática. La idea la hizo sentir mejor.

—Venga, vamos.

De pronto se sintió llena de energía para afrontar el cambio. Depositó la taza en el fregadero junto a los restos del que había sido el último desayuno en esa casa.

—A ver, los platos, ¿quién los limpia? —Eran solo un par, algunos cubiertos, unas tazas—. ¿Te toca a ti o a Simon?

—A mí —respondió Audrey enseguida.

Ni por un instante intentó colarle la labor a su hermano. Su hija podía tener arrebatos típicos de adolescente, pero también gestos sensatos como aquél.

—Déjalos ahí —dijo Frank con un guiño pícaro—. No vamos a usarlos más. ¿O vas a secarlos y meterlos en una caja a estas alturas?

—Por fin, algo bueno tenía que tener mudarse.

Audrey soltó el estropajo antes de que Grace pudiera rebatir la idea.

—Además, no hay tiempo, que son más de las siete ya. —Frank comprobó el reloj de pared que tampoco se llevaban—. Deberíamos haber salido hace cinco minutos, tenemos mucha carretera por delante.

Grace fue en busca de Simon, que había subido a despedirse de su habitación después del desayuno. Lo vio desde el pasillo, con una rodilla apoyada en el suelo, rebuscando el contenido de una caja. Al acercarse distinguió las diferentes telas, los diferentes estampados que bailaban entre sus manos, saliendo del interior de la caja y volviendo a ella ante la indecisión del niño. Como hacía Frank cuando seleccionaba una corbata para alguna reunión importante. Ojalá su hijo también estuviera seleccionando corbatas.

—¿Qué? ¿No te decides? —preguntó dentro de la habitación.

—¿Cuál le pega más a una mudanza? —Simon le mostró dos parches que había apartado—. ¿Este de una mariposa monarca porque emigramos como ellas? ¿O este de los Red Sox porque vamos a Boston?

A Grace le conmovió que enfrentara la decisión con la misma alegría que cualquier otro niño elegiría el que más le gusta de entre sus pares de calcetines.

—A Boston vamos a tardar diez días en llegar —dijo ella mientras revolvía el interior de la caja buscando un motivo concreto—. Y no es solo una mudanza. Es un gran viaje. Ponte éste.

Sacó el parche estampado con un mapa de carreteras. Ella misma había seleccionado veinte telas diferentes y personalizado con ellas los veinte parches, quería que la experiencia de llevarlo fuera lo menos traumática posible para Simon.

—Gran elección —dijo él.

—Llévate los tres de todas formas —dijo Grace—, así los vamos lavando y cambiando.

Simon sonrió con toda la cara, como hacía desde siempre. El ojo izquierdo se entornó con normalidad, los párpados reaccionando armónicamente a la extensión de los labios, el brillo del iris intensificándose en respuesta a su alegría. Los gestos no se reprodujeron en el ojo derecho como habría ocurrido hace un mes, porque el ojo derecho ya no estaba ahí. Tras esos párpados, que habían curado pero aún no se comportaban como antes, había solo vacío y una pared de carne rosa, cicatrizada casi del todo. Las pestañas y las cejas volverían a crecer. Simon extendió la cinta elástica del parche, la ajustó a su cabeza y tapó el ojo que ya no estaba con el disco de tela. Grace olió la pomada que se aplicaba en la herida.

—¿Bien? —preguntó a su hijo, ahogando en la garganta un gemido de sufrimiento, todas las heridas y el proceso de curación le habían dolido más a ella que al propio Simon.

—Perfecto —contestó el niño.

El mismo operario de las jaulas entró en la habitación. Giró la gorra sobre su cabeza, devolviendo la visera de la nuca a la frente. De una caja sacó una bola de béisbol.

—Eh, chico, ¿un último lanzamiento?

Antes de que Grace pudiera decir nada, su hijo se volteó y el operario le lanzó la pelota. La mano de Simon quedó muy lejos de alcanzarla, la bola rodó por el suelo entre los pies de ambos.

—Es la visión en profundidad —explicó él mismo—. Aún me estoy acostumbrando a ver el mundo con un ojo, lo veo todo en dos dimensiones.

El operario dirigió otra mirada de disculpa a Grace, apurado por haber metido la pata también con el niño. Primero los hurones de la hermana mayor y ahora esto.

—Bueno, colega, las dos dimensiones molan más —le dijo

a Simon—. A mí las pelis en 3D no me gustan nada, con esas gafas que lo único que hacen es marearte.

Cogió la caja de la que había salido la pelota y la dirigió, como si fuera una canasta, hacia el niño.

—A ver, encesta.

Simon recogió la bola del suelo. Calculó el tiro y lanzó. El operario tuvo que dar una zancada hacia un lado para conseguir que la pelota entrara.

—¡Perfecto tiro en dos dimensiones! —Mostró una mano extendida sin soltar la caja—. ¡Choca esos cinco!

Simon chocó. Grace sonrió al muchacho agradeciéndole la naturalidad con la que había resuelto la situación. Cerró las solapas de la caja que había servido de canasta y colocó encima la de los parches.

—Son las últimas —dijo.

—¿Me acompañas a llevar tus cajas y te enseño el camión de mudanzas por dentro? —ofreció a Simon—. Te dejo entrar si tienes más de ocho años.

—¡Tengo nueve!

Con la mirada, el operario señaló a Grace las líneas pintadas en el marco de la puerta, que registraban el crecimiento en altura de Simon. La última medida ponía *9 años*. Grace sonrió al muchacho. El niño salió con él, preguntándole cuántas cajas podía llevar de una vez, si había dormido alguna noche dentro del camión y algo sobre las posibilidades de mudarse por carretera a Europa. Esa última pregunta Grace no la oyó bien, Simon la formuló mientras se alejaban escalera abajo. Ella abandonó la habitación obligándose a no mirar atrás para no dejar que la entristecieran pensamientos sobre el único cuarto, en toda su vida, en el que su hijo habría jugado teniendo dos ojos. Cerró la puerta con más fuerza de la que había calculado.

—Eh, ¿qué pasa?

Frank, que subía la escalera, alargó las zancadas.

—Me duele —explicó Grace—, me duele ver la herida. Físicamente. —Apretó los dedos de una mano para ilustrar su sensación—. Me duele de verdad.

Su marido bajó la cabeza.

—Lo siento —dijo Grace. Le acarició la cara—. Perdona, no quería hacerte sentir mal.

Él se vació en un suspiro. Tardó unos segundos en recuperar el habla.

—¿Ves por qué necesitamos el cambio? Nunca podría borrar ese recuerdo de esta casa.

—Espero que el ojo protésico de verdad lo cambie todo —dijo ella.

—Seguro que sí. —Frank se esforzó por sonreír—. Estoy seguro de que sí.

Entregó a Grace la foto enmarcada que había dejado en la cocina. Después tendió la mano a un lado, Grace la tomó. Bajaron juntos la escalera dejando el pasado atrás, peldaño a peldaño. Recorrieron el largo pasillo hacia la puerta de entrada que hoy usarían de salida sin retorno. Del suelo, Grace recogió su bolso. Lo había dejado preparado en el mismo lugar de siempre, aunque ahora no descansaba sobre el aparador alargado, como una mesa en forma de barra, que durante años había ocupado el pasillo. Sobre ese mueble depositaron un día la carpeta con la ecografía que confirmó que su primer hijo sería una niña. También las bolsas de pañales mientras preparaban cada tarde el carrito de bebé para sacar a pasear a Simon. Al aparador habían lanzado los niños su boletín de notas al final de cada curso, corriendo disparados escalera arriba hacia un nuevo verano. Y sobre el propio aparador firmaron finalmente los papeles por los que la casa volvía a ser propiedad de la cadena hotelera para la que trabajaba Frank, al tiempo que se les concedía una nueva en Boston. Grace recorrió con la mirada el cerco de suciedad en la pared vacía, hipnotizada con la presencia fantasmal de un mueble que podía resumir la historia de la familia.

—Venga, venga, no exageres —dijo Frank al darse cuenta—, sigue caminando, que ese mueble estará también en nuestra nueva casa.

Fuera, entre el trinar de los pájaros sobresalió un grito emocionado de Simon al saltar desde el camión de mudanza a la calle. El muchacho de la gorra bajó detrás. Él y otros dos compañeros, vestidos todos con el mismo polo corporativo de manga corta, se gritaron cosas sobre la distribución uniforme del peso de las cajas o el amarre de la carga. Audrey atravesó el jardín frontal hasta alcanzar uno de los pasillos laterales. Cuando dijo adiós con la mano a la zona arbolada de la parte trasera de la casa, Grace supo a quiénes iba dirigida la despedida. Después sacó su móvil y se hizo un selfie frente a la fachada, exagerando su cara de pena.

—¡Bueno, basta ya de nostalgia! —gritó Frank a todos—. ¡Que nos quedan cosas mejores por delante! ¡Empezando por Idaho y sus aguas termales!

Grace alcanzó a su marido, firmaba documentos de la mudanza en un portapapeles sujetado por el muchacho de la gorra. Frank le estaba explicando que en la dirección de destino en Boston recibiría la carga un representante de la empresa para la que trabajaba. Pero que él y su familia se lo iban a tomar con calma aprovechando el traslado para conocer lo mejor de los estados del norte. Mencionó de carrerilla Yellowstone, el monte Rushmore, las Badlands, las cataratas del Niágara.

—Si no, ¿para qué compramos una de éstas, no crees? —Frank señaló con el bolígrafo la autocaravana aparcada justo detrás del camión—. Ahora que por fin hace buen tiempo es el mejor momento de viajar con ella.

Era una autocaravana de las grandes, del tamaño de un autobús, pintada por fuera en diferentes tonos de gris y con trazos ondulados en color granate. La habían comprado hacía más de un año pero no habían encontrado el momento de estrenarla con un gran viaje. Al final, ese gran viaje iba a ser una mudanza al otro extremo del país.

—Ya veo, ya, una Clase A —dijo el operario—. Van a ir muy cómodos ahí dentro, seguro que tiene más espacio que mi apartamento. Cómo se cuidan, ¿eh?

Miró a Grace con cautela por si había metido la pata una tercera vez, pero ella respondió al comentario con una sonrisa.

—Listo —dijo Frank al tiempo que marcaba un punto sonoro en la última de sus firmas—. ¡Nos vamos!

El operario recuperó el boli.

—Que disfruten del viaje. Y tú, ¡Simon! —gritó al niño—, diviértete mucho, ¿vale?

—¡Me divertiré en dos dimensiones!

Ambos levantaron el pulgar en el aire. El gesto puso de tan buen humor a Grace, que lanzó un beso al aire con los dedos para despedirse del operario.

—Conducid con cuidado, que es un viaje largo —le dijo en tono maternal—. Y parad a descansar todo lo que queráis, que no hay ninguna prisa.

Frank se rio y la cogió del codo para llevarla a la autocaravana.

—Me encanta que seas tan cariñosa con la gente —le dijo de camino—, hasta con un chico cualquiera que nos hace la mudanza.

3

Era la primera vez que atendía sola el mostrador. Llevaba apenas tres días en la empresa pero el jefe había considerado que estaba ya capacitada para atender por sí misma a los clientes. Le aconsejó que se mantuviera tranquila, que a primerísima hora de la mañana apenas habría alquileres y a las ocho ya entraría un segundo compañero en turno para ayudar con la hora punta. De momento el jefe había tenido razón, nadie había pasado por la caseta desde que abriera ella misma a las seis.

Ajustó los puños de su camisa por enésima vez, para que sobresalieran un poco por las mangas de la chaqueta. Comprobó cada cinco minutos que la chapa con su nombre lucía recta en el bolsillo. Todas las veces que la pantalla del ordenador se fue a reposo, movió el ratón para que se encendiera de nuevo. La aterrorizaba la idea de que se bloqueara el sistema. Aburrida, inventó un pasatiempo que consistió en pintar una mancha oscura de bolígrafo en un folio y presionar el pulgar contra ella para después reproducir su huella dactilar en el resto de la hoja. Casi la había llenado cuando entró la primera cliente.

Una mujer sola. Vestida con una sudadera dada de sí, apenas se le veían las manos. Era mona. Quizá le sobraba nariz, pero a quién no le sobraba algo. Menos bonito era que caminara encorvada, como si hubiera perdido alguna batalla contra el mundo, cuando perfectamente podría presumir del cuerpo que tenía. Ojalá ella tuviera esas piernas. Y ojalá no se hubiera manchado de tinta el dedo gordo. Trató de limpiarlo en la hoja antes de que la mujer alcanzara el mostrador.

—Buenos días, bienvenida a Emerald City Car Rental, donde empiezan sus mejores viajes. Me llamo Holly. ¿En qué puedo ayudarla?

Oyó los nervios en su voz. Había sonado demasiado aguda, demasiado alegre. Más como una universitaria en prácticas que como una verdadera profesional.

—Me puedes ayudar a alquilar un coche —respondió la mujer.

Lo dijo de tal forma, remarcando lo que era evidente, que Holly supo que no le había caído bien. No le habrían gustado los nervios aflautados en su voz. Lógico. Empezar con tan mal pie la puso aún más nerviosa.

—¿Qué tipo de coche querría?

Su voz al menos sonó más grave, pero ahora le había temblado el labio. Por favor, tenía que tranquilizarse. Señaló dos tarjetones sobre el mostrador en los que aparecían los diferentes modelos de coche. La mujer paseó el dedo por encima.

—No sé, me da igual. Uno pequeño, uno barato...

Además de fijarse en sus uñas pintadas de negro, Holly vio que algunos dedos de su mano izquierda tenían la piel ennegrecida, como resultado de alguna quemadura pasada. Quemadura eléctrica, además. De pequeña, ella había metido la mano en una estufa enchufada y se le quedaron también negros algunas semanas.

—... este mismo —dijo la mujer.

—Un Spark o similar, perfecto. ¿Cuándo lo necesitaría?

—¿Ahora?

Volvió a usar el tono seco que desacreditaba la pregunta por obvia. Y no le faltaba razón. ¿Cuándo iba a querer el coche si no era ahora? A Holly volvió a temblarle el labio. Escapó con la mirada al ordenador. Introdujo los datos manchando de tinta la barra espaciadora.

—¿Y lo traería de vuelta...?

—Eso no lo sé. Decidiré sobre la marcha. Estoy en un viaje, digamos... —buscó la palabra adecuada— emocional. Un viaje más interior que exterior, si acaso tiene sentido.

—Sí, sí que lo tiene —dijo, aunque en realidad no se lo encontraba.

—He pasado una mala época y creo que viajar sola es justo lo que necesito. Ni siquiera conozco Idaho y lo tenemos ahí al lado. ¿Tú conoces Idaho?

—No, la verdad es que no.

—Pues lo tenemos ahí al lado.

—Sí, muy cerca. —Le hubiera dado la razón a cualquier cosa que dijera—. ¿No sabe entonces una fecha de vuelta?

La mujer negó con la cabeza. Holly sonrió pero empezó a sudarle la espalda. ¿Podía registrar un alquiler sin fecha de vuelta? No se le había dado el caso en los primeros tres días de trabajo y tampoco recordaba que le hubieran enseñado cómo resolver ese supuesto en las jornadas de formación. En la pantalla, una celda de la hoja de registro exigía que introdujera el dato. Presionó el ratón varias veces para intentar dejarla vacía pero aparecía un mensaje de error.

—Voy a necesitar una fecha de regreso —dijo llena de dudas—. La podría cambiar luego, supongo.

La chica mostró tanta sorpresa ante la información como ella ante el mensaje de error de la pantalla.

—Pues no sé, pon que lo devuelvo... —agitó la mano en el aire— en cinco días. El 14 de julio.

—¿De verdad? —preguntó Holly, que se arrepintió enseguida de su pregunta. ¿Cómo había hecho eso, dudar del cliente? Su trabajo era gestionar el alquiler del coche, introducir los datos que proporcionara el arrendatario. Si luego resultaba que la información era falsa, eso ya no era problema suyo, tendría que encargarse el jefe, o los seguros, o quien fuera—. Lo siento. Me ha parecido que dudaba. He preguntado para saber si estaba segura del todo, no porque pensara que me estaba mintiendo.

Estupendo, ahora también la llamaba mentirosa. Pero la mujer no se ofendió, sus labios dibujaron una extraña sonrisa.

—¿Acaso podemos estar totalmente seguros de algo? —dijo—. ¿Seguiré viva dentro de cinco días para devolver el coche? ¿Seguirás viva tú?

Vale. Ahora quedaba claro, había algo extraño en la chica. Esa respuesta no era normal desde ningún punto de vista. A lo mejor por eso Holly se había sentido tan intranquila desde el principio, su intuición la estaba avisando de algo.

—Eso espero —contestó ella. El corazón se le había acelerado—. Dentro de cinco días y de cincuenta años, por favor, que soy muy joven. ¿Desea que la informe de los seguros?

—Seguros añádelos todos —contestó la mujer. Después agravó la voz—: Por si acaso.

Lo dijo en un tono sombrío cercano a la parodia. Quizá entonces lo que había dicho antes también era parte de alguna broma. La mujer tan solo tenía un extraño sentido del humor y Holly estaba más nerviosa de lo que debería. Gotas de sudor se condensaron en su frente, una resbaló hacia un lado de la cara.

—¿Estás triste? —preguntó la chica.

—¿Triste? —Se secó la frente con la manga de la chaqueta—. Qué va, no es eso. Es solo que estoy nerviosa, es la primera vez que me dejan sola aquí y quiero hacerlo todo muy bien. Esperaba un alquiler normal.

—¿Y yo no soy normal?

—Perdón, perdón. ¿Ve como estoy nerviosa? Creo que es mejor que deje de hablar directamente.

—No digas tonterías, que nadie te calle nunca. Mucho nos

han callado a las mujeres ya. Además, en realidad me gusta la gente honesta. Y es lo que tú has sido desde que he entrado por esa puerta.

¿En qué momento había pasado la chica de querer asustarla a valorarla profundamente como mujer? Holly agradeció sus palabras con una sonrisa pero procuró no decir mucho más. El cliente siempre tenía razón y ella iba a darle el coche tal y como ella pidiera. Si después ese coche aparecía quemado en un lío de drogas o con el asiento lleno de tiros lanzado por un terraplén, eso no era problema suyo. Que se encargara su jefe. Ejecutó el proceso de alquiler siguiendo los pasos marcados. Escaneó la documentación de la mujer, vio en el carnet de conducir que se llamaba Mara Miller. Realizó también el cargo en la tarjeta de crédito. Su firma era redondeada, limpia, no tachaba el nombre, tampoco lo subrayaba. La sencillez del trazo invitaba a pensar en una mujer satisfecha de sí misma, chocaba con lo conflictivo que se adivinaba su interior en estos momentos.

—Le indico dónde está el coche —dijo Holly.

Su voz por fin sonó segura, profesional. De un cajón sacó el sobre que contenía las llaves, rodeó el mostrador indicando a la mujer que la siguiera. Una puerta en la parte de atrás de la caseta daba directamente al aparcamiento. Desde allí, señaló un Chevrolet Spark.

—¿Ve el coche rojo con la matrícula que pone SKY?

—Lo veo.

—Pues ése es el suyo.

Holly le entregó el sobre. En una esquina quedó plasmada una huella dactilar de boli negro, casi inapreciable, la tinta en el pulgar se había secado. La Holly nerviosa quiso hacer algún comentario sobre ese viaje espiritual en el que decía embarcarse la mujer, desearle que encontrara lo que fuera que estuviera buscando, pero la Holly profesional de los últimos minutos acabó imponiéndose y tan solo deseó a la señora Miller un feliz alquiler, con frialdad comercial. Ella le dio las gracias y cruzó el aparcamiento en dirección al coche.

—Por favor, tráeme el coche de vuelta —susurró Holly cuando ya no podía oírla—. Que estoy en período de prueba.

4

A Frank le encantaba conducir a la altura del asiento de la autocaravana. Sentía que volaba sobre la carretera, podía ver lo que ocurría en los seis carriles, calcular las consecuencias que la maniobra de un vehículo muy adelantado acabaría teniendo para ellos. A lo lejos divisó un peaje que se encontraba aún a varias millas. En el asiento del copiloto, Grace también miraba al frente, pero era una mirada desenfocada. Frank había visto a su mujer entrar y salir de ese estado ausente varias veces durante el camino. Ahora además raspaba un dedo contra la ceja, frotando la yema con los pelitos puntiagudos de un extremo.

—Vamos, mi amor. —Le pellizcó el codo para que detuviera su clásico tic de preocupación, luego se quejaba de que en los vídeos se le notaba la ceja despoblada—. Estamos haciendo bien. Necesitamos un cambio de suerte.

En el retrovisor interior, Frank vio cómo Audrey apartaba el móvil de su cara. Había estado la última hora tumbada en el sofá, tecleando, desobedeciendo la orden constante de sus padres de que se sentara a la mesa y se abrochara el cinturón de seguridad como había hecho Simon. Ahora se incorporó para sentarse en el extremo del sofá más cercano a ellos, detrás del asiento de Frank.

—¿Y por qué se supone que esa suerte está al otro lado del mapa? —preguntó.

—De momento porque tu padre va a ganar más dinero —respondió él—. Eso es importante.

—Supongo que ya sabes que no soy nada materialista —dijo Audrey antes de devolver la atención al iPhone X que había pagado su padre.

—Llevamos solo unas horas conduciendo y ya siento que estamos demasiado lejos —susurró Grace—. Demasiado pronto. Tengo la sensación de estar huyendo.

Frank dejó escapar una risotada.

—Qué tontería, no estamos huyendo.

—Ése era nuestro hogar... —Audrey señaló a algún lugar indeterminado tras su espalda, a las trescientas millas que los separaban de la casa que habían dejado atrás.

—En un mes Boston será nuestro nuevo hogar. Igual que éste. O mejor. Y a Boston se va para allá.

Él señaló al frente, al futuro.

—Yo lo único que digo es que mis hurones no van a volver por mucho que nos cambiemos de casa. Y a Simon tampoco le va a crecer un nuevo ojo.

Frank dejó caer los hombros. Cada vez que se mencionaba el ojo de Simon, sentía su corazón detenerse. La sangre dejaba de correr y se estancaba, pudriéndose, convirtiéndose en culpa. Grace chasqueó la lengua, quiso dar un manotazo a la rodilla de Audrey pero no la alcanzó.

—No digas eso —susurró—, que no te oiga tu hermano.

Frank buscó a Simon en el espejo retrovisor, recorriendo en el reflejo el interior del vehículo. Detrás del asiento del conductor, en la pared lateral izquierda, se encontraba el sofá de tres plazas que ocupaba Audrey, con el respaldo dispuesto a lo largo de dicha pared. A continuación, y perpendicular a ella, había una mesa de comedor con dos bancadas enfrentadas. Más allá estaba el baño y, al final, en la parte trasera, el cuarto de matrimonio. En el otro lateral, detrás del asiento de Grace, se encontraba la puerta de entrada, la cocina —que disponía de fregadero de doble cubeta, tres fogones, despensa, horno y nevera—, un amplio espacio de armario y, de nuevo al final, el dormitorio principal. Tanto el salón como el dormitorio eran módulos extensibles que se expandían para aumentar el espacio cuando el vehículo se encontraba parado. En carretera, con los módulos plegados como iban ahora, el plano de la autocaravana se comprimía de tal forma que el fregadero se acercaba al sofá del lado opuesto y la nevera casi tocaba con la mesa del comedor. Ahí es donde estaba Simon, ajeno a los comentarios de Audrey, picando de una bolsa de Takis Fuego. La autocaravana entera olía a chile y limón. Miraba por la ventana con curiosidad, el cuello estirado.

—¡Papá! —gritó en ese momento—. ¡Las matrículas, papá! ¡Están cambiando! Ahora son rojas y azules. Y pone... —Se chupó un dedo y pegó la nariz al cristal para poder leer—. ¿Patatas famosas? —Arrugó la nariz dudando de su vista imperfecta, pero instantes después lo confirmó—: ¡Patatas famosas! Papá, pone «patatas famosas».

Simon estalló en carcajadas, encontró a Frank mirándolo en el espejo.

—Qué bien lees ya hasta de lejos, Gizmo —le dijo—. Y claro que cambian las matrículas, estamos acercándonos a Idaho.

Su hijo devolvió la mirada al exterior, el parche tapaba su ojo derecho.

—¡Lo pone en todas! *Scenic Idaho. Famous Potatoes*.

—Cada estado tiene unas matrículas, hijo. En las de aquí, como en la nuestra, pone *Evergreen State* —la mitad de los coches que los rodeaban aún lucían el diseño del estado de Washington—, pero en las de Idaho pone eso de las patatas. Y ya verás lo que tienen las de Wyoming.

El ojo sano de Simon se abrió intrigado, dispuesto a sorprenderse, expectante ante la vida como había sido siempre.

—¿Qué tienen las de Wyoming?

—Ya lo verás —respondió él—, tendrás que esperar a que lleguemos.

—¿Qué ponen?

Frank se encogió de hombros, manteniendo la intriga. A su lado, Grace sonrió. Como a él, le gustaba que Simon siguiera siendo el mismo que era hacía un mes.

Frank vio en el retrovisor cómo Audrey le mostraba el móvil a su hermano. Y, en el reflejo de una ventanilla, la pantalla con la imagen de una matrícula de Wyoming. Simon abrió la boca al verla, asombrado. *Hala, un vaquero,* leyó Frank en sus labios. Audrey le chistó para que callara, para que papá no se enterara de que ella y Google le habían chivado el secreto. La conspiración fraternal enterneció a Frank.

—Mira, papá, un autoestopista. —Simon señaló la ventana del otro lado.

En el arcén, un joven con rastas, botas de montaña y mochila voluminosa mostraba un cartón escrito en letras mayúsculas con rotulador negro. BUEN CHICO decía el mensaje.

—¿Lo subimos? —propuso Audrey—. Hay sitio de sobra. Será interesante hablar con él, seguro que está recorriendo el país, habrá visto muchas cosas.

—Y es un buen chico —leyó Grace.

—Si de verdad fuera un buen chico no se le ocurriría anunciarlo con un cartel.

—¡Que suba! —gritó Simon.

—Venga, papá, cógelo.

—A ver, no digáis tonterías. Están las cosas hoy en día como para fiarte de la gente y coger a un extraño. Lo mismo lleva explosivos en esa mochila.

—Sí, claro, con la pinta de hippie que tiene —dijo Grace.

—Pues eso mismo. Ni de los que se visten normal te puedes fiar, imagínate de éste, con esos pelos y lo rotos que lleva los pantalones.

—Papá, eso que has dicho es tan feo y clasista que no sé ni por dónde empezar a criticarlo.

—Pues no lo critiques. Y disculpadme todos por no querer a un extraño cerca de mi familia. Al próximo asesino en serie que veamos, lo subimos. —Después bajó la voz para que solo Grace lo oyera—: Y tú, parece mentira, bastantes extraños hemos tenido ya.

Ella le frotó el muslo como disculpa. Centrado en la discusión interior de la autocaravana, Frank no vio el utilitario rojo que cambió a su carril. Y cuando devolvió la mirada a la carretera, estaba ya encima del coche. Tan cerca, que solo alcanzó a ver el morro, el cuerpo del vehículo eclipsado por el salpicadero. Aunque tuvo claro que iban a alcanzarlo, su pie accionó el freno y una mano giró el volante. Frank se preparó para el impacto bloqueando los codos, encogiendo los hombros.

Pero no chocaron.

La caravana accedió al otro carril de manera milagrosa, tan solo se ganó la pitada de algún coche que venía detrás. Frank también presionó su claxon hasta el fondo, todas las ganas que había contenido durante la maniobra para optimizar los segundos de reacción se concentraron ahora en la palma de su mano.

—¡Imbécil! —gritó a la luna delantera, al utilitario—. ¡Aprende a conducir!

Dio bocinazos tan acelerados como el pulso en su cuello, dirigidos al coche rojo que se alejaba como si no tuviera nada que ver con la pitada. Las letras de su matrícula trasera escribían SKY.

—Al cielo vas a llegar a esa velocidad, sí. ¡Corre, anda, corre!

—Para, Frank, no te oye —dijo Grace.

—¡Dios! Qué susto. ¿Estáis bien? —preguntó a los niños.

Vio a Audrey tendida en el suelo, encajada en el espacio que había hasta el fregadero.

—¡Audrey!

Frank se desvió al arcén, detuvo la caravana. Desabrochó su cinturón de seguridad, igual que hizo Grace. Rotaron ambos en sus asientos giratorios, encarando el interior del vehículo.

—¿Estás bien, hija?

—Que sí, que sí, solo me he caído.

Se incorporó con rodillas y brazos.

—¿Ves? —regañó Grace—. Se acabó lo de ir sin cinturón en el sofá, venimos todo el viaje diciéndotelo. Ahora mismo te pones en la mesa como tu hermano. ¿Tú estás bien?

Simon asintió, apretaba en la mano su bolsa de Takis.

—Pero se ha caído esto.

Recogió del suelo la foto enmarcada de Frank y Grace. El cristal se había roto, como si resquebrajara la felicidad de la imagen que protegía.

—Qué tonta, la dejé ahí encima sin más. —Grace chasqueó la lengua—. Se me olvidó asegurarla o meterla en algún lado.

Audrey recogió las piernas sobre el sofá para dejar paso a su madre. Grace alcanzó a Simon en la mesa, avisándole de que tuviera cuidado con los cristales que acabó desechando en la basura. Sopló la foto, se la enseñó a Frank. No estaba rayada y el marco había resistido el golpe.

—No es tan grave —le dijo con una sonrisa.

—Esto sí es grave —interrumpió Audrey.

Mostró su móvil. Una telaraña de grietas se había formado en una esquina de la pantalla. La recorrió con el pulgar de un lado a otro, escribió en el teclado, abrió la cámara de fotos, reprodujo una canción.

—Por lo menos funciona —dijo aliviada—. Pero ¿veis lo que os digo? Que por muy lejos que nos vayamos las cosas no van a ir mejor. Yo creo que el gafe lo llevamos nosotros encima.

—No digas eso. —Frank se giró en su asiento, de nuevo hacia el frente.

A lo lejos, casi llegando al peaje, distinguió el coche que había estado a punto de arruinarles el viaje. Por suerte, lo había esquivado a tiempo. Ahora no era más que un punto rojo en la lejanía, muy apartado de ellos.

—Todo va a ir mejor a partir de ahora —dijo para sí mismo.

Mientras, su mujer aseguraba los cinturones de los niños sentados a la mesa.

5

Guio a la niña tirando de su mano. Al verla caminar con las rodillas juntas, conteniendo las ganas de hacer pis, tuvo ganas de reír. No lo hizo para no molestarla, su hija había alcanzado el punto en el que orinar no era motivo de risa. Empujó la puerta del baño público del peaje y dejó que la niña pasara primero, sin soltarla.

—La próxima vez avísame en cuanto empieces a tener ganas, no te aguantes hasta el último minuto porque mira lo que pasa, que...

Se interrumpió al descubrir a una mujer en el primer lavabo. Joven, se miraba al espejo con el grifo abierto, agarrada a la pila, los dedos blancos por la presión con la que lo hacía. Su rostro también estaba pálido, el pelo adherido a la piel por agua o sudor. La mancha oscura en la espalda de una prenda de algodón reforzó la teoría del sudor. Un primer instinto llevó a la mujer a separarse de la joven, alejar a la niña, pero lo disimuló para no ofenderla. Dirigió a su hija a uno de los cubículos. Le limpió el asiento del inodoro con papel higiénico.

—No muevas ni toques nada, ¿vale? Cuando acabes, te limpias con esto y listo. —Le dio un trozo de papel—. Yo te espero aquí fuera.

Dejó la puerta entornada al salir. Desde allí observó a la joven, que se refrescó la nuca con agua. Tomó aire. Lo expulsó lentamente. Observándola ahora, parecía ridículo haberse asustado. Era una joven inofensiva atravesando un mal momento, no una drogadicta en pleno mono ni una fugitiva armada, dos de las opciones que su cerebro prejuicioso había barajado al entrar. El bolso que tenía colgado en el secamanos era de buena marca.

—Intento salirme y dejarla sola en el váter —explicó, señalando la puerta entornada de su hija—. Para que empiece a aprender que hacer pis es una cosa privada que tendrá que dejar de hacer con su madre antes o después.

El intento de entablar conversación era tanto una disculpa por sus malos pensamientos como una manera de distraer a la joven de los suyos.

—¡Me llamo Brittany! —gritó la niña desde el cubículo—. Y mamá se llama Bree. Brit y Bree. Brit y Bree.

Bree rio, queriendo hacer partícipe a la joven de la manera tan graciosa en que la niña estaba repitiendo los nombres, pero ella apenas desvió la mirada del lavabo. Los ojos de ambas se encontraron solo un instante en el espejo manchado, roto, rayado. Una firma de grafitero lo atravesaba en diagonal. Bree entendió que la joven prefería que la dejaran en paz. La vio acercar la boca al grifo, enjuagarse y escupir.

—Mamá, alguien ha vomitado aquí —dijo Brittany.

La joven detuvo su acción al sentirse descubierta.

—Es la papelera, mamá. Uh, qué asco, alguien ha vomitado en la papelera.

La joven encorvó la espalda, tratando de ocultarse tras sus hombros. Miró a Bree como si vomitar fuera un delito.

—Hay maíz —añadió la niña.

Los hombros subieron aún más. Bree sintió lástima.

—Bueno, no pasa nada, cariño —dijo—. Tápate la nariz y ya está. No toques nada.

Bree siguió estudiando a la joven. Vio lágrimas en su rostro. Podían ser las lágrimas que suceden a un fuerte vómito o las lágrimas propias de la honda tristeza que irradiaba. Esa honda tristeza conmovió a Bree, que sabía reconocer el dolor del alma.

—Siempre hay una salida —le dijo—. Intenta no empeorarlo. Sea lo que sea. Eres tú quien decide si sigues bajando o si ya es momento de subir.

La joven apagó el grifo, como si necesitara silencio para reflexionar sobre las palabras que acababa de escuchar. Bree se sintió satisfecha de haber ayudado. En sus peores momentos, ella también hubiera agradecido palabras de ánimo como aquéllas, aunque se las hubiera dicho una desconocida. La joven giró la cara.

—No sabes nada —dijo sobre su hombro.

—No soy tu madre echándote una bronca, de verdad. Solo intento hacerte sentir mejor, sé lo poderoso que puede llegar a ser el saber que importas a alguien. Y a mí me importas. Yo también he sufrido, me he hecho cosas horribles a mí misma. —Se acercó un paso a la joven y bajó la voz—: Yo también he estado tirada en el suelo de algún baño, en alguna estación, y nadie se molestó siquiera en saber si estaba viva o muerta. No quiero que eso le pase a nadie más.

—¿Me ves tirada en el suelo? —contestó la joven.

En el silencio, oyeron las últimas gotas de la niña caer al agua del retrete.

—Me estoy limpiando, mamá —dijo en el cubículo—. Qué mal huele el vómito.

—Solo quiero ayudar —susurró Bree.

—Pero no sabes nada de mí. No sabes nada de lo que me pasa.

Bree se limitó a observar los ojos de la joven, compadeciéndose de lo confundida que parecía.

—No te hagas más daño —le dijo.

Después levantó las manos en el aire dando por finalizado cualquier intento de ayuda. Brittany salió del cubículo apretándose la nariz con unos dedos convertidos en pinza.

—¿Te has limpiado bien?

La niña asintió.

—Pues ahora nos lavamos las manos.

De puntillas, Brittany alcanzó el dispensador de jabón junto al grifo donde se había apostado Bree, dos lavabos más allá del de la joven. Envolvió las manos de su hija con las suyas, las frotaron formando espuma. Mientras las aclaraban, adivinó la intención de la niña de decir algo y le apretó un dedo indicándole que no lo hiciera. Ambas se secaron con toallas de papel. De camino a la salida, la niña se detuvo junto a la joven, tiró de su pantalón.

—No te preocupes, yo también he vomitado varias veces en el cole. Una vez me salió leche por la nariz.

A Bree le enterneció el gesto de su hija.

—¿Puedo por favor tener un poco de intimidad?

La joven ni siquiera se molestó en mirar a la niña, agradecer las buenas intenciones de su comentario. Bree tiró de su hija, separándola de la joven aunque se ofendiera, ya no tenía sentido disimular como había hecho al entrar. Con ella podía meterse quien quisiera, pocas cosas podían herirla ya, pero no iba a permitir que nadie hablara mal a su niña.

—La próxima vez, vomita en el váter, no en la papelera de al lado —espetó a la joven sin resto alguno de compasión—, y tira de la cadena. Si el mundo es una mierda para ti, no hagas que lo sea también para los demás. Todos merecemos un baño limpio. Mi hija lo merece.

La joven no respondió, tampoco ella esperaba una respuesta. Salió del baño satisfecha de haber defendido a su hija, aun sabiendo el daño que podía haber causado a la joven, lo mucho que dolía el juicio de los demás cuando una se encontraba en malos momentos como el que estaba atravesando ella.

Afuera, la niña señaló una autocaravana del tamaño de un autobús.

—Qué coche más grande, mamá.

—Se llama «caravana», hija. Es como una casa con rue-das.

—¡Yo quiero una casa con ruedas! ¡Como un caracol!

—¿Los caracoles tienen ruedas?

—¡Ah, no! —Brittany explotó en carcajadas.

Mientras abrazaba a la niña, la joven de la sudadera salió del baño. Corrió hasta un coche rojo que tenía las ventanillas abiertas. Lanzó su bolso al asiento del copiloto antes de subir, arrancar y marcharse.

—Esa señora es una maleducada —dijo la niña.

—No, mi vida. Solo está sufriendo.

6

Grace había cedido el puesto de conductor de nuevo a Frank. Habían comenzado a turnarse una vez que salieron de la I-90 y, tras cuatro cambios, llevaban recorridas más de seiscientas millas en unas diez horas. El sol había descendido a sus espaldas, los rayos se colaban ahora por la ventana trasera de la autocaravana. Cada vez más inclinada, la luz del atardecer teñía de naranja el dormitorio y se derramaba por el pasillo hacia el habitáculo principal, donde Audrey y Simon se entretenían por separado, cada uno con su móvil. El número de carriles había ido descendiendo cada vez que accedían a una nueva carretera, hasta que la última salida que tomaron los situó en el carril único por el que avanzaban ahora. A ambos lados, frondosos bosques de coníferas habían sustituido el paisaje urbano del que partieron. Pino blanco occidental, Pino Ponderosa, Abeto de Douglas, Tsuga del Pacífico... Grace recordó de carrerilla la lista de coníferas del noroeste que alguna vez estudió en el colegio y que refrescó con Simon en el curso anterior. Iba a preguntarle si él era aún capaz de distinguirlos, porque para ella eran todos iguales por mucho que se supiera de memoria cinco nombres diferentes, cuando Frank se adelantó a hablar.

—Qué bonito es todo esto —dijo. Bajó una ventanilla y respiró profundamente—. Huele a tierra, a vida. Huele a futuro.

Grace reconoció en la cara de su marido la misma expectación optimista que mostró el día que la cogió en brazos para cruzar la puerta de la casa que habían abandonado esa mañana. Si entonces aquella expresión se tradujo en tantos años de felicidad familiar, también ahora podía aguardarles el brillante futuro que Frank vislumbraba con tanta claridad. Grace lo miró a los ojos, asomándose a la imagen resplandeciente que para él tenía el porvenir, y dejó que su entusiasmo se le contagiara.

Justo en ese momento, un punteo de guitarra sonó en los altavoces de la autocaravana, en los que se reproducía una lista de Spotify desde el móvil de Grace. La música de aquellas cuerdas elevó aún más el ánimo de Frank, a quien la boca se le abrió sola como si no existiera mejor instante para que sonara esa canción, como si no creyera estar viviendo uno de esos escasos momentos en la vida en que todo resulta perfecto. Grace subió el volumen para amplificar los niveles de su felicidad.

—¡Os suena el teléfono! —gritaron los niños a la vez.

—Qué graciosos —contestó Frank.

Lo decían porque era la canción que ambos tenían programada como tono en sus móviles cuando llamaba el otro. El punteo de guitarra de Jewel sonaba varias veces al día en casa.

—Se me hace hasta raro oírla entera —dijo Audrey—. Siempre lo cogéis mientras suena la guitarrita, no llega ni a cantar la mujer.

—Ah, pero ¿que es una canción de verdad? —preguntó Simon—. Yo pensaba que era un tono de los que os venía en el móvil. En serio.

—Es mucho más que todo eso —dijo Frank.

Sonrió de lado a Grace, otro de los gestos que la derretían.

—Es la canción que grabé a vuestra madre por las dos caras de un casete para que tuviera muy claro que estábamos hechos el uno para el otro. —Sus ojos brillaron como en la fotografía en la que rebobinaban con un bolígrafo esa misma cinta. Sin despegar la vista de Grace, Frank esperó a que Jewel llegara al final del estribillo y susurró para ella—: *You were meant for me and I was meant for you.*

—Y no te equivocabas. —Grace apoyó una mano sobre la de él, en el reposabrazos de su asiento. Con la otra le acarició la mandíbula, igual de robusta que hacía tantos años—. Eres increíble.

—¿Cuántas canciones cabían en un casete? —preguntó Simon—. ¿Cien?

—No digas tonterías —respondió Audrey ante el disparate, aunque ella tampoco había tenido nunca uno entre las manos—. Muchas menos. En los que salen en *Por trece razones* creo que no cabía más de una hora. Y la pregunta que hay que hacerles a nuestros padres es cómo pueden ser tan cursis con la edad que tienen.

—Vaya —exclamó Frank—. ¿Acaso no es ése un comentario discriminatorio de los que tanto criticas tú? ¿No es injusto infravalorar a tus padres por cuestión de edad, aprovechándote de tu privilegio de ser joven?

Audrey se quedó pensativa.

—Tienes razón, papá —concluyó tras una deliberación interna—. Y perdóname tú también, mamá.

Ellos se sonrieron, ambos orgullosos de cómo estaban educando a sus hijos. Escucharon el resto de la canción sin interrupciones, Grace recorriendo con los dedos la orografía de los nudillos de su marido, Frank lanzándole miradas de soslayo como las que le lanzaba desde el banco frente al Starbucks en el que coincidían todas las mañanas antes de conocerse.

—¡Tengo hambre! —gritó Simon en cuanto terminó la canción.

—Yo también, Gizmo —dijo Frank bajando el volumen en la autorradio—, pero mejor cenamos en el sitio donde pararemos, que para eso llevamos una casa y una cocina a cuestas. Es un sitio espectacular, ya verás. Vamos a comernos los perritos calientes mientras miramos las estrellas, que los cielos de Idaho son increíbles. Y el kétchup sabe mejor al aire libre. De verdad, vais a alucinar con el sitio. Además vamos a estar solos, seguro. Todo para nosotros.

—¿Y cuánto falta para eso? —preguntó Audrey.

—Unas dos horas.

Simon se desabrochó el cinturón. Caminó hacia delante agarrándose a la mesa, a la encimera de la cocina, al sofá, a la rodilla de su hermana, a la puerta de entrada. Una vez que alcanzó el asiento de su padre, Grace apreció el olor de la pomada bajo el parche del ojo. El niño les pidió que escucharan con atención. Sus tripas sonaron a tal volumen que parecía que se estuvieran digiriendo a sí mismas.

—No puedo esperar tanto —dijo.

Un nuevo borborigmo reforzó sus palabras. Grace rio.

—La verdad es que yo también tengo hambre —dijo—. Y prefiero que hoy no hagamos nada cuando paremos, vamos a llegar muertos. Mejor nos dormimos y ya si acaso preparamos un gran desayuno mañana. Las estrellas las podemos ver igual cuando lleguemos, pero con el estómago lleno. Así no nos molesta el ruido de las tripas de este niño.

—Yo apoyo la moción —secundó Audrey—. Tengo ganas de cenar, que ya casi es de noche.

Frank dirigió a Grace un puchero exagerado, lamentando el unánime rechazo a su propuesta.

—¿Sabéis qué? Que yo también me muero de hambre —confesó enseguida.

Simon señaló al frente:

—Pues ahí viene un restaurante.

En la tonalidad púrpura que había adquirido el paisaje con el ocaso, resaltó a lo lejos el brillo amarillo y verde de unas letras mayúsculas situadas en lo alto de un poste. Formaban la palabra DINER. Debajo, una tipografía más casual escribía Dannielle's en un color tan rosa como el que tintaba las nubes al anochecer.

Frank accionó el intermitente.

—¿Tendrán opciones vegetarianas? —preguntó Audrey.

7

Hasta ahora, Aniyah había tenido suerte con uno de los turnos de cena más tranquilos que recordaba, como si el cielo hubiera respondido al ruego que lanzó al entrar por la puerta trasera del restaurante. Había rogado por un turno fácil. Por que viniera poca gente. Y por que esa gente estuviera muy sola. Solteros, viudas, camioneros. Del botiquín junto a su taquilla, antes de empezar el turno, sacó un Tylenol que se tragó con un sorbo de Pepto-Bismol. Salió a atender las mesas. Como si de verdad el cielo le hubiera concedido su deseo, casi no había habido clientes en toda la tarde. Ya apenas faltaban dos horas para terminar y tan solo una pareja de ancianos ocupaba una mesa al fondo. Compartían su tercera porción de tarta. Sin hablarse, pero cogidos de la mano. Llevaban así toda la tarde. Aniyah deseó envejecer de esa manera junto a alguien y les concedió mentalmente el premio a los mejores clientes para una resaca. Aunque la resaca casi había remitido. Entonces el sonido de las campanitas sobre la puerta trajo de vuelta el dolor de cabeza. Y las risas, el malestar estomacal. Nada peor para el final de una jornada de resaca que una familia feliz alborotada.

Aniyah levantó la vista desde la barra, donde secaba cubiertos con un trapo. En efecto, lo que entraba era una familia de cuatro. Blancos. Con dos niños. O sea que pedirían hasta postre, veinte minutos más de servicio. Además pedirían helado, todo el mundo pedía helado en julio y ella ya había limpiado los botes de sirope. Qué pereza. Se obligó a pensar en que si había postres la cuenta sería más alta y también la propina. Eso no le vendría mal, apenas había reunido propinas ese día y al menos era una familia americana, no turistas europeos de los que fingen no saber cuánto deben dejar. Aniyah se armó de fuerzas, dejó el trapo sobre los cubiertos y abandonó la barra. Sintió cómo las comisuras de sus labios luchaban contra el resto de su cara para dibujar la sonrisa más falsa que fue capaz de forzar.

—Hola, preciosa familia. Bienvenidos a Danielle's —dijo con un canturreo, sentía el rostro casi deformado. Como solía hacer para ganarse a los niños y, con ello, a sus padres, buscó algún detalle del pequeño para personalizar el saludo—. Seguro que la carretera os ha dado hambre, sobre todo a ti, pequeño pirata —añadió a propósito de un parche en el ojo que llevaba el crío.

—¡Mucha! —contestó él.

A pesar del entusiasmo del niño, hubo un incómodo intercambio de miradas entre los padres, quizá mencionar ese parche no era la mejor forma de ganárselos. Mientras les indicaba dónde sentarse —por propio interés les ofreció una mesa de cabina cerca de la cocina y la barra, así tendría que andar menos— preguntó por las bebidas y las memorizó.

—Estupendo, pues voy a por esos refrescos y así os doy tiempo a que elijáis del menú.

Extendió cartas delante de cada uno de ellos. Los padres se habían sentado en la parte interior de la mesa, frente a frente, contra la pared. Los hijos se quedaron en las plazas exteriores de los bancos. De vuelta tras la barra, Aniyah cogió cuatro vasos de refresco y los fue rellenando bajo los grifos del dispensador. Terminaba de rellenar el último con Coca-Cola Zero para la madre cuando oyó de nuevo las campanillas sobre la puerta. Sus hombros cayeron, la resaca se hizo más pesada.

—No puede ser —murmuró.

Con lo bien que iba todo y ahora dos entradas tan seguidas. Rogó al cielo que fuera una persona sola, un excursionista de los que iban de visita a las aguas termales, no estaba preparada para atender a otra familia. La Coca-Cola Zero se desbordó del vaso. Lo limpió con un trapo y lo colocó junto a los otros en una bandeja circular. Observó a la mujer que había entrado, la capucha de una sudadera cubría su cabeza. Sin esperar a que la recibiera alguien, se dirigió por sí misma a una mesa. Aniyah cogió cuatro pajitas. Maldijo la falta de educación de la chica, lo mínimo que hay que hacer al entrar a un restaurante es esperar a que la camarera te ofrezca una mesa. Ahora se sentaría en la otra punta de la sala y ella tendría que caminar diez millas para atender solo dos puestos. Con lo bien que le había salido el truco de colocar a la familia cerca de la barra y esa chica iba a estropearle la noche y empeorarle la resaca. Peló el papel que envolvía las pajitas dejando un extremo en forma de capuchón en la boquilla, como prueba de que estaban sin usar. La chica no seleccionó una mesa, se metió en el baño. Quizá solo era una urgencia sanitaria y por eso había entrado tan aprisa. Con suerte no se quedaría a cenar. En ese caso, le perdonaría todo. Iba a levantar la bandeja de bebidas cuando la chica salió del baño, había sido rápida. De nuevo, parecía buscar mesa, sí se quedaba a cenar. Aniyah pensó en salir corriendo a recibirla para redirigir su camino, pero la mujer se acercó por propia iniciativa a la barra. Cuando acabó sentándose en la cabina contigua a la de la familia, a Aniyah empezó a caerle mucho mejor. De hecho, la chica era mona. Del tipo de mujer blanca que le gustaba, pequeña pero con carácter. Se le notaba en la cara. Con una nueva energía, levantó la bandeja de refrescos, apoyándola en la palma de una mano, el bíceps inflado.

—Enseguida estoy contigo —dijo a la chica al pasar junto a ella.

Esforzándose por lucir la careta de amabilidad que ocultaba su verdadero rostro agotado, Aniyah tomó nota del pedido de la familia. La madre tenía el pelo castaño, liso, suelto con la raya en medio. Llevaba unas gafas de sol sobre la cabeza, a modo de diadema. Apenas usaba maquillaje, segura de sí misma o confortable entre sus seres más queridos. Vestía vaqueros y una camisa de cuadros holgada, remangada por encima de los codos, los botones abiertos hasta formar un escote sexy en una prenda de lo más cotidiana. En una muñeca llevaba una goma de pelo. En la otra, un reloj dorado. En el asiento había dejado un bolso de piel marrón. Pidió una ensalada César sonriendo tanto con la boca como con los ojos, derrochando dulzura. Aniyah encontró atractiva su naturalidad y sencillo encanto, pero tenía demasiada carita de buena para gustarle de verdad. A ella le iban las chicas que le dieran un poco más de caña. El padre pidió una hamburguesa doble con queso y beicon. La anchura y altura de aquel hombre invitaba a pensar que habría jugado al fútbol americano en la universidad privada en la que probablemente estudió. Y en la que seguramente conoció a la mujer frente a él, con la que llevaría veinte años en pareja hasta que habían formado esa preciosa familia de dos hijos que, cómo no, habían salido niño y niña. Las parejas hetero siempre tan perfectas. Y tan convencionales. También pensó que era normal que el padre hubiera pedido un plato tan calórico sin remordimiento alguno si aún conservaba ese físico, no como a ella, que le crecía el culo solo con mirar los postres que servía a los clientes. El polo que vestía él se le ajustaba al pecho y hombros a pesar de su holgura, amplia como la de sus pantalones chinos, un atuendo clásico de padre al volante. La barba de cuatro noches completaba su aspecto relajado, casi seguro que en su vida profesional lo obligaban a afeitarse. A Aniyah le gustó el corte de pelo de la hija, corto y asimétrico, le recordó al de una novia rockera que había tenido. Y que pidiera una hamburguesa vegetal también casaba con el recuerdo de aquella novia. Si Aniyah pudiera se haría cosas en el pelo, pero había probado a rapárselo hacía años y la comodidad de no peinarse era difícil de combatir. Además, le daba un aspecto viril con el que triunfaba. Por último, el niño del parche pidió *fingers* de pollo con patatas fritas. Muchas patatas fritas.

—Más de las que puedas comer, no te preocupes —dijo Aniyah—. Y si esto es todo, estaré de vuelta con la comida enseguida.

Antes de llevar la comanda a la cocina, se detuvo en la mesa contigua. Los ojos de la chica de la sudadera eran de un azul que parecía gris. Aniyah sintió un revoloteo en el estómago, le sudaron las palmas de las manos.

—Gracias por no sentarte en la otra punta.

Se le escapó un guiño sin pretenderlo. La chica arrugó la frente.

—¿Cómo?

—Nada, cosas de camareras.

Las arrugas en la frente no desaparecieron. La chica no parecía amigable. Entretuvo sus dedos inquietos sacando la llave de su coche del llavero al que pertenecía, el cual guardó en su bolso. Había algo de tormento en su rostro, o quizá era su propia timidez la que la hacía un tanto incómoda de mirar. Aniyah pensó en Kristen Stewart, tenía varias fotos de ella en la taquilla de la que hacía unas horas había sacado el uniforme, antes de tomar el Tylenol. La actriz había empezado a gustarle cuando salió del armario en *Saturday Night Live*.

Desde la mesa de al lado, se oyó un comentario del padre:

—Somos los reyes de un país llamado Nuestra Familia.

Al oírlo, la chica de la sudadera bufó.

Aniyah bajó la voz:

—¿Tú tampoco soportas a esas familias tan básicas?

Ella negó con la cabeza, arqueando las cejas, como si fuera obvio y nadie en el mundo pudiera aguantarlas. Aniyah quiso leer en su respuesta alguna pista que confirmara si tenía o no posibilidades. Buscó algo de masculinidad en su pose, pero no encontró nada.

—Demasiado heteronormativa para mi gusto —añadió Aniyah.

Introdujo el término adrede para dejar clara su inclinación. Así se lo ponía más fácil a la chica si acaso ella era más tímida. Aniyah no solía equivocarse cuando echaba el ojo a una muchacha, por difícil que pareciera, pero ésta no mostró ninguna reacción especial al particular adjetivo.

—Yo es que no lo soporto —dijo la chica en un susurro.

—Por suerte tú no los ves. —Con el bolígrafo señaló los respaldos que llegaban hasta el techo, dotando de privacidad total a cada mesa—. Y si te pones música en los auriculares del móvil —lo tenía sobre el mantel de papel—, no tendrás ni que oírlos. A mí me espera una hora de sonreír sin ganas por un par de dólares. Creo que me iría mejor de *stripper*.

Aniyah rio pero la chica no la acompañó, con lo fácil que era seguir una broma que empezaba así. Qué complicado ligar con clientas en Idaho, en California era mucho más sencillo. La chica devolvió la atención a su menú sobre la mesa y pidió uno de los desayunos que servían durante todo el día. Aniyah regresó a la cocina asumiendo que se había equivocado. Sería una de las primeras veces que fallaba su intuición. O quizá es que a la chica no le gustaban las negras, o tenía novia, o novio, o era simplemente antipática. Terminó de secar los cubiertos que había dejado a medias, mientras el cocinero preparaba los cinco platos. Los aromas de patatas fritas, mantequilla, carne y aceite hicieron turnos en su nariz. Tras servir a la familia, llevó los dos huevos revueltos con pancakes a la chica. Observó que no se había puesto los auriculares como le había aconsejado.

—Veo que te gusta sufrir. —Señaló con la barbilla a la familia—: ¿Cómo va la vida del matrimonio perfecto?

La chica se disparó en la sien con una pistola formada por dos dedos. El gesto le quedó gracioso y Aniyah sonrió aunque acababa de prometerse dejar de coquetear. Miró a la mesa familiar.

—Bueno, ahora están más tranquilitos —dijo—. Están todos con el móvil. Y si necesitas algo, yo estoy aquí para lo que tú quieras.

Rubricó las palabras con otro guiño, dotando a la frase del significado que la chica quisiera darle. Estaba claro que iba a ser incapaz de reprimirse. ¿Qué otra cosa podía hacer una camarera aburrida cuando entraba por la puerta una chica tan guapa como Kristen Stewart?

8

Frank observó a su familia. Frente a él, Grace deslizaba el pulgar sobre el móvil, leyendo seguro una larga lista de comentarios a alguno de sus vídeos. Hacía rato que había abandonado el tenedor en su bol de ensalada. Junto a ella, Audrey tecleaba en su teléfono como un ciempiés apurado. Se había comido la hamburguesa vegetal entera, excepto el pan superior. Sorbió la pajita del refresco por un lado de la boca. El niño también se entretenía con su móvil jugando a algo de combinar colores para hacer desaparecer líneas. En su plato podía distinguirse el brochazo circular de patatas fritas rebañadas con los últimos restos de kétchup.

—¿En serio? —preguntó Frank—. ¿Cada uno a lo suyo? ¿Ya no tenemos nada más que decirnos?

Cinco ojos se levantaron de sus pantallas para mirarlo.

—Se supone que esto es un viaje en familia —añadió— y las familias tienen que hablarse.

—¿Todo el rato? —preguntó Audrey—. Hemos hablado durante la cena.

—Lo máximo posible, sí —respondió él—. Se acabaron los móviles.

Se lo quitó primero a Simon, sentado a su lado. Grace aceleró la velocidad de su pulgar antes de que se lo arrebatara a ella también.

—Papá, que tú seas un dinosaurio analógico que se lleva

fatal con la tecnología no tiene por qué afectarnos a los demás —argumentó Audrey—. Yo soy nativa digital y necesito estar conectada.

Entendiendo que Frank no pensaba claudicar, acabó entregándole su teléfono una vez que hubo completado lo que estuviera escribiendo.

—Ese móvil es el único contacto con la vida que me estás obligando a dejar atrás.

Frank elevó su mirada al techo.

—Dame una Ziploc de las tuyas —pidió a Grace.

Su mujer siempre llevaba bolsas transparentes herméticas en el bolso, separando los cosméticos de las llaves, los comestibles de la cartera, los complementos de los bolígrafos. Era un sistema que recomendaba a todas las amigas que se quejaban de no encontrar nada en los suyos. Incluso había grabado un vídeo sobre el tema. Grace colocó el bolso sobre la mesa. Sacó una guía voluminosa acerca de Idaho y algunas de las bolsas usadas. Le pasó a Frank una vacía. Él metió los tres móviles y ajustó el cierre hermético.

—Ya está.

—¿Y el tuyo? —preguntó Audrey.

Simon se rio.

—Te ha pillado —dijo Grace.

—No, no, si yo lo hago encantado. Soy yo el que quiere aprovechar el tiempo con mi familia.

Cogió su móvil del bolsillo del pantalón y lo añadió a la bolsa. La apartó sobre la mesa, junto a la pared. Quedó tan apretada que le costó volver a ajustar el cierre, pero lo consiguió.

—Confiscados hasta nueva orden.

—Aterrador —dijo Audrey abalanzándose hacia delante—, me siento tan desconectada ya...

—Ahora somos como una familia de los ochenta —añadió Grace.

—Mola —dijo Simon—. Estamos en blanco y negro.

Se miró las manos como si hubiera viajado en el tiempo a una época antigua en escala de grises. El anacronismo provocó una carcajada a Frank, aunque también lo hizo sentir mayor. Grace abrió la guía turística de Idaho.

—En los ochenta se podía leer, ¿no? —preguntó con una ceja arqueada. Pasó varias páginas reaccionando a algunas fotografías, leyendo algunos títulos—. A ver, cuál es ese sitio tan espectacular donde vamos a parar hoy.

—Es un secreto.

Revisando páginas, Grace fue lanzando posibilidades al aire. Preguntó por Rocky Canyon Hot Springs y Frank negó con la cabeza. Preguntó por Kirkham Hot Springs. No. Red River Hot Springs. Tampoco.

—¿Goldbug?

—Eso está muy lejos aún. Y deja de repasar esa lista, que son las aguas termales más famosas del estado. El lugar al que vamos ni siquiera aparece. —Intentó cerrarle la guía pero ella resistió haciendo fuerza con los dedos—. Vamos a un sitio aislado que no conoce nadie, solo los locales. Me lo ha recomendado Carl, de reservas. Vino con su familia y dice que estuvieron a solas los tres días que se quedaron. Los sitios que tú has dicho estarán llenos de gente, todo el mundo mira las mismas guías.

—¿Y cómo vamos a llegar a ese sitio si no está en la guía? —preguntó Audrey—. Tendremos que buscarlo en Google Maps.

Alargó el brazo tratando de alcanzar los móviles, Frank le dio un toque en la mano para que interrumpiera la estrategia.

—Tenemos que coger un camino marcado por dos árboles cortados, dos troncos gordos. Está después de un motel Super 8 que vamos a pasar en breve. Una vez que lo cojamos, en unas dos horas llegaremos. La gente también llegaba a los sitios antes de tener móvil.

—Ya veo, ya. —Audrey se dejó caer en el respaldo del banco—. Cuando la vida era en blanco y negro como dice mi hermano.

Grace leyó en alto:

—Aunque existen pocas experiencias tan placenteras como darse un baño caliente en unas aguas termales en plena naturaleza, algunas de ellas son alimentadas por corrientes que provienen del interior de la tierra a temperaturas superiores al punto de ebullición. Son, por tanto, incompatibles con la vida. El visitante también debe maximizar la precaución evitando aquellos lugares que presenten altos niveles de azufre o de ácidos sulfúrico y sulfhídrico, que pueden llegar a desintegrar un cuerpo humano. —Cerró el libro sobre la mesa—. No quiero saber más.

—Qué miedo, papá —dijo Audrey—. Yo paso de meterme en nada de eso.

—¡Yo quiero! —gritó Simon.

—A ver, a ver. —Frank sacudió los dedos en el aire—. Carl se bañó con sus cuatro hijos y uno era un bebé. Además es muy fácil ser precavido: si no sale vapor del agua es que no está hirviendo, y si hay azufre apestaría a huevo podrido así que tampoco nos va a apetecer meternos. Si pasa cualquiera de las dos cosas, soy el primero en prohibir que nos bañemos. Pero ya veréis, son unas aguas termales perfectas. Como tener un spa en las montañas.

Cuatro cucharas largas aparecieron sobre la mesa.

—Aquí están las herramientas —dijo la camarera con una amplia sonrisa—, y los helados están a punto. Aviso que son grandes. Y muy profundos. Por eso las cucharas son así de largas. ¿Las habías visto alguna vez? —Dirigió la pregunta a Simon.

—Parecidas. —Inspeccionó el cubierto—. Pero éstas son mejores.

—Todo es mejor en Idaho.

La camarera guiñó el ojo al niño, recogió los platos y se marchó a por los helados.

—¿Veis? Lo dice hasta la camarera, que todo es mejor en Idaho. El mundo está de nuestra parte dándonos una nueva oportunidad.

—Ya, seguro, qué va a decir ella si vive aquí —refunfuñó Audrey—. Pero me encanta su rollo, con el *piercing* en la nariz y los tatuajes. Me recuerda a un personaje de *Orange Is the New Black*.

—Yo estaba un poco indecisa, la verdad, pero solo hemos atravesado una línea de estado y ya siento que estamos dejando todo lo malo atrás. Noto hasta que me está volviendo a crecer el pelo a un ritmo normal.

Grace peinó su cabello ahuecándolo con los dedos, reconociendo un volumen que había echado en falta durante meses, hasta llorar por su ausencia. De las dos peores calvas no quedaba ni rastro. Frank buscó las manos de su esposa sobre la mesa, entre vasos de refresco en los que se derretían los últimos hielos.

—Mi amor, va a ir todo muy bien —le dijo—. Somos indestructibles.

Acercó las palmas de ella a su boca y las besó de forma sonora.

El estruendo que estalló en el local encogió sus hombros. Hubo cuatro golpes fuertes. Se rompieron cristales. Un grito de mujer precedió a un ruidoso redoble metálico. La mente de Frank dibujó una bandeja girando en el suelo. Las campanillas sobre la puerta se sacudieron, igual que hicieron los ventanales de la entrada después del portazo.

—¿Qué ha pasado?

Encajonado en su asiento, no veía más allá de su propia mesa.

—Nada. —Audrey señaló el suelo con la barbilla—. Como no podía ser de otra manera, nuestros helados se han caído

73

al suelo. Os digo que el gafe lo llevamos nosotros encima.

Grace se incorporó para asomarse. La boca se le abrió. Empujó a Audrey mientras salían las dos. Frank hizo lo mismo con Simon, que también abrió paso. La camarera estaba en el suelo, caída de lado. Apoyaba el codo en un charco lechoso de color rosado, la cadera en otro del color del chocolate. Desperdigados a su alrededor estaban los cuatro vasos de cristal grueso, barquillos, guindas, pajitas y un pequeño paraguas de papel. A Simon se le escapó una risotada. Frank se llevó la mano a la boca para contener la suya. Grace y Audrey ayudaban a la camarera a levantarse.

—Mucha prisa tendría —dijo la camarera. Después se señaló el trasero—: Suerte que tengo amortiguación.

Apoyó una rodilla, después la otra. Una vez de pie, descubrió los raspones en los codos, las manchas de helado en el uniforme. Soltó palabrotas sin reparar en que había niños delante.

—¿Qué ha pasado? —preguntó Grace interrumpiendo sus improperios.

—Una chica que había aquí. —Señaló la mesa vecina—. Ha salido pitando y me ha empujado. Con la bandeja no he podido mantener el equilibrio y me he ido al suelo. Y encima seguro que se ha ido sin pagar.

Frank comprobó la mesa. Un billete doblado de veinte dólares asomaba bajo un bote de sirope de arce.

—Pues no —informó a la camarera—. Pagar ha pagado. Y yo que pensaba que estábamos solos en el restaurante. ¿Hemos estado hablando muy alto?

Una voz quejumbrosa llegó desde el fondo de la sala.

—Un poco sí.

Era un señor mayor sentado junto a su mujer. Compartían un pedazo de tarta o bizcocho de un plato colocado en la mitad de la mesa.

La camarera sacudió la cabeza.

—Ni caso. Vosotros no molestáis —susurró entre los dientes de su amplísima sonrisa—. Lo que molesta es que la tiren a una al suelo al final del turno. No puede una fiarse de nadie. —Sacudió el uniforme para despegar pegotes de helado—. Bueno, de vosotras sí —le dijo a Grace y Audrey—, que habéis venido a ayudarme enseguida. Como siempre, mujeres ayudando a mujeres mientras los hombres observan sin hacer nada.

Dirigió una mirada de reproche a Frank, también señaló a Simon. La severidad en los ojos de la camarera, enmarcados por un cráneo rapado que resultaba intimidatorio, le hizo sentir que la acusación iba muy en serio, pero ella misma redondeó los ojos y rompió a reír diciendo que era broma. Que no pasaba nada y que los helados estarían listos de nuevo en un minuto.

9

—No, ponte el cinturón —dijo Grace.

Hablaba girada hacia atrás en el asiento del copiloto. Frank se arrellanó en el suyo, dejó la bolsa con los móviles en el salpicadero, abrochó su cinturón, colocó los pies en los pedales y arrancó. En el asfalto del aparcamiento se reflejaba el rótulo luminoso del Danielle's. La oscuridad de la noche lo hacía aún más brillante. Tras el tropiezo, la camarera había regresado con otros cuatro helados como si no hubiera pasado nada. Frank se sintió tan mal por haber tardado en socorrerla que le dejó una propina bastante superior al veinte por ciento. Escuchó el agradecimiento canturreado de ella, además de una invitación a que regresaran cuando quisieran, en el momento en que salían por la puerta. Simon había corrido hacia la autocaravana.

—¿Todos listos? —preguntó Frank con las manos en el volante.

Los niños gritaron que sí, sentados a la mesa. Grace asintió, le acarició el antebrazo.

—Por favor, llévanos de una vez a ese paraje tan fantástico. —Sonrió a la teatralidad de sus propias palabras—. Ardo en deseos de conocerlo.

El humor de su mujer había ido mejorando a medida que se alejaban de Seattle, notaba las dudas y temores de ella disiparse como el humo por el tubo de escape. Había comenzado el día con los párpados entornados, ahora tenía los ojos tan abiertos y brillantes que era fácil imaginarla con una copa de vino frente a la chimenea.

—Me encanta verte así —le dijo él antes de pisar el acelerador.

Poco después rebasaron el motel Super 8 que Frank esperaba, con su enorme cartel luminoso en amarillo y rojo. Redujo la velocidad, aumentó la intensidad de los faros delanteros. Le pidió a Grace que estuviera atenta al lado derecho de la carretera. Buscaban dos troncos gruesos, cortados, los que Carl había mencionado como entrada al camino que debían coger.

—Aquí está. —Frank frenó, encendió las luces de emergencia—. Es más ancho de lo que pensaba.

Grace estiró el cuello.

—¿Está pavimentado o no?

—No parece. Pero es un camino firme, eso está apisonado hace nada. Y mira la anchura que tiene. Es casi como esta carretera. Es perfectamente seguro.

Ella bajó la ventanilla. Sacó la cabeza para inspeccionar mejor la zona que iluminaban los faros, a intervalos teñida también del naranja del intermitente.

—Os recuerdo que nada es seguro para nosotros —dijo Audrey desde atrás.

—Deja de decir eso.

Las palabras de Frank sonaron más severas de lo que había pretendido.

—¿Y si nos quedamos en el Super 8 y hacemos el camino por la mañana? —propuso Grace.

—Ya, claro —dijo Simon—, y entonces ¿para qué estamos viajando en autocaravana?

Frank señaló al niño, a su argumento imbatible.

—Que sí. Además el de reservas usó este camino con una Clase A igual que la nuestra, un poco más grande incluso —añadió—. Mira, vamos, y si el camino se pone un poco más complicado de lo que parece, paramos ahí mismo.

—Vale, vale. —Grace levantó ambas manos, devolvió su espalda al asiento—. Tú eres el que sabe de estas cosas. Y la verdad es que ya tengo ganas de ver ese sitio.

—¡Allá vamos! —Simon levantó los brazos.

Como había previsto Frank, el camino era tan estable como si estuviera pavimentado. Además, otro vehículo podría venir en dirección contraria y ambos cabrían sin problema. Lo que resultó sobrecogedor en cuanto dejaron atrás las farolas y reflectores de la carretera principal fue la oscuridad que los envolvió. Más allá del halo brillante de los focos de la autocaravana, el negro era absoluto, el borde donde la luz terminaba no se veía como una franja difusa sino como una línea nítida. Tan espesa oscuridad no era solo consecuencia de la noche, sino también de las altas coníferas que flanqueaban el camino eclipsando con sus troncos, sus ramas, sus copas, la luz de la luna y las estrellas. A Frank, el contundente brillo del cartel amarillo y rojo del motel que habían dejado atrás pronto le pareció que pertenecía a otro mundo. Al mundo de mentira que el hombre creaba ignorando la majestuosidad de la naturaleza. Grace bajó sin avisar, o sin darse cuenta, el volumen de la música, doblegada ante el silencio circundante.

Subieron por tramos inclinados que después descendían solo un poco, situándolos cada vez a mayor altura. Frank forzó un bostezo para destaponar sus oídos. Hubo curvas, no muchas ni muy pronunciadas. Tras una de ellas, el camino discurrió por algún barranco o despeñadero y los árboles de un lado desaparecieron de golpe, descubriéndoles un cielo estrellado que generó expresiones de asombro en toda la familia.

—Por favor, qué bonito es esto... —Grace se incorporó en su asiento, se tapaba la boca con la mano—. Creo que nunca he visto tantas estrellas.

—Mirad la luna, qué pequeña —dijo Audrey.

Era un débil corte gris en el firmamento, se acercaba la luna nueva. Frank disfrutó de las vistas sin desviar la mirada del camino, que recuperó un trazado recto y sin inclinación.

—Y huele tan bien...

Grace había dejado la ventanilla abierta desde que la abriera para observar el camino. Había un matiz frío en el aire, pero mucho menos de lo que Frank había esperado en las montañas de Idaho, el verano marcaba su impronta en la noche. Grace inspiró inflando el pecho, el escote de su camisa abierta se pronunció aún más. Cuando dejó escapar el aire, Frank la sintió vaciarse, abandonarse al aroma de los pinos, a la inmensidad que los rodeaba.

—Tengo una buena sensación con todo esto —dijo ella—. La tengo de verdad.

Grace dirigió la mirada de nuevo al bosque. Surfeó el aire húmedo con un brazo fuera de la ventanilla. El candor en su rostro la hacía tan bella como el cielo estrellado que acababan de ver. Cuando ella cerró los ojos, Frank experimentó el orgullo de haberla acompañado mientras el tiempo dibujaba las arrugas que la cuarentena extendía ahora hacia sus sienes. En el retrovisor interior vio a sus hijos embelesados también con el paisaje. Audrey tenía el pómulo apoyado en el hombro de su hermano. Una humedad que nada tenía que ver con la del paisaje se condensó en los ojos de Frank. Porque tuvo la certeza de que abandonar Seattle había sido la decisión acertada, mudarse aunque hubieran tenido que hacerlo tan aprisa y aunque Simon fuera a completar su tratamiento en una ciudad diferente. En ese preciso momento, en el interior de una autocaravana donde todos los miembros de su familia eran felices a un tiempo, todo volvía a estar en su sitio.

Todo era otra vez como siempre debería haber sido.

Fue al devolver la mirada al camino cuando la figura apareció frente a los faros. El cerebro de Frank quiso engañarlo, hacerle creer que se trataba de un ciervo, que lo más inteligente era no hacer nada, atropellarlo, porque valía más la vida de las cuatro personas que se encontraban en el vehículo que la de un animal salvaje. Pero los ciervos no tienen brazos. Ni los agitan en el aire pidiendo ayuda como hacen las personas.

Porque la figura era una persona.

Frank giró el volante hacia la izquierda convencido de que ya era tarde para esquivarla. También pisó el freno. Su instinto buscó una palanca de cambios que no existía en aquel vehículo. Primero oyó la seca sacudida de su cinturón en el pecho, después sintió el dolor en el cuello y el hombro. Algún armario se abrió en la cocina, cayeron cosas. Un sonido de barrido recorrió el salpicadero. Los gritos de Audrey y Grace se mezclaron en un alarido. Simon chilló *papá* varias veces, convirtiendo la palabra en una sirena de alarma. *Papá-papá-papá-papá*. La autocaravana se sacudió, las ruedas se deslizaron en lugar de rodar. Las partes trasera y delantera lucharon contra su inercia, generando un movimiento circular que retorció los codos de Frank, agarrado al volante como si aún pudiera mantener el control del vehículo desbocado. En el escaso tiempo que duró el percance, su cerebro barajó tantas variables y consecuencias que quedó exhausto, sintió haber estado frenando y sujetando el volante durante un día entero. Con un jadeo mecánico más propio de oírse en una estación de tren, la autocaravana se detuvo por fin. Los focos no iluminaban ya el camino, solo árboles en uno de los flancos. La silueta humana que había perfilado la luz era ahora solo una mácula oscura en la retina, a un amasijo de carne y huesos habría quedado reducido el cuerpo bajo la autocaravana.

—¡Grace! ¡Audrey! ¡Simon!

Frank gritó sus nombres con el último aire de sus pulmones, las sienes palpitaron de dolor. Otro dolor, en las costillas, reveló que estaba casi subido al reposabrazos derecho, que le presionaba el costado enterrándose en el esternón.

—¿Qué... qué... qué era? —preguntó Audrey.

—Papá...

Oír las voces de sus hijos le permitió respirar por primera vez desde que viera la figura frente a los faros.

—¿Estáis bien?

Asintieron agarrados al filo de la mesa, sus caras tan arrugadas como cuando eran bebés. El parche de Simon se había desplazado hacia la oreja.

—Grace.

El cabello había caído sobre su rostro, ocultándolo. Frank la agarró del hombro. Un ojo asustado lo miró entre mechones de pelo disperso. Grace tenía ambas manos en el pecho, la derecha oculta bajo la izquierda. Al recordar que iba con el brazo por fuera de la ventanilla en el momento del volantazo, una imagen horrible atenazó el estómago de Frank, la de una rama seccionando la mano de su mujer, el brazo entero. Por eso tapaba el muñón sangrante resultado de una amputación. Entonces una segunda mano, ilesa, brotó bajo la visible. Temblaba. Grace la observó horrorizada.

—Lo... lo he tocado... —Extendió la mano hacia Frank como si enseñara algo repugnante, un pequeño roedor atropellado que hubiera recogido del arcén y del que quisiera deshacerse—. He tocado una cara. Frank... era una boca, una lengua... Tengo su... saliva.

Se impulsó hacia atrás en el asiento, alejando su propia mano, los talones trotando en el suelo como queriendo atravesar el respaldo para huir de lo que había más allá de su muñeca, desentenderse de unos dedos plagados de la sensación que había desencajado su rostro. Los sacudió lejos de sí misma, salpicando algo imaginario a la luna delantera.

El cinturón oprimió el pecho de Frank al intentar levantarse sin desabrocharlo. Reavivó el dolor de cuello causado en el primer impacto. Liberó la hebilla, se acercó a Grace. Le apartó el pelo de la cara y siseó, tranquilizándola.

—Frank... ¿qué... qué era? Lo hemos... atropellado.

La palabra permaneció en el interior del vehículo. Su eco reverberó en la cabina delantera, el techo del comedor, la puerta de la nevera, el plato de ducha, el dormitorio principal, resistiéndose a desaparecer. Después se hizo un silencio que reveló que el bosque que antes parecía mudo, mientras conducían aislados por el ruido blanco del motor, era en realidad una sinfonía de búhos que ululaban, chirridos de grillos y crujidos de piñas que se estremecían con el cambio de temperatura, igual que se estremecían en la autocaravana Frank, su mujer y sus hijos. Los cuatro se miraron a los ojos, en los reflejos de espejos, de cristales.

—¿Qué acaba de pasar? —preguntó Audrey.

—Papá...

La garganta de Simon estaba atascada en esa palabra.

—Hijo, está todo bien, nosotros estamos bien.

Frank se desplomó en su asiento. Hundió la cara entre sus manos, los codos en el volante. Completó una lenta respiración que desenmascaró otros dolores del incidente y también otros más profundos del alma. No se lo podía creer. Justo cuando todo empezaba a ir bien, qué mala suerte. En el momento en que más seguro se había sentido de que pisar el acelerador para alejarse del pasado era lo correcto, aparecía algo que los obligaba, no solo a detenerse, sino también a mirar atrás. A no ser que...

—¿Qué hacemos? —preguntó a su mujer. Lo hizo en voz baja, el volumen que usaban cuando debían decidir algo en lo que era mejor que no intervinieran los niños—. ¿Qué hacemos, mi amor?

Su voz susurrada sonó con una gravedad que lo asustó.

—¿Cómo? —preguntó Grace—. ¿Como que qué hacemos?

Frank afiló la mirada, forzó aún más el susurro.

—Que qué vamos a hacer.

Ni siquiera tenía claro qué estaba sugiriendo. ¿Marcharse? Veía imágenes intermitentes de la silueta agitando los brazos y de un cuerpo ensangrentado bajo las ruedas. ¿Dejar ese cuerpo atrás como un problema que se pudiera olvidar? Su corazón se aceleró hasta doler en el pecho. ¿Podrían? El enfoque que realizaron los ojos de Grace, el ligero cambio de ángulo de su mentón, reavivaron en Frank el recuerdo de graves reproches del pasado, el olor de la pólvora, los gritos de Simon.

—¿Qué estás diciendo, Frank? —Su labio se elevó en una mueca de incredulidad—. Solo podemos hacer una cosa.

Giró su asiento con la fuerza de una amonestación. Mientras él hacía preguntas cobardes sobre cómo reaccionar ante un atropello, Grace entraba en acción guiada por la adrenalina del sentimiento de responsabilidad, más poderoso que sus temores. Igual que se había levantado la primera para ayudar a la camarera en el suelo, fue ella quien abrió la puerta de la caravana para auxiliar a quien hubiera en la carretera.

—Claro —murmuró Frank—, vamos.

Pidió a los niños que no se movieran. Los dos asintieron en silencio. Frank saltó al exterior sin pisar los escalones plegables. Guijarros de arena crepitaron bajo sus zapatos.

—Mi amor, espera. —Alcanzó su hombro derecho por detrás—. Espera. ¿Dónde está?

—No sé, pero hay que encontrarlo. Ayudarle.

La autocaravana había quedado atravesada en el camino, en diagonal, la parte delantera invadiendo el carril de sentido contrario. Frank tragó saliva, preparándose para mirar debajo. Se arrodilló con los ojos cerrados, los abrió cuando posó la mejilla en la tierra. Su imaginación dibujó un cuerpo mutilado bajo el chasis, pero en realidad no había nada. Aliviado, apoyó la frente sobre el suelo, como si lo besara.

—¿Frank? —Asomada desde la esquina posterior del vehículo, Grace señalaba algo en el camino—. Frank, está ahí.

—Voy, déjame a mí, no mires.

Escudriñó sobre el hombro de ella. La oscuridad era impenetrable allá donde moría el brillo de la autocaravana, pero en la frontera entre ambos se adivinaba un bulto en el suelo. Un cuerpo. Humano. Ni el más forzado de los delirios podía convertir esos relieves en los de un ciervo.

—Oh, Fra... —En la garganta de Grace, el resto de su nombre quedó reducido a un gemido—. Está muerto.

—Ha salido de pronto —dijo Frank mostrando las palmas—. En esta carretera oscura por la que nadie debería caminar. Ha aparecido en un segundo. No he podido hacer nada. No tengo la culpa. Solo hay que explicar lo que ha pasado.

Un accidente. Nada más que eso. Frank se obligó a convencerse. Había sufrido demasiado responsabilizándose de sucesos recientes y no podía cargarse más culpa a sus espaldas o sus rodillas acabarían por quebrarse. Le pidió a su mujer que se quedara donde estaba pero ella lo agarró de la mano. Sin soltarse, detrás de él, repitió sus pasos, cortos, lentos.

—Dios mío, Dios mío... —murmuraba.

La oyó sorber mocos.

—¿Hola? —gritó Frank al cuerpo, a la nada—. ¿Me oyes?

La piel de los brazos se le puso de gallina, el frío en las montañas de Idaho ahora resultó más intenso. Oyó actividad en el interior de la autocaravana. Los niños se movían por el dormitorio principal. Se asomaron a una de las dos ventanas laterales de la parte trasera. Frank dio un manotazo al aire para que dejaran de espiar. Volvió a dirigirse al cuerpo:

—¿Estás bien?

—¿Cómo va a estar bien? Por favor, Frank, no sé...

El siguiente paso los acercó lo suficiente para distinguir que la sombra ovalada que asemejaba un hombro era en realidad un bolso. También descubrieron que la víctima llevaba el pelo largo, desplegado como un abanico sobre la tierra.

—Oh, no, una mujer.

Frank se preguntó si era peor que atropellar a un hombre. Sonaba absurdo, pero la alarma y tristeza con que lo había dicho Grace le hicieron dudar de verdad.

Entonces algo rascó la tierra. Un gemido brotó de la oscuridad. El cuerpo se movió, unas uñas pintadas de negro arañaron el suelo.

—Está viva —susurró Grace—. Oh, Dios mío, está viva.

10

Grace vio cómo Frank palpaba los bolsillos de su pantalón. Los de delante. Los de detrás. Buscaba el teléfono para pedir ayuda. Se llevó la mano al bolsillo del pecho. Vacío.

—Ve a por un móvil —le dijo a ella—. Corre, están dentro. Necesitamos ayuda. ¡Llama al 911!

Ese último grito sonó demasiado parecido a otro grito reciente, cuando había sido Simon quien necesitaba asistencia. Grace se quedó inmóvil como si de nuevo fuera su hijo quien estuviera en peligro.

—¡Vamos! —ordenó Frank para que reaccionara—. ¡Corre!

Grace corrió a la autocaravana. Los escalones plegables crujieron por el ímpetu con el que los pisó al entrar. Aunque sentía que le temblaba todo el cuerpo, sus manos se mantenían firmes. El miedo permanecía dentro de ella en lugar de desbordarse, como si algún protocolo de emergencia hubiera tomado el control de su sistema nervioso permitiéndole actuar con precisión durante la crisis. Con la rodilla en el asiento del conductor, palpó el salpicadero, el recoveco donde se acoplaba con la luna delantera. Extendió la búsqueda hasta el extremo opuesto.

—¿Ha matado papá a alguien? —preguntó Audrey, de pie junto a la cocina.

—No, hija, claro que no.

Grace metió la mano en los laterales de cada butaca, también debajo. Arrodillada, peinó con los dedos el suelo enmoquetado de la cabina. Atrapó migas, una moneda, la tapa de un bolígrafo.

Simon salió de la habitación.

—Pero está muy herido —dijo el niño.

—Herida —corrigió Grace—. Es una mujer.

Se incorporó y se sujetó el pelo con ambas manos, los codos levantados hacia los lados. Observó el habitáculo delantero.

—¿Dónde están? —masculló antes de volverse—. Hija, dame tu móvil, corre.

Ella se encogió de hombros.

—No lo tengo, mamá.

—Vamos, Audrey, necesito el teléfono. —Dio un paso adelante, extendió la mano hacia ella—: Dámelo. Ya. Esto es más importante que tus amigas y tu Instagram. Ahora.

—No lo he cogido mamá, de verdad. Desde que papá los metió en la Ziploc en el restaurante.

A Grace se le encogió la garganta. Se giró hacia la cabina. Recordó la bolsa sobre el salpicadero, los cuatro móviles dentro, el plástico transparente a punto de rasgarse y el cierre ajustado a presión, curvado. Miró también a la ventanilla abierta que le había proporcionado liberadoras bocanadas de aire con olor a tierra húmeda. Entonces Frank había dado el volantazo a la izquierda. Y el salpicadero habría actuado de rampa de lanzamiento para que la bolsa saliera disparada al exterior. Por la derecha.

—Oh, no.

—Ya sabía yo que esa bolsa no era buena idea —apuntó Audrey.

Grace salió sin responder a su hija. Pateó la zona iluminada del camino, levantando polvo.

—No, no, no...

En cuanto se aventuró más allá de la luz, el suelo desapareció bajo sus pies. Ni siquiera veía sus pies. Buscó la luna en el cielo, encontró poco más que una uña fantasmal.

—Estupendo, Frank —soltó entre dientes. Después se lo gritó mientras caminaba hacia él—: ¡Muy buena tu idea de confiscar los móviles! Buenísima. Han salido todos volando por la ventana. Y es imposible buscarlos ahora, no se ve nada más allá de...

Encontró a Frank de pie, cubriéndose la boca con las manos, la mirada fija en el cuerpo en el suelo. Las palabras borboteaban en la garganta de la víctima, atascada con algún fluido.

—Ayú... dame... A... yuda... ay...

La mujer intentó incorporarse, pero meros espasmos sacudieron su cuerpo herido. El aire olía a costra levantada.

—¿Frank? —preguntó Grace—. ¿Estás bien?

Él negó en silencio, incapaz de apartar los ojos del suelo. En el rostro de la víctima, cubierto de sangre, se formó un agujero, el de la boca al abrirse para intentar hablar. Respirar. Tosió manchas oscuras sobre el camino. Grace se debatió entre atenderla a ella o a su marido.

—¿Estás bien, Frank?

Las manos de él escalaban por su nariz buscando cegar sus ojos, aislarlo de la realidad. Grace le pellizcó el codo, masajeó su brazo. Comprendía la conmoción de su marido. Una cosa era ver un cuerpo de espaldas tendido en el suelo, otra muy diferente era mirar a los ojos de la víctima que pide socorro. Sobre todo para él, que ni siquiera había gestionado aún la culpa de lo ocurrido con Simon.

—Frank, esto no es culpa tuya. Lo has dicho antes. Esta vez no. Ha sido un accidente. Y ella está viva. La has esquivado a tiempo. Por eso le he dado en la cara con la mano. —La mostró como si fuera una prueba—. Y lo de los móviles ha sido una mala casualidad. Perdóname por lo que venía gritando, eso tampoco es culpa tuya.

—A... ayu... da...

—Vamos, Frank. Tenemos que ayudarla, hay que pensar. Hay que buscar los móviles. —Lo sacudió del hombro—. ¿Tenemos linterna en la autocaravana?

—Tenemos cuatro.

Grace suspiró aliviada.

—Una en cada móvil —añadió él.

—¡Frank! —regañó—. Vamos, te necesito bien. ¡Frank!

Él apretó los párpados y los abrió de pronto, como si despertara.

—¿Qué? Vale, sí. El móvil, ¿has traído el teléfono?

—Frank, que no están. Han salido volando por la ventanilla. En la bolsa donde los metiste. Estarán perdidos por ahí, entre los árboles.

La frondosidad del bosque acaparó la atención de Frank, la mirada se le perdió entre los pinos. En el suelo, la mujer se atragantó, la tos culminó en arcada. Grace empujó a su marido, desechando su presencia por inútil. Se arrodilló junto a la mujer pero no supo qué hacer, si darle toques en la espalda, incorporarla, tumbarla de lado, bocabajo, bocarriba...

—¿Tienes un teléfono? —preguntó—. Necesitamos un teléfono.

Los ojos en el rostro oscuro la observaron sin reaccionar, como si no la oyera o no entendiera el idioma. Grace repitió la pregunta con mímica, señalando a la mujer, extendiendo pulgar y meñique a un lado de la cara.

—¿Tienes?

La respuesta fue una tos que le salpicó la cara de moco, sangre y saliva. Grace se secó con el puño de la camisa sin manifestar su asco.

—Necesitamos un teléfono para que vengan a ayudarte. Hemos perdido los nuestros y no podemos buscarlos porque tampoco tenemos linterna, nuestra linterna eran los móviles. —Sonrió como si fuera una broma—. Tú seguro que llevas uno encima. ¿Me lo das?

Ella permaneció indiferente. Grace se aproximó, identificó un agrio olor a sudor encubierto hasta ahora por el de la sangre. Inició la búsqueda echando mano a los bolsillos de la sudadera que vestía. No encontró nada. Después palpó los vaqueros con delicadeza, no quería presionar ningún hueso fracturado. Por último, tiró de la correa del bolso para investigar su interior. Un alarido se elevó sobre las copas de los árboles como el de una adolescente asesinada en el bosque. Grace dio un respingo.

—Vale, vale, no toco tu bolso. —El poso de regaño en el chillido la hizo sentir como si hubiera querido robarlo—. Solo dime si tienes un móvil.

Se produjo un chispazo de entendimiento en los ojos de la mujer, por fin la estaba escuchando. De su garganta emanó un borboteo quejumbroso.

—Me... duele...

—Lo sé, lo siento. Pero necesito un teléfono y creo que en tu bolso puede haber uno. Dime que llevas uno encima, por favor.

Acompañó sus palabras con un gesto de plegaria, juntando las palmas. La mujer carraspeó, tragó algo espeso.

—Lo... Lo llevaba en la mano... No sé dónde está...

Una sensación de peligrosa soledad sobrevino a Grace. Se vio atrapada en una burbuja luminosa que flotara en la nada, rodeada por una oscuridad que los acechaba, que escondía sus móviles como un perverso hermano mayor. Desabrochó otro botón de su camisa para poder respirar. Buscó el apoyo de Frank, pero él caminaba en círculos a varios metros de ella, las manos en la cintura. Entraba y salía del campo de luz, desapareciendo a ratos como si de verdad no quisiera estar ahí.

—¡Frank!

Ausente, su marido se adentró en la oscuridad.

—Tú tranquila. —Grace acarició la cara de la mujer con el pulgar, extendiendo sangre sobre su mejilla. Fingió calma a pesar de estar tan asustada que podría vomitar—. Vamos a pensar, tenemos que pensar.

Un vértigo la mareó. Apoyó el trasero en el suelo para no caer.

—¡Frank!

Él emergió de entre las sombras.

—Para ya, Frank. Ponte bien, tenemos que hacer algo.

Su marido la miró desde la penumbra, sin acercarse.

Grace chasqueó la lengua.

—Tráeme al menos el kit de primeros auxilios —ordenó.

Frank se dirigió a la autocaravana sin soltar las manos de su cintura.

11

Audrey lo recibió a la entrada.

—¿Qué hacemos, papá?

Frank se quedó de pie, una mano apoyada en el respaldo del asiento del copiloto. Con la otra pellizcaba su labio inferior.

—¿Podemos ayudar? —insistió Audrey.

Oía cómo la voz de su hija articulaba palabras, pero el volumen de sus propios pensamientos era mayor, no podía prestar atención a ambas cosas. Por eso mismo le había costado seguir la conversación con Grace allí fuera.

—Sí, sí, vale —respondió a algo que sonó a pregunta.

—¿Y qué hacemos? ¿Buscamos los móviles?

—Hemos atropellado a una mujer.

Audrey parpadeó, confusa.

—¿Estás bien, papá?

Le pellizcó el codo igual que había hecho Grace, su hija cada vez le recordaba más a la muchacha de la que él se enamoró. Sintió celos de todos los chicos que caerían rendidos ante tanto encanto y le dolió pensar en cuánto amaba a su hija. A su mujer. A su familia.

—Os quiero mucho —dijo.

—Tranquilo, papá, estamos bien. Mira, Simon está bien.

El niño seguía sentado a la mesa con la espalda demasiado recta como para parecer tranquilo. Lo miró con el ojo muy abierto, no sonrió.

—Está asustado como tú, pero estamos bien. No nos duele nada. Tiene que venir alguien a por esa mujer.

—A eso vengo. —Frank cayó en la cuenta—. A por el botiquín de primeros auxilios. ¿Dónde estaba? No puedo pensar.

Audrey entró en acción con el brío del enfermero que recibe indicaciones del médico de urgencias. Rebuscó en el baño. Frank oyó cajones abrirse, armarios cerrarse, los cepillos de dientes sacudirse en la bandeja que compartían los cuatro, tener un vaso era poco práctico en una casa con ruedas. La niña salió con un maletín de plástico de asas rojas.

—Aquí lo tienes. A ver, papá, para, que te tiemblan las manos.

Sintió los dedos de Audrey abrochando los suyos alrededor del asa del botiquín, como él le había enseñado a ella a abrocharlos al manillar de sus triciclos.

—¿Saco toallas también?

Frank de nuevo identificó en las palabras la entonación de una pregunta pero olvidó su contenido en cuanto Audrey terminó de formularla. Permaneció callado, prefirió no inventar ninguna respuesta. Un sollozo rompió el silencio. Era Simon, llorando en la mesa.

—Tengo miedo...

Presionó el parche contra su ojo para secar alguna lágrima.

—Eh, Gizmo, no —le dijo—. No pasa nada.

—¿Cómo que no? Si hasta tú estás asustado —balbuceó el niño.

—Es la impresión, no estoy asustado. Solo un poco... —buscó una palabra adecuada—, un poco tocado.

Audrey se sentó junto a su hermano.

—Simon, estás impactado por el golpe y es normal —besó su hombro—, ha sido un frenazo muy fuerte. Llora si necesitas llorar, es sano para liberar toda esta tensión. Hasta papá debería llorar si es lo que le apetece.

94

Ojalá pudiera. Sentarse, llorar y no hacer nada.

—Gracias, hija —dijo levantando el botiquín.

Se quedó mirando a sus niños, a Audrey consolando al pequeño como hizo junto a la cama del hospital en cuanto abandonó la unidad de cuidados intensivos.

—¿Vas a ir? —preguntó ella—. ¿Quieres que lo lleve yo? ¿Te doy toallas?

Frank se giró para salir pero sus pies se detuvieron en el primer escalón. No podía avanzar.

—Papá. —Audrey endureció el tono—. No es un autoestopista ni un extraño al que puedas decidir no recoger, es una mujer que necesita tu ayuda.

—Perdóname, hija. Ya voy.

Caminó por el lateral de la autocaravana buscando con las yemas de los dedos los cierres del maletín. Creyó oír unas risas entre susurros, pero eso no tenía sentido. Sería su mente agotada fabricando la ilusión del sonido más inapropiado en aquella situación. Cuando dobló la esquina trasera del vehículo, donde parpadeaba la luz intermitente de emergencia, la presunta alucinación se confirmó. Reconoció la leve risotada de Grace, a quien vio sentada ahora con las piernas cruzadas. A su lado, la mujer también había logrado incorporarse, apoyada en un codo. Presionaba su sudadera, hecha una bola, contra la frente, a modo de compresa. Las dos lo miraron, Grace con una amplísima sonrisa de alivio.

—Buenas noticias —dijo en un profundo suspiro—. Está mejor. Parece que la sangre viene solo de un corte en la ceja.

—Estoy mejor —confirmó la mujer.

Su voz sonó firme, libre de atragantamientos o carraspeos.

—Pero necesitamos las gasas, corre —instó Grace.

El botiquín cayó al suelo. Las gasas, el rollo de esparadrapo, unas tijeras de punta roma y decenas de otras piezas quedaron desperdigadas alrededor de los tobillos de Frank.

—¡Mierda! —gritó.

Agachado recogió tiritas, toallitas antisépticas, jeringas. Las devolvió al maletín, desplegado sobre el suelo. El rollo de esparadrapo salió rodando hacia la autocaravana. Grace saltó a por él.

—Frank, por Dios, relájate de una vez.

Le robó gasas, unos sobres de muestra de solución desinfectante.

—Voy a necesitar una toalla.

—Voy, Grace, ahora voy. —Recordó que Audrey también había pensado en eso—. Déjame que recoja, no veo nada con tu sombra.

La aguja de una de las jeringas, que había perforado el envoltorio, se le clavó en la mano. Frank aulló de dolor.

—Mira, de verdad, quédate a un lado —ordenó Grace—. Para hacer esto, mejor no hagas nada. Ya me ocupo yo. —Plegó el maletín sin importarle que quedaran cosas fuera—. Ella parece que está bien, así que olvídate de problemas. Solo ha sido el golpe contra mi mano y la caída al suelo. Un susto muy grande para todos, para ella más que nadie, pero puede mover el cuerpo. Va a quedar todo en un susto. —Posó una mano en su cara—. Bien, ¿no? Tú relájate, respira, y vamos a tranquilizarnos. Yo voy a atender a Mara. Se llama Mara.

Frank se sentó en el camino mientras Grace regresaba junto a Mara para practicarle una cura.

—¡Audrey! —gritó Grace—. ¡Audrey, sal a ayudarme! ¡Y trae toallas!

Él sintió vergüenza al saber que su mujer prefería la ayuda de una niña de dieciséis años a la de su inepto marido, superado por la situación.

—La que he liado... —susurró.

12

En dos viajes, Audrey trajo un par de ollas llenas de agua caliente y toallas. En las esquinas, Grace había bordado las iniciales de Frank o las suyas para diferenciarlas cuando colgaban ambas tras la puerta de su baño en casa. De un tercer viaje, Audrey regresó con un encendedor de cocina, como un mechero de largo cañón que producía chispas al pulsarlo. Encorvada, lo acercó al suelo para buscar la bolsa de móviles, sin desanimarse ante lo débil y fugaz de la luz que ofrecía cada chispazo.

—Simon está dentro mirando en el portátil si se puede conectar a alguna wifi.

—¿Aquí?

Grace lamentó la entonación de su pregunta, delatora de la poca confianza que depositaba en los métodos de sus hijos para buscar soluciones, fuera un encendedor de cocina en la noche o un ordenador buscando internet en mitad del bosque.

—Ya, yo qué sé, por intentarlo...

—Tienes razón, hija, bien pensado.

Mientras Audrey chispeaba en la oscuridad y Frank seguía sentado en el camino sin hacer nada, Grace usó una toalla húmeda para limpiar la cara de la mujer herida. La había tumbado de espaldas utilizando su sudadera como almohada y le había pedido que presionara una gasa contra la ceja izquierda. Para maniobrar mejor, ella se hizo una coleta con la goma que llevaba en la muñeca. La toalla blanca fue adquiriendo una tonalidad oscura a medida que absorbía la sangre. Grace se tranquilizó al descubrir cuello, barbilla, nariz y mejillas de piel rosada, sin magulladuras. Limpiarle los párpados la hizo pensar en el párpado desfigurado de Simon, momento en que la invadió un instinto maternal de protección, como si aquella extraña fuera merecedora de todos sus cuidados. Escurrió la toalla sobre la olla con un acogedor sonido de goteo.

—Vamos muy bien, Mara. —Repetía su nombre más de la cuenta, como si así contribuyera a mantenerla consciente aunque ella no mostrara ningún síntoma de desfallecimiento—. Lo veo todo bien.

Terminó de limpiar la sangre en la frente y no halló tampoco ninguna herida. El rostro estaba ileso. Pidió entonces a Mara que soltara la gasa que apretaba contra la ceja. En cuanto cesó la presión, la hemorragia rebrotó, cerca de la sien.

—Está claro, toda la sangre viene de este corte. —Lo limpió con la punta de la toalla. Presionó varias veces el tejido contra la herida, a intervalos decrecientes en duración, comprobando el torrente de sangre cada vez que lo levantaba—. Pero no va a ser nada, la ceja es muy escandalosa.

Cogió del suelo una ampolla de solución antiséptica. Vertió el contenido sobre la herida, disolviendo los últimos restos de sangre. Mara sorbió saliva haciendo frente al escozor. Grace siguió limpiando con una toallita hasta visualizar un corte limpio.

—Lo que te decía, poca cosa. Ya ni sangra.

Llamó a Audrey para que buscara puntos de sutura adhesivos en el caos del botiquín, pedírselo a Frank hubiera sido perder el tiempo. Fueron necesarios solo dos puntos para dejar la herida bien cerrada, aunque usó un tercero para reforzar los anteriores en la parte donde el pelo de la ceja dificultaba el pegado.

—¿Cómo te encuentras, Mara? —preguntó Grace, otra

vez repitiendo su nombre como si fuera necesario despertarla de la conmoción.

—Pues... creo que bien.

Intentó incorporarse empujando los codos contra el suelo.

—No, no, espera, quédate tumbada. —Grace la sujetó del hombro—. A ver, Audrey, ayúdame a revisar el resto del cuerpo.

Entre las dos recorrieron la anatomía de Mara, desde los pies hasta el cuello, presionando cada zona con los dedos, pidiéndole que moviera el tobillo hacia un lado y hacia el otro, que flexionara la rodilla, que abriera y cerrara las manos. Preguntaron si sentía dolor, solo se quejó cuando Audrey apretó por encima de la cintura. Al levantar la camiseta descubrieron un raspón inofensivo. Grace finalizó con un examen del cráneo, explorando con las yemas de los dedos entre el pelo aún salpicado de sangre. No encontró nada fuera de lo común, ni siquiera un chichón.

—En realidad no sé muy bien lo que estoy haciendo, pero yo diría que está todo bien —confesó—. Al menos por fuera.

Audrey dejó escapar un suspiro de alivio, el mismo que la propia Grace, que lanzó un beso a su hija, traspasándole el agradecimiento por la ayuda prestada. Mara siguió el gesto con unos ojos del gris de un gato callejero y Grace vislumbró en ellos algo que podía ser envidia. O tristeza. Imaginó que, tirada en el suelo y rodeada de extraños, la chica anhelaría profundamente que su madre estuviera allí con ella, para reconfortarla con su cariño como Grace acababa de hacer con Audrey. Quizá Mara no se sentía mucho mayor que Audrey en esos momentos. En los peores momentos, todo el mundo sigue necesitando a su madre como si fuera un niño. Sin pararse a pensar en lo que hacía, Grace besó a Mara en la mejilla.

—Grace —intervino Frank desde donde seguía sentado, su voz tan firme como alarmada—. ¿Se puede saber qué haces?

Grace encajó el regaño con vergüenza, realmente no era

muy normal besar a una extraña herida en el suelo. La propia Mara frunció el ceño, desconcertada.

—Para quejarse sí habla —dijo Grace en voz baja, desviando la atención hacia Frank. Después, buscando la complicidad de sus dos oyentes femeninas, añadió—: Hombres, ¿eh? Los líos que arman y luego somos las mujeres las que tenemos que solucionarlo todo mientras ellos se sientan a mirar.

—Eso es sexista, mamá —dijo Audrey—. Acabamos de sufrir un accidente y papá era el que conducía, normal que esté en shock. Voy a prestarle un poco de apoyo emocional, que los hombres también lo necesitan.

En cuanto se alejó lo suficiente, Grace repitió la broma:

—Adolescentes, ¿eh? Se creen que lo saben todo.

Un atisbo de sonrisa apareció por primera vez en el rostro de Mara.

—¿Te sientes mejor?

—Mucho mejor. Pero necesito levantarme, no soporto estar aquí tirada como si estuviera muerta.

Grace trató de detenerla.

—De verdad, puedo —insistió ella. Se giró hacia un lado para ponerse de rodillas—. No me duele nada. Me quedé paralizada por el susto, pero ahora estoy bien.

—No sé si deberías...

—Venga, ayúdame.

La voluntad de Mara era tan firme que Grace accedió.

—Con la de veces que habremos oído que no hay que mover a la víctima de un accidente...

La cogió de una mano para servirle de apoyo. De pie, Mara se llevó las manos a la cabeza presa de algún mareo que superó dando un paso atrás. Después estiró el cuello, sacudió los hombros, acarició la despellejadura en el abdomen. Repasó su cara con los dedos, comprobando que todo siguiera en su sitio. Se detuvo en los puntos adhesivos agradeciendo el trabajo a Grace. Se agachó sin dificultad para recoger su bolso y se lo colgó al hombro como si estuviera lista para ir a trabajar. Del suelo cogió la sudadera, pellizcándola desde la capucha para extenderla. Además de la gran mancha de sangre, había dos agujeros en los codos. La fricción contra el suelo también había desgarrado las rodillas de sus vaqueros.

—Esto es moda ahora, ¿no? —dijo señalando los pantalones rotos.

Grace rio.

—No sabes cómo me alegra verte así. —Sus hombros descendieron al deshacerse de un gran peso—. Cuando te vimos tirada de esa manera, pensamos que... Imagina, un golpe tan fuerte contra una autocaravana de este tamaño... Por suerte el golpe fue contra mi mano, mi marido reaccionó a tiempo. Él reaccionó bien.

Las dos se dieron cuenta de cómo había recalcado las últimas palabras.

—Y tú, ¿qué hacías caminando de noche en medio de esta carretera?

Grace se sintió orgullosa de su astucia y rapidez para desvincular a Frank de responsabilidades. Añadiendo esa pregunta a la frase anterior había dejado claro cuál era su visión del accidente: Mara había cometido una imprudencia ante la cual Frank había reaccionado de la mejor manera posible. Pero Mara no se molestó en rebatirle nada ni buscar otros culpables.

—Mi coche se estropeó ahí delante. Iba a unas aguas termales que me han dicho que hay al final de este camino. Se supone que no las conoce casi nadie, que están vacías. Necesitaba tiempo para mí. Quería pasar una noche sola, bajo las estrellas, pensando...

Sus ojos grises recordaron ahora a un cielo de tormenta, tan melancólico como peligroso. A Grace se le erizó el vello en la nuca, pero lo achacó al aire cada vez más fresco.

—Veo que esas aguas termales no son el secreto mejor guardado de Idaho, ¿eh, Frank?

—Pero se me rompió el coche —continuó Mara—, muerto, así que empecé a caminar hacia la carretera principal, buscando cobertura en el móvil. Fue entonces cuando vi vuestros focos acercándose, me pareció un milagro que pasara otro coche por aquí. Como me daba miedo que no me vierais, me puse en mitad del camino, moviendo los brazos para que pararais.

—La próxima vez quédate junto al coche y pon las luces de emergencia. Mucho más seguro —dijo Grace—. Y si tu coche no funciona, te llevamos nosotros al hospital. Que por fuera puedes estar bien, pero a saber qué se te ha roto ahí dentro. Tendrán que mir...

—Me siento bien, de verdad —interrumpió Mara—. Al principio, en el suelo, estaba más asustada que otra cosa. Se me llenaron los ojos de sangre y me imaginé mil cosas peores. Me vi paralizada o algo así. Pero ahora me siento bien, en serio.

Dio saltitos para demostrarlo, sacudió el cuerpo como Grace había visto que hacían, en algún documental, los actores de grupos de improvisación teatral.

—No era una propuesta. Te llevamos al hospital —repitió Grace—. ¿O piensas levantarte, sacudirte las rodillas y hacer como si nada después de que te atropelle una autocaravana?

—No la atropellamos —corrigió Frank desde lejos—. La esquivé y tú la derribaste con la mano. No es lo mismo.

—Solo por la caída ya tienen que examinarte —insistió Grace.

—En serio, no hace falta, yo...

La duda de Mara, la manera en que su mirada recorrió el entorno buscando algo a lo que aferrarse para construir una excusa, inquietó a Grace. Se frotó los brazos, la nuca, como si aún creyera que el frío era el único causante de su piel de gallina. Pero no era el calor de la fricción lo que Grace necesitaba para calmarse, sino dar con una razón por la que alguien no querría recibir atención médica tras un incidente de este calibre. Valoró si tenía sentido la historia que había contado

Mara, si realmente alguien dejaría su coche para ponerse a caminar sola hacia la nada. Grace se cogió los codos, asustada por su siguiente pensamiento: ¿estaba Mara sola de verdad? Varios pares de ojos se abrieron entre las ramas del bosque a oscuras, imagen que su mente tomó prestada de decenas de cuentos de hadas, tan potente, que tuvo que contener las ganas de volverse a comprobar que nadie los acechaba.

—... estoy desempleada —confesó Mara, mirando al suelo—. No tengo seguro.

Grace soltó sus codos. Quiso reírse de sí misma y de los ojos fantasmales ocultos entre los árboles. Ahí estaba su explicación, mucho más aterradora y real: el deficiente sistema sanitario del país más poderoso del mundo.

—Entiendo.

Masajeó el hombro de Mara para reconfortarla, pero una nueva sospecha oscureció sus pensamientos. Algún instinto que se esforzaba por mantenerla alerta la llevó a recordar casos de gente que se lanzaba a propósito a vehículos para cobrar indemnizaciones millonarias por atropello.

—Nuestro seguro, por supuesto, tampoco se haría cargo de nada, porque ha quedado claro que esto no ha sido culpa de mi marido. —Aumentó la presión del masaje—. Ha quedado claro, ¿verdad?

—Sí, sí, fui yo. No debí ponerme en mitad de la carretera.

El masaje se suavizó. Grace achacó sus temores infundados a haberse dejado contagiar por las paranoias de Frank sobre autoestopistas peligrosos.

—Porque asistencia en carretera tampoco tienes, ¿no?

Mara sacudió la cabeza:

—Y aunque la tuviera no tenemos ningún móvil para llamarlos.

La situación era tan absurdamente cómica que una esquina de la boca de Grace se curvó. Después rompió a reír dejando que se esfumaran en cada carcajada miedos, sospechas y preocupaciones, convenciéndose de que ésta sería una de esas experiencias horribles de vivir pero divertidas de recordar. Se vio a sí misma y a Frank contándola infinidad de veces en futuras cenas en la nueva casa de Boston, con amigos, ella descalza, de rodillas sobre la alfombra, la barbilla apoyada sobre las piernas de él, sentado en el sofá. La sobrecogedora oscuridad del bosque, el olor de la solución antiséptica y el susto de Frank serían detalles que ni recordarían al rememorar el incidente para los invitados a esas cenas, que ya se habrían puesto cómodos desabrochando algún botón de sus camisas y escucharían la historia al fuego de una chimenea, entre vasos de cócteles vacíos. Mencionar que la mujer atropellada había dicho que no había teléfonos para llamar a asistencia en carreteras sería uno de los ganchos del relato, el chascarrillo anterior al desenlace de un chiste que haría que alguna invitada se atragantase con el martini tratando de no escupirlo entre risas, como atragantada estaba ahora Grace con la saliva de sus carcajadas.

—¿Sabes qué? —dijo cuando recuperó la calma. Se secó las lágrimas con los dedos—. Que te quedas a dormir con nosotros, Mara. En observación. —El término médico estuvo a punto de hacerla explotar de risa otra vez, el abdomen dolió al contraerse de nuevo—. Tenemos una casa con ruedas y espacio de sobra para uno más. Y ya mañana te dejamos en el primer pueblo que encontremos con clínica gratuita, que a ti te tiene que ver alguien quieras o no quieras.

La sonrisa en el rostro de Mara se amplió mientras asentía.

—¿Grace? —Frank se había puesto de pie. Habló con el cuello estirado, las manos apretadas en la cintura—. ¿Puedes venir un momento?

13

—¿Estás loca? —susurró Frank en cuanto Grace se acercó lo suficiente—. ¿Que se quede con nosotros?

Vio a la chica desechar su sudadera rota en una de las ollas que había sacado Audrey, ya vacía. Después dio unos pasos vacilantes hacia la autocaravana. El esfuerzo de su breve caminata la agotó o mareó, porque apoyó la espalda en un lateral del vehículo y se deslizó hacia abajo hasta quedar sentada en el suelo, junto a las ruedas traseras del lado izquierdo. Audrey se acercó a ella ofreciéndole una mano.

—¡Audrey! —gritó Frank—. Tú sigue buscando los móviles. Llama a tu hermano, que te ayude. Vamos, deja sola a la chica.

Cuando su hija se alejó devolvió la atención a Grace.

—¿Para qué le dices que se quede aquí? —regañó en voz baja—. Para cogerla a ella hubiera preferido subir al autoestopista. Él al menos avisaba de que era un buen chico. Esta chica a lo mejor se nos ha tirado delante aposta, o es el cebo de una banda, no sabemos nada. Pero si hay un lugar perfecto para asaltar a una familia indefensa como nosotros, es éste.

—¿Sabes que yo también he pensado algunas de esas cosas?

—Es que esas cosas hay que pensarlas. Esas cosas pasan. Y no a gente desconocida ni a unos amigos lejanos, nos ha podido pasar a nosotros. Ahora mismo ésta es nuestra casa —dijo señalando la autocaravana—, ¿quieres que entre un extraño también en ésta?

—Ay, Frank, calla, no saques ese tema.

Se arrepintió enseguida de haberlo hecho. Grace respiró hondo, luchando contra recuerdos recientes. Después se volteó para mirar a la chica, solo sus piernas emergían tras la rueda. En los ojos de su mujer, Frank reconoció la dulzura que siempre se imponía a sus otros pensamientos, la benevolencia con la que se enfrentaba a la vida. A las personas que son buenas de verdad les cuesta entender que existan en el mundo malas intenciones, ni siquiera son capaces de procesar la idea de que existan otras personas que sean lo radicalmente opuesto a noble.

—Es buena chica, seguro. —La generosidad había vuelto a vencer—. No es de ninguna banda ni nada raro. Está triste, lo he notado. Dice que necesitaba estar a solas en un lugar como éste para poder poner sus cosas en orden. Eso es algo muy humano, Frank.

—¿Sola? ¿Una mujer? ¿En un camino como éste?

—Como te diría tu hija, eso es sexista. ¿Harías las mismas preguntas sobre un hombre que viaja solo? —Sus cejas arqueadas no dieron opción a réplica—. Aparte, ¿qué otra solución hay? ¿La vamos a dejar aquí tirada, sola?

—No, con su banda.

Grace le dio un suave puñetazo en el hombro. Audrey y Simon salieron de la autocaravana. Anunciaron que había sido imposible conectarse a ninguna red con el ordenador y prosiguieron la búsqueda de los teléfonos.

—A ver —retomó Grace—, si yo también preferiría llamar a una ambulancia, una grúa o un taxi, para que la llevaran a algún lado. Pero como se te ocurrió meter todos los móviles en la misma bolsa y dejarlos en el salpicadero... —En cuanto lo dijo, posó una mano en el ángulo de la mandíbula de él, a modo de disculpa. Ella también se arrepentía de avivar heridas recientes y sabía que cargar a Frank con culpas era una de las que más dolían—. Pensándolo de otra manera, hubiéramos dormido igualmente con ella en esas aguas termales, íbamos todos al mismo sitio esta noche. ¿Qué nos va a hacer?

Grace raspó la yema del pulgar contra su barba, dándole tiempo a valorarlo. Después le acarició el cuello, le rascó la nuca con las uñas, sabía que eso lo relajaba. Un hormigueo agradable recorrió la espalda de Frank. Hasta que miró a Mara, aún agazapada junto a la rueda.

—No la quiero aquí. —Detuvo los dedos de su mujer—. Si vamos a ayudarla, la llevamos al siguiente pueblo. Pero ahora. O la dejamos en el restaurante, a mí me da igual. Dormimos en el motel que vimos, como tú decías, y mañana ya seguimos el camino, habrá otros sitios bonitos donde parar más adelante. Solo estamos empezando el viaje.

—Pero tenías tantas ganas de conocer el lugar...

—Eso era antes de todo este lío. Ahora lo único que quiero es que nos libremos de una mujer extraña que aparece en el bosque.

La señaló con toda la mano, como se señala a un estorbo, a los contenedores de basura que ya desbordan. Grace la atrapó, la escondió como si la ofendida fuera ella.

—¿Y si la tratamos mal y entonces decide denunciarnos? —Le apretó los dedos con la intensidad de su preocupación—. Hasta ahora ha sido muy comprensiva, no nos ha llevado la contraria en nada. ¿No crees que es mejor que la tratemos bien? Que pase una noche con nosotros, que vea que nos preocupamos por ella y ya mañana la dejamos donde sea. Todos contentos.

Frank estudió la situación una vez más, valorando mil variables.

—La llevamos ahora —sentenció.

Dio la conversación por zanjada liberándose de Grace, que chasqueó la lengua a sus espaldas.

—¡Frank!

Él avanzó hacia la autocaravana. Se situó frente a la chica, que se había levantado alertada por el ruido de sus pasos. Agarraba el bolso a la altura de la tripa. Se tocó el corte en la ceja dejando escapar un quejido.

—¿Tu coche se puede arreglar? —preguntó él.

Grace los alcanzó, se colgó de un brazo de Frank como si fuera necesario calmarlo.

—No creo —respondió ella—. Intenté arrancarlo tantas veces que agoté la batería. Se quedó muerto.

—Pues entonces vamos a llevarte a la entrada del camino, hay un restaurante y un motel. Un Super 8. Lo verías al entrar, no había otra forma de acceder. Si no tienes dinero, te pago la noche en el motel. Me alegro mucho de que estés bien y de que todo haya quedado en un susto, por suerte reaccioné a tiempo y mi mujer ha sabido curarte esa herida. —Notó cómo Grace entrelazaba los dedos con los suyos para que se relajara—. Pero nosotros tenemos nuestros planes y no queremos cambiarlos solo porque tú salieras sin ningún cuidado en mitad de la oscuridad. Nos vamos.

—Me gustaría al menos recuperar mi móvil —dijo ella—, no quiero irme sin él.

Señaló al lugar alejado de donde provenía el chasquido repetido del encendedor. Los niños hablaban entre ellos, el matiz irritado en sus voces evidenciaba que no habían encontrado nada aún.

—Si llevabas el tuyo en la mano se habrá roto con el golpe, puede estar perdido entre las matas. No tiene sentido quedarnos por eso, es más importante que descanses y veas a un médico. Podrás llamarlo desde el motel o el restaurante.

—No tengo seguro.

—Eso he oído —dijo Frank—. Pero eso es tu problema, no el nuestro.

Por el brillo repentino de sus ojos supo que le habían dolido esas palabras. Grace le apretó el antebrazo cuatro veces, el número de sílabas de *trá-ta-la-bien*, pero él se limitó a señalar la parte delantera de la autocaravana, indicándole que caminara hacia la puerta de entrada.

—¡Hijos! —gritó Frank a los niños—. ¡Venga, subid! ¡Nos vamos!

—¿Buscamos los móviles o entramos? —El rostro de Audrey era poco más que unas ojeras intermitentes en el halo anaranjado de los chispazos—. Aclárate, papá.

Frank raspó la lengua contra sus dientes. Podían confiar en encontrar los teléfonos y después esperar a que llegara alguna ayuda, o podían llevarse a la chica de una vez y recuperar la paz.

—Entrad —dijo.

—¿Y dejar aquí tirados los móviles? Papá, tengo fotos del concierto de Twenty One Pilots que aún no he subido.

—Y yo por fin había pasado al nivel 356 —dijo Simon.

—Entrad.

Los niños buscaron compasión en su madre, pero ella negó con la cabeza y señaló la puerta de entrada con la barbilla. Audrey subió a la autocaravana cruzada de brazos, dejando tras ella una estela de pequeñas fosas en la arena, las que cavaron sus talones por el impacto rabioso de sus pasos. Los enfados de Simon solían virar hacia la melancolía, él accedió al vehículo con los hombros caídos, su impronta en el camino dos franjas paralelas, las de sus pies al arrastrarse. Cediendo el paso a Grace, Frank entró tras ellos sin mirar a Mara, apostada junto a los escalones plegables como una invitada tímida.

—Sube, mujer —dijo Grace desde dentro, preguntándole si le dolía algo o necesitaba ayuda—. ¿Has estado alguna vez en una autocaravana?

—No, nunca. —La voz llegó desde fuera—. Y tenía mucha curiosidad por ver una.

Frank cerró con tanta fuerza el portátil que encontró en el sofá, que Audrey le advirtió que lo iba a romper. Él empujó a los niños hacia el dormitorio del fondo. Con el mando a distancia, encendió el televisor. Reprodujo el primer archivo que apareció en el listado. Subió el volumen. Ordenó a sus hijos que se sentaran en la cama y no se movieran.

—¿Es peligrosa? —preguntó Audrey.

Frank salió sin responder, echando de menos una puerta con la que cerrar la habitación. En la entrada, Grace invitaba a Mara a sentarse en el sofá. Ella observó el interior del vehículo con fascinación.

—Esto se puede abrir para tener más espacio —explicó Grace sobre el módulo extensible del salón—, para no tener que caminar de lado como ahora. ¿Te gusta?

—Es sorprendente, es como una casa de verdad.

—Bueno, y mejor, hay mucha gente que vive toda su vida en casas peores.

Mara recibió la observación con seriedad. Aunque Frank sabía que no existía mala intención en el comentario de su mujer, también sabía que el mohín de la invitada la estaría haciendo pensar en lo ofensivo que podría resultar ese comentario si la chica era una de esas personas que vivían en una casa peor. Grace apretó su coleta en un gesto apurado. Preguntó a Frank con la mirada si había metido la pata. Aunque él negó con la cabeza, el semblante sombrío de Mara debió de inquietar a su mujer, porque la examinó de arriba abajo con nueva extrañeza. Sus ojos, de pronto cargados de sospecha, se detuvieron en el bolso. Una alarma los redondeó, como si hubiera imaginado que llevaba una pistola dentro.

—Venga, vámonos —soltó.

A Frank le alegró la urgencia de Grace, por fin estaban de acuerdo en deshacerse de la chica. Su familia y él estarían mucho más seguros sin una intrusa. Todo sería mejor sin ella.

Frank se sentó al volante, se abrochó al cinturón. Desde el asiento del acompañante, Grace se volvió hacia el sofá.

—¿Estás lista, Mara? —Su voz había recuperado el candor habitual—. Estupendo entonces, verás qué bonito se ve el camino desde aquí arriba.

14

La autocaravana se tambaleó al dar marcha atrás. El bamboleo se repitió cuando fue hacia delante. La parte trasera del vehículo acusó cierta inestabilidad, una inclinación impropia hacia la izquierda.

—No puede ser —dijo Frank.

—¿Qué pasa? —preguntó Grace.

Un temor premonitorio anidó en el estómago de él. Respondió a su mujer que no lo sabía, que tenía que comprobar algo fuera. Se dirigió a las ruedas traseras del lado del conductor, junto a las que acababa de estar sentada Mara. Deseó poder desechar la sospecha que crecía en su vientre, pero al acuclillarse confirmó lo que temía. La pérdida de presión aplanaba ambas ruedas contra el suelo. Con el dedo repasó una herida en uno de los neumáticos, un corte por el que se escapaba el aire. Aunque quiso convencerse de que un pinchazo así podía haberlo producido durante el frenazo una roca afilada, enseguida descubrió un corte igual en el neumático contiguo. Misma longitud, mismo aspecto dentado. Acarició ambas rajas, imaginando qué tipo de filo, de cuchillo o de navaja, las habría provocado. La mano responsable sabía a quién pertenecía.

—¿Qué? —Grace había sacado la cabeza por la ventanilla del conductor—. ¿Qué pasa?

—Completamente desinfladas las ruedas, como si hubieran estallado.

—¿Por el frenazo?

—Supongo. Y el volantazo. Mucha presión sobre los neumáticos.

Mintió a Grace para no asustarla, ni a ella ni a los niños. Regresó a la autocaravana frotándose el hollín de los dedos. Dentro, Grace le preguntó si era normal que un par de ruedas cediera a la presión de esa manera. Disfrazando el temblor que afloraba en su garganta, Frank argumentó que era posible. Tuvo que esforzarse para no mirar a Mara, que asistía a la escena sentada en el sofá.

—¿Y dónde tenemos la de repuesto? —preguntó Grace.

—Esto no es un coche. No es tan fácil cambiarlas y la mayoría de las autocaravanas de este tamaño no las traen.

—¿En serio?

—Aunque hubiéramos traído una, no podría cambiarla yo solo sin pedir ayuda. ¿Para qué traerla entonces? —Su voz recuperó cierta firmeza porque esto, al menos, era verdad. Antes de comprar la autocaravana ya había leído que algún conductor se hirió de gravedad intentando cambiar un neumático y desde entonces la mayoría de las compañías evitaba posibles accidentes y demandas no incluyendo ruedas de repuesto en los vehículos más grandes y pesados. Así el usuario estaba obligado a solicitar ayuda profesional—. Y a nosotros se nos han desinflado las dos.

—Estupendo, Frank. —Grace se cruzó de brazos.

—Son cosas de caravanas, búscalo en el móvil. Verás como tengo razón.

—Muy gracioso, papá. ¿Con qué móvil? —Audrey habló desde el dormitorio.

Frank tomó aire. Se armó de valor para encarar a Mara sin que Grace percibiera su inquietud.

—Como has oído, nuestras ruedas se han pinchado. —Examinó la fría reacción en sus ojos—. Así que si queremos movernos de aquí vamos a tener que arreglar tu coche. ¿Dónde dices que está?

—Un poco más adelante. Pero no se puede hacer nada, no va a arrancar.

—Vamos los dos y quizá podamos empujarlo hasta aquí. Si es solo un problema de batería, tengo pinzas. Y también tengo gasolina.

—No creo que... —Mara tardó en levantarse del sofá, dándose tiempo para pensar—, no vamos a poder empujarlo cuesta arriba.

—¿Había cuesta?

—Sí, bastante.

—Bueno, vamos a mirar de todas formas —insistió Frank—. Aquí parados sí que no vamos a arreglar nada.

Entornó los ojos retándola a que inventara otra excusa.

—A lo mejor... no sé... a lo mejor podemos intentarlo —concedió ella.

Frank sonrió.

—¿Voy con vosotros? —Grace se remangó la camisa—. Entre los tres vamos a empujar mejor.

—No, mi amor. Tú te quedas aquí con los niños.

—El niño y la joven adulta —corrigió Audrey.

Frank llevó a su esposa, como si fuera un tercer hijo, al fondo de la autocaravana. Simon y Audrey observaban desde el umbral de la puerta inexistente, haciendo caso omiso del televisor encendido.

—Y cerráis la puerta con llave en cuanto ella y yo salgamos de aquí.

—Ya estás otra vez —susurró Grace—. No preocupes también a los niños.

Simon señaló al frente.

—Papá, le pasa algo.

Frank oyó la convulsión antes de voltearse. Cuando lo

hizo, vio que Mara se había llevado las manos al cuello, apretándolo como si se estrangulara a sí misma. Desde el sofá los miró con lágrimas en los ojos, sonidos guturales emanando de su garganta. Su cuerpo se sacudió en espasmos.

—¿Qué te pasa? —gritó Grace.

Corrió a socorrerla, le golpeó la espalda como a quien se atraganta con la comida. Mara se atizó el pecho con las palmas, un gesto desesperado que asustó a Frank. Se situó frente a Mara sin saber qué hacer. El cuello se le había ensanchado y el rostro había adquirido un color rojo intenso que empezaba a tornarse en morado. Se asfixiaba de verdad.

—Pero ¿qué es esto ahora?, ¿qué... qué hago?

Frank la cogió de los hombros, sacudiéndola. Grace la cargó de la cintura, agitándola. Ninguno de los dos supo cómo ayudar hasta que ella se abrazó a sí misma, recordándoles la maniobra de Heimlich. Fue Frank quien la realizó, imitando lo que había visto en el cine. En lugar de conseguir que algo saliera disparado por la boca, como ocurría en esas películas, la garganta de Mara se desatascó hacia dentro. Primero tragó, después el aire fluyó por unos pulmones que se contrajeron y expandieron a un ritmo frenético. Dolorosos carraspeos acompañaron cada respiración. Ella se deshizo de los brazos de Frank como si fueran una serpiente peligrosa y se tumbó en el sofá.

—¿Qué era? —le preguntó Grace.

—No lo sé. —Mara se secó las pestañas, la nariz—. Algo que ha venido de dentro se me he quedado atascado en la garganta. Era como querer vomitar y no poder.

—Lo que yo te decía. A saber qué se te ha roto ahí dentro.

—Necesitas un médico, está claro —dijo Frank—. Tómate unos minutos para recuperarte y vamos a por tu coche.

No iba a cejar en su empeño de sacarla de allí, de alejarla de su familia.

—No creo que pueda caminar...

—Seguro que puedes.

Grace censuró su comentario pellizcando su espalda cuatro veces. *Trá-ta-la-bien*.

—Ahora que caigo —añadió Mara, bocarriba en el sofá, un antebrazo en la frente—, no tengo la llave del coche.

—¿Cómo que no la tienes?

A Frank no le pasó desapercibido que recordara ese detalle justo después de haberse atragantado.

—La llevaba en la mano, como el móvil. Cuando me atropellasteis.

—Cuando apareciste en la carretera —matizó Grace.

—Estará ahí tirada en el camino, en la oscuridad. —Mara enfiló a Frank al repetir un argumento que él había usado antes en su contra y que ahora le convenía a ella—: Se ha podido perder entre las matas.

Él apretó los dientes, conteniendo la rabia.

—¡Joder!

Se volteó para dejar de mirar a la intrusa. Grace lo agarró de la cintura, lo guio hacia el baño. En la entrada de la habitación, Audrey tapaba los oídos de su hermano a causa de la palabrota.

—Frank, en serio, no pasa nada —susurró su mujer—. Hacemos lo que yo decía y ya está. La acogemos una noche, que duerma tranquilamente y mañana en cuanto amanezca, con luz, buscamos los móviles y las llaves de su coche. No compliques más las cosas porque no hace falta.

El discurso de su mujer rezumaba calma, confianza en la bondad de los desconocidos. Frank dudó si contarle lo de las ruedas. Que Grace supiera que esa mujer a la que tantas ganas tenía de ayudar había rajado sus neumáticos con el único fin de retenerlos aquí. Y que en su bolso, tan cerca de los niños, guardaría aún la navaja o el cuchillo con el que lo había hecho. Que todo formaba parte de algún plan siniestro para quedarse con ellos esta noche. Frank miró a sus hijos. Simon se aferraba a su hermana, frotando un pie contra el otro, asustado como el niño pequeño que era. En el momento en que supieran lo de las ruedas, ellos y Grace, el terror se dispararía. Frank perdería la capacidad de controlar la situación. Y ocurrirían cosas que aún podía evitar si mantenía la calma. Si lograba pensar con frialdad.

—Tienes razón —le dijo a Grace, tragándose otras palabras.

Revolvió la coronilla de Simon, pellizcó con los nudillos la barbilla de Audrey. Nunca se perdonaría si ocurría cualquier cosa que dañara a sus hijos.

—Os quiero mucho —les dijo—. Más que a nada en el mundo.

Los dos miraron al suelo, avergonzados. Mara tosió.

—Decidido. —Grace sacó un juego de sábanas de un compartimento sobre el sofá—. Te quedas con nosotros.

Frank le arrebató las sábanas de las manos. Las devolvió al armario superior. Sin dar explicaciones, bajó de la autocaravana. Desde la ventana sobre la cocina, Grace siguió sus movimientos. Enseguida se asomó también Mara. Frank abrió el maletero lateral posterior, lo que en el concesionario donde compraron la autocaravana llamaban *sótano*. Entre varios bultos, tiró de las asas de una bolsa alargada, verde brillante. Cogió también otra más gruesa. A un lado del camino, a la vista de ellas, extrajo el contenido de la bolsa verde. Y comenzó a montar la tienda de campaña.

Grace salió enseguida, Mara bajó detrás.

—Puede dormir en el sofá, Frank.

Sin responder, encajó unas varillas.

—Vamos, necesita un buen descanso —insistió Grace.

Él continuó con su trabajo extendiendo una lona.

—Tiene que recuperarse.

Frank ensartó piquetas en los ojales de la lona, una por una.

—¡Frank!

Él dejó caer al suelo las anillas que manipulaba. Se acercó a Mara y la señaló con un dedo amenazador:

—No vas a dormir con mi familia. Soy muy precavido con los extraños.

Frank regresó a la lona sin atender los lamentos de Grace. Cuando su mujer aceptó que la tienda de campaña iba a ser la única opción, cambió el enfoque de su discurso, siempre preocupada por mantener contentos a los demás.

—Es una tienda muy buena, la verdad. Nos costó un montón. Y el saco también —dijo—. Vas a dormir muy cómoda, ya verás.

Frank negó con la cabeza, incapaz de creer que un día que había comenzado con la promesa de un gran viaje y un mejor futuro se hubiera transformado en este desastre. Aulló de dolor al clavarse la punta de una piqueta.

15

Grace enredó el hilo de una bolsita de té alrededor de la cuchara. Con ella estrujó hasta la última gota de manzanilla. Respiró su aroma, que evocó en ella un campo soleado, tan diferente de la oscuridad boscosa que los rodeaba. Había preparado la infusión usando el hervidor de agua, valorando si no deberían empezar a limitar el uso de los electrodomésticos que más energía requerían. Por precaución apagó el aparato en cuanto oyó las primeras burbujas de la ebullición, aunque recordó que tenían autonomía de sobra para pasar noches enteras. Frank se había asegurado de ello porque el viaje incluía pernoctaciones en lugares aislados en los que no tendrían la oportunidad de enchufarse a la corriente de ningún camping, como no se hubieran enchufado ese día de haber llegado a las aguas termales. Serían noches en las que harían *dry camping* o *boondocking*, términos que soltó Frank para presumir de haberse aprendido algo de la jerga de los *RVers*. De todas formas, a lo mejor ni siquiera necesitaban pasar la noche entera en el camino. Con un poco de suerte, otro coche circularía por ahí de madrugada y podrían pedir ayuda antes del amanecer.

Llevó la infusión a Mara, sentada en una silla plegable en el camino. Antes de dar el primer sorbo, rodeó la taza con ambas manos aprovechando el calor del recipiente. Vestía un pijama que le había prestado Grace, la ropa sucia y rota del atropello amontonada junto a la silla, bajo el peso de su bolso. A unos metros, Frank terminaba de montar la tienda.

—Vaya, te queda mejor que a mí —dijo Grace a propósito del pijama—, a mí no se me ajusta de esa manera por arriba.

Como retribución al cumplido, Mara comentó lo bonito que tenía ella el pelo.

—No sabes lo mucho que te agradezco que me digas justo eso —confesó mientras desplegaba una segunda silla—. Casi lo pierdo por completo.

Frank dejó escapar un ronquido de desaprobación —no le estaría gustando el acercamiento entre ambas—, pero ella de verdad agradecía que alguien dijera algo bonito de su pelo después de tanto tiempo. Además, Grace tenía muy claro que tratar bien a la gente es la mejor manera de asegurarse que también la traten bien a una.

—Disculpa a mi marido —susurró—, lo hace por protegernos, a mí y a los niños. No es que haya ningún peligro, ya sé que eres inofensiva, pero lo hace para dar ejemplo a los niños. Es verdad que estamos solos, de noche, en mitad de la nada...

Miró al abismo de oscuridad que se adivinaba más allá del filo donde moría la luz. Las ramas de los pinos se mecieron al viento, frotándose en un bisbiseo, como si el bosque quisiera desvelarle algún secreto. O advertirle de algún peligro.

—No está en su mejor momento —dijo sobre Frank, deshaciendo los lúgubres pensamientos que evocaba el entorno—. Bueno, ni él ni nosotros. No te voy a aburrir contándote nuestra vida, pero no estamos de viaje. Intentamos que lo parezca, pero en realidad es una mudanza. Abandonamos Seattle. Hemos pasado una temporada complicada, sobre todo mi marido, así que por favor discúlpalo.

Esperó que Mara se hiciera cargo, que respondiera con algún comentario comprensivo, pero no lo hizo. Unas sutiles variaciones en su rictus fueron insuficientes para que Grace interpretara sus emociones. Miedo, enfado, tristeza, desamparo. Todas y ninguna cabían en la profundidad de su particular mirada. Cuando los árboles susurraron una vez más su indescifrable mensaje, Grace creyó distinguir un destello de odio en aquellos ojos. Se apagó enseguida, habría sido un reflejo de la luna residual en el cielo.

—Se supone que con la mudanza estábamos dejando atrás todo lo malo que nos ha ocurrido últimamente —continuó—. Iba todo muy bien durante el día de hoy... hasta que apareciste tú.

Mara retiró la mirada y sopló su taza.

—Perdona, ha sonado fatal. Pero entiendes lo que quería decir.

Tardó unos segundos de más en aceptar la disculpa.

—Sí, no te preocupes, tampoco yo estoy en un buen momento. ¿Acaso lo está alguien? —Entornó los ojos en el vapor de la infusión—. Yo he llegado a pensar en las soluciones más extremas...

Grace creyó entender a qué se refería. En su mente, la honda tristeza que la chica transpiraba, el aura de soledad y abandono que la rodeaba y esas medidas extremas que decía haber tomado confluyeron en una sencilla explicación. Tomó una de sus manos ofreciéndole apoyo.

—No vas a decirme que te tiraste delante de nosotros a propósito, ¿no?

Se sorprendió a sí misma por preguntarlo sin reparos, pero de pronto encontró lógico pensar que lo que había pretendido Mara era acabar con su vida.

—No.

La negación fue tan tajante que Grace se sintió avergonzada por haber inventado aquello sin más, abandonada a sus instintos caritativos como si en el fondo obtuviera placer del drama ajeno porque le permitía ayudar y sentirse realizada. Liberó la mano de Mara sin saber qué más decir para excusar su atrevimiento.

—Esto ya está —intervino Frank, señalando la tienda de campaña alzada en el camino—. Toda tuya.

Dijo las palabras al aire, sin dirigirse a Mara.

—Frank, ¿de verdad es necesario?

Al situarse junto a su marido, Grace vio el interior de la tienda a través de una cremallera abierta en la lona.

—Bueno, la verdad es que no está nada mal. —Invitó a Mara a acercarse—. Deberías descansar bien ahí, el saco es grueso y cómodo y tampoco va a hacer mucho más frío que ahora. Ah, y espera un segundo. —Grace subió a la autocaravana. Regresó con tres cojines que lanzó al interior de la tienda—: Para que estés aún más cómoda. Y si necesitas algo durante la noche, o te duele algo, nos pides lo que sea, ahí tienes nuestra casa.

—La puerta va a estar cerrada toda la noche —dijo Frank.

Atrapó la mano de Grace antes de que ella pudiera pellizcarle la espalda.

—¿Y si necesito ir al baño? —preguntó Mara.

Dando el último sorbo a la infusión, sus ojos buscaron los de Frank, que rehuyó la mirada. Sin responder a la pregunta, se fue a la autocaravana. A Grace le molestó la tozudez de su marido, su comportamiento tan poco cortés. Entonces él volvió con un rollo de papel higiénico en la mano. Lo lanzó dentro de la tienda con más fuerza de la que usaba cuando jugaba al béisbol con Simon.

—Ahí tienes —masculló sin mirar a Mara—. Y todo lo que te rodea es el baño.

Con un movimiento exagerado del brazo, casi burlón, abarcó el paisaje entero.

16

Frank terminó de estirar una sábana bajera sobre el sofá en el que dormirían los dos niños. Mientras se cambiaban a la ropa de dormir habían debatido si sería seguro expandir el módulo del salón con la inestabilidad que provocaban las ruedas pinchadas. Concluyeron que no y, por ello, el sofá quedó desplegado solo hasta la mitad, hasta que topó con el mueble del fregadero. Aun así, formaba una cama decente para que compartieran Audrey y Simon. Del compartimento superior, Frank bajó una colcha.

—Y esto para que os tapéis.

La extendió sobre el sofá.

Los niños dieron las gracias sentados en el comedor. Audrey extendía una crema antibiótica de cloranfenicol en el ojo ausente de Simon, que aún debía aplicársela a diario. Grace también lo ayudaba algunas noches, pero Frank era incapaz. Solo el olor del ungüento lo indisponía, era el olor de su propia culpa. Tampoco podía tocar con los dedos la herida, ni enfrentarse al vacío tras los párpados. No soportaba ver el color rojizo de la carne en el lugar donde debería estar el ojo centelleante de su hijo, lleno de vida e inocencia. Lo máximo que llegaba a hacer Frank era soplar la lesión cuando a Simon le picaba. Sin mirar al agujero en el rostro, soplaba hasta que el niño superaba el escozor, las manos agarradas a su camiseta para luchar contra la tentación de rascarse.

—Listo —dijo Audrey.

Enroscó el tapón en el tubo de pomada y ajustó a su hermano el parche que usaba para dormir, el que había llevado durante el día se quedó sobre la mesa.

—Venga, a la cama los dos —dijo Frank.

Esperó a que se subieran al sofá para poder pasar. En el dormitorio, Grace abría la cama de matrimonio.

—¿Te acuerdas lo que pensamos sobre si se habría tirado ella misma delante de la caravana? —preguntó—. Hablando con ella he tenido la sensación de que a lo mejor no íbamos tan desencaminados. Pero no para demandarnos ni nada de eso, sino más bien para... —Indicó a Frank que abriera su lado de la cama—. La veo triste. Muy triste, capaz de cometer una locura, consigo misma incluso.

—¿Suicidarse?

—Sí, no sé —confirmó ella—. Tiene pinta.

La voz de Audrey los interrumpió.

—Mamá, eso son prejuicios —intervino desde el sofá—. ¿Qué significa tener pinta de suicida? Eso no existe más que en las mentes cerradas de quienes prefieren simplificar el dolor de los demás en lugar de pensar en cómo podrían ayudarlos.

Fuera de su vista, Grace asintió de forma pesada ante la reprimenda de su hija.

—Es un problema serio que vivimos en las aulas a causa del bullying, por ejemplo —continuó Audrey—. Lo que hay que tener en cuenta es que cualquier persona, enfrentada a unas circunstancias concretas, puede acabar suicidándose. De hecho, hay que ser muy valiente para hacerlo.

—Más bien cobarde —matizó Frank.

—No, papá, no asociéis el suicidio solo a gente débil, loca o triste, porque no es así. Con esos pensamientos no ayudamos a las personas que nos necesitan sino que los empujamos, precisamente, a un punto sin retorno. Además yo a Mara la

126

veo bien, asustada por lo ocurrido, pero nada más. ¿Me habéis oído?

—Sí, hija, sí.

Grace puso los ojos en blanco. Cuando adivinó que Frank estaba a punto de reír, lo recriminó con una mirada cómplice.

—De todas formas, no me quedo tranquila —susurró aún más bajito, sentándose en el borde de la cama—. ¿Y si le pasa algo? No sé cuántas veces he oído historias de personas que parece que están bien tras un accidente pero luego se desmayan y se mueren por lesiones no detectadas.

—Pues eso le pasaría también estando aquí dentro.

Se sentó junto a ella.

—Ay, no sé, Frank...

Grace recorrió la habitación con la mirada como si pudiera encontrar alguna solución al problema en las estanterías, los espejos o los armarios.

—Voy a llevarle el iPad —dijo al fin—. Por si se aburre, que vea una película.

Frank la agarró de la muñeca.

—No vas a ir a ningún sitio. Estamos a salvo aquí dentro. Nuestros niños están a salvo. Eso es lo único que debe preocuparte.

—Eres un buen padre. —Grace apoyó una mano sobre el rostro de él—. ¿Y sabes qué? —Acercó los labios para contarle un secreto—: Encuentro muy masculino y excitante que protejas así a tu hembra y a tu camada.

—¡Por favooor! —gritó Audrey.

—¿Qué acabo de oír? —preguntó Simon, tan horrorizado como su hermana.

Grace se tapó la boca, la vergüenza enrojeció su rostro. Se refugió en el pecho de Frank mientras los niños gritaban en el sofá.

—¡Tápame los oídos!

—¡Formatéame el cerebro!

—¡Tápamelos! ¡O arráncamelos!

Los dos patalearon bajo la colcha.

—¡Socorro, mamá, ya no podemos desescuchar lo que has dicho! —gritó Simon—. ¡Eres como una canción de Taylor Swift!

—Eh, eh —interrumpió Audrey—. Un respeto a Taylor Swift. Que es cantante, compositora y una inteligentísima mujer de negocios.

Simon respondió cantando el estribillo de *Shake it off* a todo volumen hasta que su hermana, riendo, lo acompañó. Grace se unió a sus hijos en el sofá, entre carcajadas, coreando también la canción pero tapándose la cara con la colcha para ocultar su sonrojo. Incluso Frank tarareó la parte de letra que se sabía, olvidándose por un segundo del problema que tenían encima y disfrutando de la explosión de alegría de su familia. Cuando a través de la ventana del dormitorio vislumbró la tienda de campaña, se le quitaron las ganas de reír.

17

Una idea le impedía dormir. Más bien un deseo: coger el volante, arrancar la autocaravana y marcharse.

Huir.

Alejarse, él y su familia, de la amenaza que acechaba allí afuera. Dejarla atrás. Olvidarla. Negar su existencia. Ojalá la amenaza no hubiera sido tan astuta de pinchar las ruedas para frustrar esa huida.

Frank no lograba cerrar los ojos más de unos segundos. A su lado, Grace dormía. No alcanzó el mismo ritmo de respiración pausado que cuando dormía a salvo en la cama de su hogar, pero un sutil espasmo bajo las sábanas delató que ya soñaba. Hacía unos minutos que había dejado de raspar el dedo contra los pelitos puntiagudos de una ceja. Simon roncaba desde hacía un rato, recuperando por fin su despreocupación habitual tras el shock del incidente. A Frank le dolía ver a su niño asustado, él que se había enfrentado con tanto aplomo a la pérdida del ojo, la hospitalización, la recuperación que aún duraba. Su pequeño valiente. Audrey dormía en silencio, igual que siempre, como si no quisiera ofender a nadie con el sonido de su aliento, tan cauta entre sueños como lo era en la vida real con sus opiniones y su trato a los demás.

Frank cerró los ojos una vez más. Se concentró en la sinfonía amodorrada de su familia. Intentó dejarse llevar por ella, adentrarse en el sueño. La presencia del exterior se entrometió en sus pensamientos. La silueta femenina frente a los faros. Una intrusa en el camino, una intrusa en su cabeza. Pensó en ella con tanta intensidad que creyó que estaba dentro. Escondida en una esquina de la habitación. Observándolos dormir. Esperando el instante preciso. La imaginó agachándose en su esquina, gateando alrededor de la cama, escalando las sábanas, escalando las paredes. Descendiendo del techo para acabar sentada sobre su pecho como un íncubo. Como si Frank fuera la mujer en el cuadro de Füssli. Encima de su cuerpo, cortándole la respiración con su peso, la vio girar el cuello buscando la aprobación de una oscura presencia que había aparecido en el umbral de la habitación. Solo que esa presencia también era Frank, y en él mismo se clavaron unos ojos rojizos que lo hipnotizaron al instante. Sin poder hacer nada, asistió a la barbarie que el íncubo acometió sobre su familia mientras él solo pedía perdón y se declaraba culpable de haber provocado esta situación.

Frank abrió los ojos sintiendo que se ahogaba. Raspó su garganta al tomar aire. No sabía cuánto tiempo había dormido pero despertaba de una pesadilla eterna. Tenía la espalda sudada hasta la goma de los calzoncillos, la camiseta retorcida alrededor del cuerpo.

Entonces oyó unos pasos en el exterior y pensó que todavía soñaba. Pero el crujir de la gravilla en el camino sonó demasiado real. Tan real como el chirrido de los grillos, como el silbido del viento entre las agujas de las coníferas. Y como el estremecimiento que enfrió el sudor de su espalda.

Frank bajó de la cama atento a la respiración de Grace. Se acercó a la ventana temiendo toparse con la intrusa al otro lado, observándolos desde fuera como había hecho desde dentro en la pesadilla que empezaba a olvidar. Se asomó con el estómago encogido. Aún oía los pasos, pero no veía a Mara. ¿Y si no era ella la que caminaba allí fuera?

Guiándose por el crepitar de la grava, rodeó la cama hasta la ventana del otro lado.

Entonces lo vio.

El destello.

Un haz luminoso que se transformaba en un foco circular en el suelo, a unos pies de la caravana.

La luz de una linterna.

Tenía que ser otra persona, ni ellos ni Mara tenían una. Y todos habían perdido los teléfonos en la oscuridad. El parche brillante reptó por el suelo, buscando algo. Frank siguió el haz de luz de abajo arriba, hacia la fuente que lo originaba. No era una linterna. Era un móvil. Dejó de respirar al reconocer las uñas pintadas de negro que lo sujetaban.

—¿Cómo? —susurró para sí mismo.

En un fogonazo, Frank reconoció también el algodón rosa del pijama de Grace. Era Mara. Tuvo que contener las ganas de gritarle por no haber revelado que tenía un teléfono. Todo este tiempo podrían haber realizado la llamada de emergencia que los sacaría de ahí, pero ella había preferido seguir adelante con su perverso plan, fuera el que fuese. Imaginó el interior de su bolso, el teléfono descansando junto al cuchillo mientras ella aseguraba haberlo perdido en el impacto.

—¿Qué haces? —murmuró Frank al cristal.

Mara rastreó el suelo con su haz luminoso, como una criatura de la noche que lo olfateara. Tras unos segundos de búsqueda, se detuvo. Se agachó. Frank forzó tanto la vista que le dolió la cabeza, incapaz de descubrir qué había recogido. Allí fuera, ella debió de sentir el influjo de su mirada en la nuca, porque se volteó hacia la autocaravana. Sabiéndose observada, se quedó allí de pie, observando también. Hasta que se iluminó el rostro desde abajo. Y sonrió. La mueca resultó tan horrible como la que esculpió Simon en una calabaza el pasado Halloween.

—Pero ¿qué...?

Al otro lado del cristal, Mara mostró lo que había recogido del suelo. Era la Ziploc. Con los cuatro móviles. La balanceó frente a su cara creando nuevas sombras que deformaron sus facciones. Frank creyó, durante un instante, que aquello ponía fin al tormento. Los móviles habían aparecido. Con un mínimo de cobertura de cualquier operador podrían comunicarse con el 911. Pero Mara sujetó su teléfono entre los dientes, la luz apuntando al suelo. Abrió la bolsa. Lanzó el primer móvil a los árboles del lado derecho, perdiéndolo para siempre en la escarpada espesura.

—No, joder —susurró Frank entre dientes, los labios rozando la ventana.

Invirtió unos segundos en calcular si, de salir corriendo, llegaría a tiempo de detenerla. Si le compensaba despertar a toda la familia y asustarlos con la extraña actitud de la intrusa. Durante esos mismos segundos, Mara tiró el siguiente móvil al lado contrario. Caería entre ramas, rocas, hojarasca. Hizo lo mismo con el tercero, que era el de Audrey. El último lo lanzó aún dentro de la bolsa. Al terminar, se sacudió las manos como quien completa satisfecho una tarea. Frank ni siquiera había terminado sus cálculos, que ya no tenían ningún sentido. La luz se apagó.

El cambio de luminosidad deslumbró a Frank, que se descubrió respirando más fuerte de lo que roncaba Simon. Secó perdigones de su saliva en el cristal. Igual que Simon se agarraba a su propia camiseta para no rascarse cuando picaba el ojo que no estaba, Frank se agarró al tirador de la ventana luchando contra el deseo de salir a por esa mujer. Cerró los ojos para censurar imágenes de lo que ocurriría si bajaba a enfrentarse a ella.

En ese momento, deseó con todas sus fuerzas haberla atropellado. Que hubiera muerto en el impacto y él no tuviera que enfrentarse ahora a estos problemas.

Un zumbido en la oscuridad, el de la cremallera de la tienda al cerrarse, confirmó que seguía viva.

Allí mismo.

Allí fuera.

Frank arañó el tirador sabiendo que iba a soltarlo.

Y no pudo contenerse.

Reprimiendo el galope rabioso que exigían sus piernas, cruzó la autocaravana de puntillas para no interrumpir el sueño de su familia. Abrió y cerró la puerta con la misma delicadeza. Pisó descalzo el camino húmedo. El escalofrío que se generó en las plantas de los pies se mezcló con otros hormigueos que partieron del estómago, del cuello, de los pulmones, del corazón que se aceleró a medida que se aproximaba a la tienda.

Bajó la cremallera poco a poco, evitando hacer ruido. Luchó contra un nuevo hormigueo que lo asqueó, el que se originó en la entrepierna de sus calzoncillos. Cada clic de la cremallera disparó imágenes de otras cremalleras, en pantalones, que habían hecho el mismo ruido al bajarse. Peleó contra el inicio de una erección que lo avergonzaba, una de esas erecciones tan llenas de deseo como de arrepentimiento adelantado. Se odió a sí mismo por asociar ese sonido al recuerdo de su pene atrapado en los pantalones del traje que hubiera llevado ese día al trabajo, el deseo a punto de estallar, esperando a ser liberado y notar el aliento cálido de la mujer cuya boca lo aguardaba.

Frank terminó de bajar la cremallera de la tienda y con ella abrió, eslabón a eslabón, el peor de sus secretos. Dentro estaba la mujer a quien pertenecía la boca de sus bochornosos recuerdos. Al verla, desapareció cualquier rastro de inapropiada excitación, todo quedó blando como un cadáver que flotara en el agua. La rigidez se trasladó a su cuello.

—¿Desde cuándo me estás siguiendo? —susurró Frank.

—No se te ha quitado la cara de susto desde que descubriste que era yo —dijo ella—. No sé cómo tu mujer no se ha dado cuenta de nada con lo nervioso que te has puesto. Pero cierra esa boca, que no soy ninguna aparición. Soy de carne y hueso, igual que cuando me follabas.

Mara estaba de rodillas sobre el saco de dormir, las piernas descubiertas. Se había quitado el pantalón del pijama. Frank recordó otras veces en las que, como ahora, habían estado juntos en ropa interior, justo después de dejar el resto de su ropa desperdigada por el suelo del apartamento de ella. Mara se levantó para que los ojos de ambos estuvieran a la misma altura. Ella cabía de pie en la tienda, él hablaba encorvado.

—¿Por qué has tirado los móviles?

—Por lo mismo que pinché las ruedas. Para darte más tiempo.

Frank agudizó el oído, alerta ante cualquier movimiento que se produjera en la autocaravana.

—¿Qué es lo que quieres? —le preguntó.

—Que confieses. —Mara ajustó el elástico de sus bragas antes de continuar—. Que le hables a tu mujer sobre mí, sobre nosotros. Y de ti, háblale de ti sobre todo. Que esa pobre mujer sepa que no tiene el marido ideal que ella cree. Que sepa cómo tratas a las mujeres que no son ella, cómo me dejaste tirada como si no valiera nada. —Una repentina tristeza apagó sus ojos. Cuando volvieron a encenderse, brillaron llenos de malicia. Trató de cogerle una mano, quizá para obligarlo a tocar esa piel que ya conocía—. Cuando me dejaste... —hizo una pausa con un hondo suspiro, alojando pensamientos que ensombrecieron su mirada— nunca nada me ha dolido tanto. Y ahora te ibas a la otra punta del país para alejarte de mí lo máximo posible, ¿no? Pensaste que no me enteraría, claro, ¿cómo me iba a enterar? Pero ya ves, me he enterado. Tu mujer lo explica todo en su canal. ¿No te conté que me suscribí? —añadió con una sonrisa—. No te va a resultar tan fácil deshacerte de mí, Frank. La verdad te persigue y vas a tener que afrontarla. Qué simpática la camarera rapada del restaurante, ¿verdad? No era mi intención tirarla al suelo.

—Ya estabas ahí.

—Sentada a vuestro lado. Oyendo adónde ibais. No quería que me atropellaras, eso ha sido un imprevisto. Me conformaba con que pararais a ayudar a una pobre chica con el coche estropeado... y ver qué cara ponías al descubrir que era yo. Quería estar contigo, con tu mujer, con tu familia feliz. Todos juntos en la autocaravana. Obligándote a confesar.

—No le hagas nada a mi familia.

—No les estoy haciendo nada a ellos. Te lo estoy haciendo a ti.

Frank la apartó a un lado y rebuscó en el interior de la tienda. Sacudió el saco, miró debajo del pantalón del pijama en el suelo, pateó los cojines que había traído Grace. Examinó algunos pliegues en la lona interior.

—¿Dónde está tu bolso? El cuchillo, el móvil. ¿Dónde están?

—No he sido tan tonta de guardarlos aquí.

—No intentes nada. —Frank habló en el tono más autoritario que pudo dar a un susurro. En realidad quería gritar con todo el aire de sus pulmones—. No te atrevas a decir nada.

—¿Se lo vas a decir tú? —preguntó Mara—. ¿Le vas a contar todo?

Agarró el bulto de sus calzoncillos, no de la manera provocativa en que lo hacía cuando era ella misma quien le había quitado los pantalones, sino apretando para que doliera.

—Si tienes de éstos para hacer lo que hiciste —amasó sus testículos—, tenlos también para dar la cara. Porque voy a quedarme aquí, vamos a quedarnos todos en este camino el tiempo que haga falta hasta que decidas comportarte como un hombre y contar la verdad.

Se la quitó de encima con un empujón. La cogió del cuello, tan fino que casi lo abarcaba con una mano.

—Ya no puedes hacerme más daño —dijo ella—. Hasta si me hubieras atropellado de verdad, me habría dado igual. Hubiera sido divertido observar desde el infierno cómo le explicabas a tu mujer que esa chica a la que acababais de matar en la carretera era...

Frank cerró la mano, estrangulando sus palabras. No quería ni escuchar el nombre que ella pretendiera adjudicar a lo que había ocurrido entre ellos. Mara lo miró desafiante. Los músculos de su cuello lucharon por expandir la garganta, seguir respirando. No desvió los ojos aun cuando empezaron a hincharse bajo los párpados, aun cuando se llenaron de lágrimas. El resto de la cara también se hinchaba, la sangre atascada en su cabeza, el rostro morado. Frank pensó que sería muy fácil seguir ejerciendo presión. Solo un rato más y el problema desaparecería. Lo había dicho Grace, víctimas de accidentes aparentemente ilesas mueren con frecuencia en las horas posteriores por lesiones no visibles. Mara ya se había atragantado antes, así que resultaría verosímil que, durante la madrugada, hubiera sufrido otro ataque parecido al que todos habían presenciado, con la particularidad de que éste la había matado. La mano de Frank empezó a temblar, asustada por lo que podía pasar si seguía apretando, por lo fácil que era seguir apretando. Fantaseó con la...

—¿Papá?

La voz de Simon sonó atronadora en el silencio. Frank soltó la mano, avergonzado. El padre del niño tan bonito que acababa de hablar no podía ser la misma persona que fantaseaba con estrangular a una mujer en la noche.

—¿Estás fuera, papá?

Mara se dejó caer, tosió contra el saco.

—Sí, haciendo pis. —Su hijo no sabría de dónde venía la voz—. No quería ensuciar el tanque.

—¿Puedes soplarme el ojo?

Mara se retorcía en el suelo, recuperando el aire.

—Ahora voy —dijo Frank—. Tú entra, que ahora voy.

Esperó a escuchar el clic de la puerta. De cuclillas, buscó la línea de visión de Mara.

—Vete de aquí —le dijo—. Desaparece.

Ella boqueaba en el suelo como boqueó el pez de Simon en la moqueta la tarde que rompió la pecera con la bola de béisbol.

—Cuan... cuando confieses —logró decir.

Frank salió de la tienda. Subió la cremallera deseando clausurar aquel acceso a un pasado que había pretendido dejar atrás con la mudanza. En el último eslabón de la cremallera, se pilló el pulgar. Se lo llevó a la boca. Detestó el sabor de la sangre.

Simon lo esperaba dentro de la autocaravana.

—¿Me soplas ya?

Frank sonrió, le rascó la tripa.

—Claro, Gizmo.

Besó su coronilla y, arrodillado frente a él, sopló en la oscuridad para aliviar su picor.

—Te quiero mucho, hijo —susurró—. Os quiero mucho a los tres.

18

Ojalá la hubiera matado.

Ojalá hubiera muerto.

Ojalá no la hubiera esquivado con la autocaravana.

Frank sabía que sus pensamientos eran una abominación, pero no lograba apartarlos de su cabeza. El cuerpo atropellado de su amante bajo las ruedas se le antojaba menos problemático que tenerla allí fuera, durmiendo junto a su familia. Apretó la lengua contra los dientes, raspándola para censurar con dolor esa última idea. Estaba tan tenso bajo las sábanas que apenas apoyaba en el colchón hombros, trasero y talones. A su lado, Grace dormía. Una esposa soñaba en el lecho matrimonial mientras su marido alimentaba fantasías para deshacerse del secreto que dinamitaría el matrimonio.

Frank sacudió la cabeza sobre la almohada. Quería dejar de pensar en lo creíble que resultaría la muerte de una mujer accidentada que se había negado a buscar atención médica. Lo inocente que resultaría él a los ojos de cualquier autoridad tras haberla esquivado, tras haber evitado el atropello. Lo sencillo que sería explicar por qué no había dejado dormir a la extraña dentro de la autocaravana, tenía un hijo pequeño y no quería a ningún desconocido durmiendo cerca del niño. El cuchillo o navaja que encontrarían en el bolso de la víctima confirmaría además que era una persona peligrosa. El comportamiento de la familia hacia ella había sido ejemplar tras el amago de atropello. Le habían curado sus heridas, cambiado de ropa, ofrecido alojamiento en una tienda de campaña de las buenas. Que luego una complicación imprevista del accidente le causara la muerte durante la noche supondría un aciago, pero creíble, desenlace. Desafortunado para casi todos, conveniente para Frank. Muy conveniente. Tan conveniente, que clavó las uñas en sus muslos para distraer su atención de lo tentadora que resultaba la idea. Porque sabía que cuanto más tentadora, más peligrosa era también, él no había podido resistirse a las tentaciones últimamente.

Centró la atención en las respiraciones de su familia. Las tres personas que conformaban su hogar, las tres personas que eran su vida entera. Mecido por los espasmos somnolientos de su mujer, arrullado por los ronquidos de su hijo pequeño y conmovido por la sola existencia de la niña que se le convertía en mujer, Frank no fue capaz de entender ahora cómo se había arriesgado a sabotear tanta estabilidad, tanto amor, por tener una estúpida aventura con la mujer que dormía allí fuera. Que era además la mujer que les vendió esta misma autocaravana.

La idea de comprar la autocaravana había sido de Frank. A Grace le pareció un gasto innecesario, además de una excentricidad impropia de un hombre que había trabajado toda su vida en el sector hotelero. «¿No se supone que esas cosas os quitan clientes?», preguntó. Frank lo propuso hace dos años, cuando Simon cumplió los siete y Audrey estaba a punto de los catorce. Los niños ya no eran tan niños y se parecían bastante a personas consecuentes, hacía tiempo que viajar con ellos había dejado de ser el infierno de llantos, ataques de glotonería y vómitos en el coche en que solían convertirse las escapadas familiares. Pero no fue sencillo convencer a Grace, Frank tuvo que argumentar más de mil veces que una autocaravana sería la mejor manera de viajar en familia, de conocer el país, de que la geografía fuera para sus hijos algo más que datos aburridos en un libro de texto. Que cada vacación sería una oportunidad para ir de viaje y cada viaje una fábrica de memorias familiares que atesorarían siempre. Intentó venderle también a Grace que podría hacer vídeos interesantes para su canal de YouTube, pero esa idea la rechazó por completo, llevarse la cámara a los viajes sería lo contrario a estar de vacaciones. Frank la sedujo describiendo escenas idílicas de los niños quemando nubes en una hoguera en Yosemite, de los cuatro observando estrellas fugaces encaramados a alguna roca en el Joshua Tree National Park, o contando bajo una manta historias de terror, de las que asustaban pero gustaban a Simon, después de un picnic de perritos calientes en la arena de Carmel-by-the-Sea. En la puerta de casa tendrían a su antojo nieve, cactus, playas, luciérnagas, cráteres de meteoritos, montañas, el Grand Canyon, el Mississippi, géiseres... Podrían mirar desde la ventana de su dormitorio los paisajes más bonitos de Estados Unidos porque teniendo una casa con ruedas podían llevarse la cama a donde quisieran. Y esa casa con ruedas sería, allá donde estuvieran, un destello que brillaría en la oscuridad de los fascinantes paisajes donde harían noche, convirtiendo en un acogedor hogar cualquier punto del mapa en el que estuvieran los cuatro juntos. En varias ocasiones, las postales perfectas que Frank imaginó para Grace consiguieron que desenfocara la mirada como si ella también pudiera verlas. A veces incluso sonreía al salón cuando Frank describía detalles como la carcajada que se le escaparía a Simon cuando a Audrey se le cayera la nube del palo a la hoguera. Pero lo que por fin convenció a Grace, casi un año después de la primera propuesta, fue cómo Frank describió la manera en que la abrazaría con su chubasquero para protegerla de la nube de agua que pulverizarían sobre ellos las cataratas del Niágara.

A comprar la autocaravana fue él solo, en la primavera del año pasado. Prefería ahorrarse los comentarios que Grace haría sobre el precio, lo mucho que insistiría para que se decantaran por un modelo más barato. También quería evitar los impulsos caprichosos de Simon y Audrey que, al contrario que su madre, señalarían los modelos más caros que no podrían permitirse. La mañana de sábado que Frank fue al concesionario, el sol se reflejaba en los banderines plateados, azules y rojos desplegados sobre su cabeza. La brisa ondeaba una enorme bandera de Estados Unidos que se alzaba en el centro de la propiedad. Mientras otros clientes se desplazaban en carritos de golf conducidos por agentes de ventas, Frank caminó entre hileras de autocaravanas aparcadas, esperando a que alguien lo atendiera. Se asomó a las ventanas de varias autocaravanas desde fuera, juzgando sus interiores como un vecino cotilla. No prestó atención a la joven que se situó junto a él, ni siquiera la primera vez que ella carraspeó.

—Sé que todo el mundo espera que su comercial sea un hombre.

Lo dijo cuando él saltaba para fisgar el ventanuco superior de uno de los vehículos. Al sentirse pillado, disimuló como un niño, acomodando el polo que se le había descolocado con los brincos.

—Pero a usted le he tocado yo, la comercial que más vende en este concesionario. También soy la única. Me llamo Mara Miller.

Ofreció su mano con una sonrisa, la manera en que Frank había disimulado su travesura parecía haberle hecho gracia.

—No ha sido porque seas mujer —Frank señaló a otro comercial que pasó conduciendo un carrito de golf—, es porque no llevas el uniforme como ellos.

—Los hombres llevan chaqueta. A mí en cambio me ponen este vestido.

Recorrió la prenda con ambas manos, desde el cuello redondo hasta el bajo de la falda. Ceño fruncido y voz tajante denotaban una crítica al sexismo que destilaba la diferencia de uniformidad entre compañeros vendedores. Sin embargo, en la manera en que colocó las curvas de su figura para remarcar la femineidad del vestido criticado, Frank detectó el ademán de una actriz que se voltea en una alfombra roja. Una actriz de lo más atractiva. Una actriz con la que Frank no pudo evitar establecer un instante de furtivo contacto visual, el automático deje masculino de querer confirmar si, aun estando casado, seguía resultando atractivo a las mujeres. Ella mantuvo la mirada. En otras circunstancias, Frank hubiera calificado ese gesto como réplica favorable a su sutil flirteo, pero ahora sospechó que pudiera tratarse de una estrategia de venta. Venía al concesionario muy consciente de la habilidad de los comerciales para manipular al cliente, así que estaba convencido de que no se dejaría influir por nada que le dijeran. Ni aun cuando el comercial fuera una chica guapa de ojos grises que parecía fijarse en él más de la cuenta.

—¿Me dice qué tipo de autocaravana está buscando y yo le ayudo? —preguntó.

—En realidad ya he hecho todo el trabajo por internet —aclaró Frank—. No te lo tomes a mal pero creo que la época de confiar solo en los vendedores ha quedado un poco atrás. He leído sobre autocaravanas durante meses mucho más de lo que tú puedas contarme ahora en unos minutos.

—Vale, pues nada entonces. Respetaré la decisión que haya tomado con la opinión de esas personas de internet que tanto saben pero que seguramente desconocen las promociones y beneficios concretos de este concesionario.

La comercial le dedicó una sonrisa de medio lado, de nuevo entre la estrategia mercantil y el tonteo. Frank sostuvo la mirada. Cuando ella se humedeció los labios, el significado del intercambio visual se transformó por completo, los dos lo supieron. Ninguno estaba pensando ya en autocaravanas o promociones del concesionario. A Frank le preocupó que se notara que estaba excitándose.

—Pero si no le molesta que pregunte —continuó ella—, ¿qué modelo ha elegido tras toda esa labor de documentación?

Frank reveló su elección con toda la seguridad que le conferían las horas invertidas en páginas de fabricantes, foros de usuarios y canales de YouTube especializados.

—Es un modelo de los más grandes —replicó la comercial—. ¿Tiene una familia numerosa?

—Dos hijos —contestó él.

Frank pudo sentir cómo se disipaba la energía seductora que los había envuelto desde la primera mirada. También supo cuál era la pregunta que ella formularía a continuación.

—Y una esposa, imagino —afirmó la comercial en lugar de preguntar.

Su voz había perdido ya el matiz de coqueteo, respetando desde el primer segundo a esa otra mujer que habría empezado a vislumbrar en su mente. Su uniforme tampoco era ya el vestido de fiesta de una actriz pavoneándose en la alfombra roja, sino simplemente ropa de trabajo. A Frank le resultó tan trágico el contraste, tan aburrido el cambio de registro, que se negó a admitirlo.

—No —contestó pensando en Grace—, en realidad no. Estoy soltero. Divorciado.

La mentira escapó fácilmente de sus labios. Tampoco tuvo que molestarse en esconder la mano en el bolsillo porque él nunca llevaba el anillo de casado. En un primer momento lo avergonzó imaginar a Grace escuchando cómo acababa de negarla, pero enseguida se convenció de que tampoco estaba haciendo nada malo. Tontear no es engañar. Y él sólo quería jugar un poco más, prolongar el cariz estimulante de aquel encuentro. Lo que iba a ser un mecánico trámite comercial estaba resultando al final más divertido de lo esperado, ¿y qué?

Estar casado tampoco tenía por qué privarle de un inofensivo coqueteo a plena luz del día.

—Libre entonces. Estupendo —respondió la comercial, que hizo brillar su sonrisa humedeciéndola con la lengua—. Es precioso que un padre viaje con sus hijos en autocaravana. Y el modelo que ha elegido es muy acertado, es muy buena marca. No voy a intentar convencerle de que cambie su elección. Lo que sí puedo ofrecerle es un *upgrade*...

—Ya estamos —soltó Frank con una confianza que continuó restando formalidad al diálogo—. Ya empezamos a subir el precio.

—Es un *upgrade* que mejorará su autocaravana pero no subirá el precio final porque cuesta lo mismo que el diez por ciento de descuento que hacemos hoy en todos los Clase A. —Le guiñó un ojo, desdibujando aún más los límites entre seducción y comercio—. ¿Así mejor?

El *upgrade* que le ofreció consistía en una mejora en los acabados del *galley*, palabra que usó para referirse a la cocina, y una mejor distribución del *sótano*, el término con el que denominó el espacio de almacenaje exterior al que Frank llamaría «maletero». El hecho de que lo aceptara debió de enviar una señal equivocada a la comercial que, mientras caminaban hacia el modelo seleccionado, se lanzó a intentar venderle más cosas, algunas de lo más absurdas.

—¿Y querría añadir un sistema de seguridad con cámaras de vigilancia a su nueva casa?

—¿Para esta casa? —Frank apoyó la mano en la autocaravana elegida.

La vendedora asintió.

—Ya, claro —dijo él—, como si eso fuera algo que la gente compra. No voy a añadir nada más que cueste dinero, gracias.

—Muchos dueños de autocaravanas les ponen sistemas de vigilancia —insistió ella—. Piense que hay propietarios que viven en ellas a tiempo completo. Aparcan en sitios inhóspitos y dejan todas sus pertenencias dentro. Cosas de valor. Si le parece lógico tener cámaras de seguridad en su hogar, es igual de lógico tenerlas en su hogar sobre ruedas.

—Yo no tengo ni en mi casa —explicó Frank—, como para ponérselas a un coche.

—Yo al revés. Soy una paranoica de la seguridad. Y con lo baratas que son ahora las cámaras sencillas, tengo toda mi casa llena. Hasta en la terraza. Y no pongo una en el baño por respeto a mis invitados.

Frank emitió un ronquido de incredulidad. Tampoco se le escapó el detalle de que la comercial hubiera incluido la palabra «baratas» en su discurso. Admiró que tuviera tan trabajadas sus mentiras.

—Te lo estás inventando para venderme un sistema de seguridad que nadie compra.

—¿De verdad cree que tengo tanto poder para conseguir que usted haga todo lo que yo quiera?

El doble sentido de la pregunta fue tan atrevido que Frank titubeó, incapaz de dar con una respuesta que estuviera a la altura. Hacía demasiado tiempo que nadie tonteaba con él de esa manera.

—En serio, mucha gente compra ese sistema —continuó ella, visiblemente satisfecha de haberlo descolocado.

—Que sí, que sí —dijo él—. Tú mantén tu casa como el lugar más seguro de todo Seattle si quieres. Yo me llevaré la autocaravana sin cámaras de vigilancia ni bocina personalizada, gracias. Y asegúrame que el *upgrade* que he aceptado cuesta lo mismo que el descuento que me vas a hacer.

—Se lo he prometido, ¿no confía en mí?

Un rápido parpadeo adornó la pregunta.

—No mucho —respondió Frank.

Se sonrieron mirándose a los ojos durante mucho más tiempo del que cualquier comercial miraría a su cliente. En silencio. Después ambos miraron al suelo, sin saber cómo seguir.

Esa mañana, Frank firmó la reserva, aportó una señal. La comercial pidió un período de siete a diez días para finalizar el papeleo y tener a punto el vehículo. Pero antes de que se cumpliera la semana acordada, el martes por la mañana, Frank recibió una llamada de Mara Miller, así se presentó al teléfono. La comercial le pidió disculpas por haberse olvidado de hacerle firmar un documento indispensable. Era esa tarde cuando el concesionario enviaría el papeleo y, de no estar completo, tendrían que esperar al martes siguiente para mandarla de nuevo, lo cual retrasaría la entrega una semana más. Reiterando sus disculpas, la comercial recomendó a Frank que se acercara al concesionario cuanto antes, recomendación que él aceptó. Aunque su mente le repitió que sólo iba a firmar un papel, en su estómago comenzó a girar un remolino de emoción que nada tenía que ver con una mera transacción comercial. Negándose a sí mismo lo que ponían de manifiesto sus actos, Frank pasó por el baño de al lado de su despacho y cogió el desodorante que guardaba en el último cajón para cuando algunas jornadas se alargaban más de la cuenta. Ese día, él aún olía al gel de ducha de por la mañana, pero prefería estar seguro. También se forzó a orinar aunque no tenía ganas. Y cuando al secarse con el papel higiénico barato que compraban en el hotel quedaron restos adheridos a su pene, los retiró uno por uno, con cuidado, hasta no dejar ni rastro.

Mara Miller lo recibió en una caseta de obra en una esquina del terreno, no en la construcción central donde habían formalizado la venta. Llevaba el mismo uniforme del sábado, pero una cremallera frontal desabrochada transformaba en escote lo que entonces había sido un cuello redondo. A Frank se le escaparon los ojos a la piel descubierta. La comercial agradeció que hubiera venido tan rápido al tiempo que se levantaba de su escritorio. No llevaba zapatos, sus medias acariciaron el suelo en cada paso hacia la puerta. Frank la había dejado abierta, ella la cerró. Parecía una mujer que recibiera visita en su casa, o quizá en su dormitorio. Era como si un escote abierto y unos pies descalzos la hubieran desprovisto de su profesionalidad. El pensamiento molestó a Frank porque representaba el machismo interiorizado del que Audrey lo acusaba a veces y que él negaba. Pero su hija tenía razón, porque ahí estaba él, pensando que a una comercial le restaba credibilidad haberse puesto un poco más cómoda en su hora de descanso, conclusión a la que no habría llegado de haber sido un vendedor quien lo hubiera recibido sin chaqueta y con la corbata desanudada. Claro que a lo mejor no todo era machismo interiorizado y en realidad no tenía nada de profesional la manera en que la comercial se apoyó en el filo de la mesa, estirando la espalda para pronunciar la curva de su columna y la de sus pechos. O la forma en que lo miró encajando el pulgar entre los dientes de una boca a medio abrir.

—¿Has venido a firmar el documento? —Lo tuteó por primera vez, olvidando el uso continuado de usted del que no se deshizo la vez anterior—. ¿O teníamos alguna otra cosa pendiente?

Frank no era un hombre al que se le presentaran este tipo de oportunidades, nunca lo había sido. No por falta de seguridad, o porque no se sintiera atractivo, sabía que lo era, sino porque nunca había desprendido la energía sexual necesaria para que las mujeres se le ofrecieran. Ni antes de casarse ni, mucho menos, después. Fidelidad y monogamia eran valores fundamentales de su matrimonio con Grace y ambos los honraban. Incluso ahora que su vida sexual se había estancado hasta sentir vergüenza cuando otras parejas hablaban de la suya en alguna cena. Por eso Frank había sido el primer sorprendido por el diálogo de miradas que estableció el otro día con la comercial. A lo mejor no era que honrara sin esfuerzo los valores de monogamia y fidelidad sino que nunca se le había presentado una oportunidad tan clara para quebrantarlos.

Desde luego nunca una mujer se le había ofrecido de manera tan obvia como hacía ahora la comercial, que lo recorrió con sus ojos grises de arriba abajo, deteniéndose sin ningún reparo en las manos con las que él pretendía disimular lo que ocurría en sus pantalones.

—Los dos lo queremos —dijo ella—. Y nada nos lo impide. Yo también estoy soltera, si es eso lo que te preocupa.

Frank levantó las manos de su entrepierna para mostrar con su bulto que Mara no se equivocaba. Mientras la comercial le bajaba la cremallera, Frank pensó en Grace, la esposa que en ese momento no existía ni en su cabeza ni en la de Mara. Pensó en Audrey, en Simon. Cada clic con el que se la desabrochaba lanzó una nueva imagen de su felicidad familiar. Clic. Simon tarareando la melodía que cantaba Gizmo en *Los Gremlins* y que le valió su mote. Clic. Audrey aplaudiendo a sus hurones cuando obedecían la orden de rodar por la alfombra. Clic. El olor de la crema de manos de Grace. Clic. Él mismo comprando palomitas para los cuatro en el cine. Clic. Clic. Clic. La cremallera terminó de abrirse y todos sus pensamientos se desvanecieron en una novedosa oleada de placer, la de unos labios desconocidos haciéndole algo que Grace ya no le hacía. Logró desterrar a su familia de su mente durante varias de las posturas que vinieron luego. Hasta que la comercial, con el vestido en los tobillos, se apostó frente a la ventana, invitándolo a que la tomara desde atrás. Allí, a través del estor veneciano y del enrejado exterior, Frank vio la autocaravana que iba a comprar. La ventana de la cocina evocó en su mente una escena de desayuno familiar que se fue completando, en contra de su voluntad, con cada una de las embestidas con las que penetró a la mujer entre sus brazos: las deliciosas *omelettes* de Grace, Simon seleccionando los Froot Loops azules para comérselos primero, Audrey atenta a su móvil pero riendo con los demás cuando recordaran los chistes de la película que hubieran visto la noch... Frank profirió un último gemido con el que arrancó a su familia de su cabeza al tiempo que se salía de la comercial para derramarse entre sus piernas.

No se marchó corriendo, avergonzado de sí mismo, como habría apostado que haría. Mientras ambos se vestían, a Frank lo sorprendió su calma. Encontró muy sencillo racionalizar lo ocurrido como algo que no significaba nada. Porque de verdad no lo significaba. Solo el olor que Grace dejaba en la almohada cuando ella se levantaba primero, despertaba en él mayores sentimientos que el estúpido orgasmo de cinco segundos que acababa de tener con una comercial que ahora además no parecía tan guapa.

—¿Qué documento tengo que firmar?

Lo preguntó como si acabara de entrar en la caseta. La comercial subió del todo la cremallera frontal de su vestido, recuperando el cuello redondo. También se calzó antes de sentarse al escritorio y sacar de un cajón la carpeta con los documentos. Comprobó uno de ellos y fingió cara de sorpresa.

—Vaya, resulta que ya estaba firmado.

Adornó la revelación con una sonrisa triunfal.

A Frank primero le molestó que lo hubiera engañado, después le excitó imaginarla urdiendo esta estrategia para conseguir lo que quería. Conseguirlo a él. Abandonó la caseta convencido de que aquello no iba a repetirse, que había sido un mero desliz. El primero en dieciséis años, tampoco iba a martirizarse por ello. La comercial se lo había puesto muy fácil y él se había limitado a satisfacer una necesidad física, una que su esposa ya no satisfacía como antes. No le echaba la culpa a ella, en absoluto, sabía que él tampoco satisfacía ya a Grace. Era algo mutuo, un desgaste que ambos acusaban. El cuerpo de uno era ya demasiado conocido para el otro. Durante diez años disfrutaron de una intensa actividad sexual, si hubieran sido estatuas habrían desaparecido por la erosión de todas las veces que rozaron sus cuerpos, habrían quedado reducidos a dos montones de polvo en el suelo. Pero ellos eran de carne y hueso y sus cuerpos no se desgastaban. Permanecían intactos el uno junto al otro, año tras año, viendo desaparecer el deseo sin poder hacer nada por evitarlo. Tampoco querían darle importancia, ni siquiera hablaban del tema para que no fuera real, no les parecía justo que algo tan banal como lo físico hiciera peligrar otras conexiones entre ellos, mucho más importantes, que no se habían deteriorado con el tiempo, ni un poquito.

Frank quiso olvidar lo ocurrido, se negó a sí mismo que hubiera pasado o que mereciera la pena recordarlo. Hasta que llegó el día de ir a recoger la autocaravana. Se presentó en el concesionario otra mañana de sábado en la que, esta vez, no brillaba el sol. La llovizna mojaba la enorme bandera. Avanzó intranquilo, apretando tanto el mango de su paraguas que la uña del pulgar lucía blanca. No tenía ningunas ganas de ver a Mara y recordar su error. O de hablar con ella de lo ocurrido. A medida que se acercaba a la construcción central del concesionario, se propuso actuar como si nunca hubiera pasado nada. Como si fuera un cliente más que venía a recoger su vehículo. La puerta se abrió antes de que llegara. Frank cuadró los hombros. Del interior salía alguien, sería Mara Miller. Frank infló el pecho, debía permanecer impasible.

—Su autocaravana lo está esperando. —Un vendedor con uniforme de chaqueta le estrechó la mano—. Para que se la lleve a lugares mejores en los que no haga este mal tiempo.

Mientras lo acompañaba al vehículo, el vendedor pidió disculpas en nombre de su compañera. Dijo que hubiera deseado entregarle las llaves ella misma, pero que estaba atendiendo en ese momento a otros clientes. Frank primero sintió alivio, pero enseguida el desahogo dio paso a una imprevista sensación, la del orgullo herido. ¿Acaso esos otros clientes eran más importantes que él? ¿Acaso ella se acostaba con todos los compradores de autocaravanas que pasaban por ahí? El hecho de que a ella le hubiera dado igual verlo o no supuso un aguijonazo a su ego. Había rogado mentalmente para no encontrarse con ella, pero ahora que de verdad no estaba, echó de menos la inyección de adrenalina que hubiera supuesto tenerla cerca. Miró a la caseta de obra a lo lejos, buscando chispazos de excitación que alumbraran su mañana tan gris. Creyó ver movimiento dentro, como si alguien hubiera dejado caer la esquina de la persiana. Mara. Quizá lo espiaba desde allí, humedeciendo sus labios mientras lo observaba a través del hueco abierto entre dos lamas, con los dedos. Quizá ahora mismo estaba...

—¿... en alguna otra cosa? —preguntó el vendedor.

—¿Cómo dice? —contestó Frank, que no había escuchado nada.

—Que si puedo ayudarle con alguna otra cosa.

Audrey, Simon y Grace recibieron a Frank en la calle frente a su casa. Celebraron su llegada con los brazos en alto, como si hubiera atravesado la meta de una carrera olímpica ganándose el oro. Por fin la autocaravana era de ellos y tocaba planear el primer gran viaje. Aún faltaban unos meses para que los niños concluyeran las clases, así que tenían tiempo de sobra para decidir si preferían ir al norte, al sur, a la costa o a la montaña. «Vamos a todas partes», dijo Simon, resumiendo en cuatro palabras la filosofía que Frank había intentado inculcar a Grace durante el último año.

Esa misma noche, Frank recibió un mensaje en su móvil: «Sí, estaba mirándote desde la caseta. Era verdad que tenía otros clientes. Te quedaban muy bien esos pantalones, aunque yo te prefiero sin ellos. MM». Frank tuvo que meterse en el aseo de invitados, sobrepasado por la excitación de saberse tan deseado por una mujer, algo que no había ocurrido desde los primeros años de romance con Grace. Releyendo el mensaje, se masturbó sobre el lavabo. Antes de que acabara, llegó otro: «¿Te doy la dirección de mi apartamento? MM». Cuando Frank eyaculó tuvo claro que respondería que sí a esa pregunta. Porque quería su dirección. Porque quería volver a entrar en ella. Porque quería seguir probando un cuerpo nuevo. Porque era un hombre. Porque por mucho que amara a su esposa también deseaba a otras mujeres. Otros pechos. Otras cinturas. Otros tobillos. Y eso era así aunque llevara años reprimiéndolo, masturbándose cada mañana en la ducha, tratando de aplacar desde el inicio de cada día el deseo contenido que lo consumía por dentro. Encendió el grifo para limpiar el lavabo, hacer desaparecer esa descarga viscosa que tampoco podía tener tanta importancia. Lo mismo era derramarla a escondidas en el lavabo de su casa, a escondidas en el plato de la ducha que compartía con Grace, que a escondidas en el suelo de una caseta de obra. ¿Qué más daba si alguna vez la derramaba a escondidas en las sábanas de otra mujer, entre sus pechos? Solo tendría que limpiarlo como lo estaba limpiando ahora y nada habría cambiado en los sentimientos hacia su esposa. En el convencimiento de querer permanecer a su lado el resto de su vida. Amarla hasta que fueran viejecitos.

Al final fueron varias, muchas, las veces que se derramó en la cama de Mara Miller. Y en otros rincones de su apartamento. Un piso moderno, situado en las plantas superiores de uno de los altísimos edificios que se construyeron en plena explosión de la domótica, revestidos de arriba abajo con tecnología al servicio del propietario. Al ascensor, por ejemplo, se le pedía en voz alta a qué planta ir en lugar de presionar un botón. «No sabía que los comerciales de autocaravanas ganabais tanto», comentó Frank la primera vez que entró. «Solo los mejores», contestó ella antes de lanzarlo contra un panel de cristal para follar allí mismo, en el salón. También lo hicieron contra paredes blancas de brillante acabado, otras de hormigón visto, sumergidos en el agua del jacuzzi en la terraza o apoyados en los electrodomésticos de última generación integrados en la planta del apartamento. Frank hizo con Mara todo lo que ya no hacía con Grace, retozando durante horas como jovenzuelos, o más bien como si él volviera a tener la edad de ella, que no llegaba a los treinta. Mara lo desvestía en cuanto entraba por la puerta porque de verdad ansiaba tener sexo con él, no como Grace, que siempre le pedía que se duchara justo antes. A Mara le excitaba hacerlo en la cocina, incluso añadir algún ingrediente de la despensa o la nevera. Le chupó partes que él no sabía que podían ser chupadas, su dedo estuvo en lugares donde nunca había estado. La primera tarde que pasaron juntos en el apartamento, metidos en el jacuzzi de una terraza acristalada que ya le hubiera gustado tener a Frank, Mara emergió del agua burbujeante de la gran bañera de hidromasaje con una mirada traviesa.

—¿Quieres que hagamos porno amateur?

Señaló la cámara en una esquina del techo.

—Vaya, era verdad lo de tu sistema de vigilancia —dijo Frank.

—Las buenas comerciales nunca mentimos. Tenemos fama de ser la profesión menos honesta que existe, pero yo sé que se llega más lejos con la verdad que con la mentira. Siempre. Aunque admito que falté a la verdad diciendo que las había instalado yo porque son baratas, eso era una estrategia de venta para introducir la palabra *barato*.

—Lo sabía.

—En realidad estas de mi casa las traía el edificio, ya has visto lo moderno que es. Tenemos hasta jacuzzis en las terrazas.

—Ya veo ya. —Acarició la espalda de ella bajo el agua caliente—. Pues yo no me creí nada de lo que decías. ¿De verdad alguien instala sistemas de vigilancia en una autocaravana?

—Mucha gente, y lo que te ofrecí en el concesionario era

una ganga. Ahora, ¿quieres que sigamos hablando de seguridad o prefieres hacer ese porno?

Sujetándose en Frank para no resbalar, Mara se puso de pie en el jacuzzi. Apoyó un pie en el borde, el del lado que no taparía el tiro de cámara. Le ofreció lo que había entre sus piernas y él lo saboreó como una fruta a la que extrajera todo el jugo. Al terminar, con toallas a la cintura, vieron lo grabado en una pantalla de control integrada en la pared a la entrada del apartamento. Frank nunca se había visto a sí mismo practicando sexo. En un plano picado, se vio con la cara metida entre las piernas de ella. En escala de grises observó cómo se levantaba y le sorprendió lo grande que parecía su erección de perfil. Comprobar cómo se contraían los músculos de sus piernas lo excitó, pero más lo excitaron sus propias caras de placer. Viendo la grabación a su lado, Mara se percató de cómo a él se le iba levantando la toalla. Allí mismo se arrodillaron y empezaron de nuevo, en el suelo, alcanzando este segundo orgasmo a la vez que ellos mismos alcanzaban el primero en la pantalla. Una vez satisfecha la excitación, a Frank la idea de que existiera ese vídeo no le pareció tan buena.

—¿Cómo se borra? —preguntó, aún desnudo.

Trató de interactuar con la pantalla táctil pero, cada vez que la tocaba, se disparaba un candado en rojo. Los dedos empezaron a temblarle, incapaz de entender ahora cómo se había dejado grabar, permitiendo a una desconocida tener un documento tan peligroso para un hombre casado.

—Tranquilo, tranquilo, yo lo hago.

—Me llevo fatal con la tecnología —dijo él disimulando.

—¿No me dejas que guarde el vídeo para verlo yo sola cuando quiera? —preguntó Mara.

—Mejor no —respondió Frank, forzando una sonrisa y una excusa—: Así no te cansas de mí.

Mara posó el pulgar en un lector de huella para desbloquear el sistema. Con varios toques del dedo, accedió en pantalla a los archivos guardados. Los seleccionó y borró delante de él.

—Se borran automáticamente a medianoche, de todas formas —explicó—. Así que tendremos que grabar más.

Frank, de nuevo invadido ya en ese momento por el arrepentimiento, no se molestó en idear una respuesta ocurrente para la insinuación. Se marchó de allí esa primera tarde convencido de que no reincidiría. Como se marchó en muchas ocasiones posteriores —durante los ocho meses que duraría la aventura—, bajando en el ascensor iluminado con ledes de color azul, repitiéndose que ésa sería la última. Que ya había saciado su apetito por un cuerpo nuevo. Que las fantasías que había satisfecho con Mara conformaban un archivo de recuerdos a los que podría recurrir en muchas masturbaciones futuras. Cruzaba el recibidor del edificio hacia la salida convencido de que lo que tenía con aquella chica apenas podía definirse como una aventura. Él no era el tipo de marido infiel que tantas veces había criticado, porque Mara no era su amante. No podía serlo si no albergaba sentimientos hacia ella. Si acaso, lo único que sentía al subirse al coche era el fuerte deseo de no volver a verla. Mientras conducía de regreso a casa se prometía no caer nunca más en la tentación y volver a ser el Frank de siempre, el que no se acostaba a escondidas con otra mujer. El que solo necesitaba a su familia para ser feliz. Entonces el tiempo pasaba, la promesa flaqueaba y la sensación de haber hecho algo malo se diluía, al tiempo que cristalizaba el deseo de reencontrarse con Mara. Con la misma firmeza con la que se había convencido a sí mismo de que no volvería a caer, se convencía ahora de que sucumbir al deseo era la mejor opción, incluso para el matrimonio. Estaba claro: reprimirse demasiado podía conducirlo a tomar la decisión definitiva de separarse de Grace y llevar así la vida sexual disoluta que alguna parte de sí mismo ansiaba. Y entonces la ruptura afectaría a los niños. Y todos sufrirían. Dejando las cosas como estaban, ni Audrey, ni Simon, ni Grace sufrían por el hecho sin importancia de que él se aliviara de vez en cuando con otra mujer. Del tiempo que pasaba con Mara, Frank no quitó ni un solo minuto a su vida familiar, se lo robaba todo a su agenda laboral. Trató a Grace con la misma dedicación de siempre, con el mismo cariño. Siguió quitándole a su plato, uno a uno, los guisantes que incluía el arroz preparado que ella compraba porque le gustaba la combinación del resto de los ingredientes. Siguió durmiendo todas las noches con el cuello torcido para que ella pudiera estirar el brazo bajo la almohada. Al lado de esos gestos ausentes de pasión pero llenos de amor, rendirse de vez en cuando al calentón con una mujer cualquiera no podía significar nada. Quizá exista una máxima moral que diga que no está bien engañar a tu pareja, a tus hijos, pero por encima hay otra máxima que ordena no dañar a la gente que quieres. Callado, Frank no estaba dañando a nadie. Contarle a Grace la verdad sería abrirle una herida en el alma por la que se derramaría toda su bondad. También anularía el valor de todos los consejos que durante años ella había ofrecido en vídeos a sus suscriptores de YouTube, como experta en felicidad conyugal. Y establecería un terrible modelo de pareja para los niños. Siempre que el razonamiento de Frank llegaba a este punto, volvía a llamar a Mara. A ella le contaba que era el trabajo lo que le dejaba sin tiempo para verla más a menudo, prefería que no supiera de la existencia de Grace. Así el engaño parecía menor hacia su esposa y prevenía posibles complicaciones futuras. Aunque no daba la impresión de que las cosas fueran a complicarse con Mara, ella tampoco tenía pinta de estar desarrollando sentimientos hacia él. Sólo eran dos adultos disfrutando del sexo cuando la ocasión se lo permitía. Y aunque la ocasión se lo seguía permitiendo, cada vez que Frank marcaba su número se prometía que sería la última vez, que tenía que dejar de llamarla.

Pero dejar de llamarla no había servido de nada. Porque ahí seguía Mara, presente en su vida, estropeando su verano y durmiendo en ese mismo momento allí fuera, a tres pasos de su familia y de la autocaravana que les vendió. Las cosas se habían complicado mucho más de lo que él previó en aquel momento. Todo resulta siempre más complicado de lo que parece al principio. La aventura a la que Frank creyó haber puesto final lo había perseguido. Y le obligaba con su presencia a confesar el peor de sus secretos. Por mucho que él intentara huir a la otra punta del país no iba a poder distanciarse del horrible pasado en el que era el peor marido del mundo, el más ruin de los hombres que han existido.

Frank se movió bajo las sábanas, inquieto, el brazo de Grace estirado bajo la almohada. Sintió asco de sí mismo por compartir cama con su esposa mientras recordaba los encuentros sexuales con Mara. Todo lo que había hecho con Mara. Separó su cuerpo del de Grace, la espalda de su vientre, como si pudiera ensuciarla con su piel corrupta. Intoxicarla con su perversa moral.

Arrullado por el chirriar de los grillos, Frank tuvo una revelación. Confesar. Contarle todo a Grace. Como debería haber hecho desde el principio. Ojalá lo hubiera hecho. Aún podía hacerlo. En ese instante. Podía despertarla y explicarle quién era la chica a la que casi atropellan. Confesarle lo que había pasado y entre los dos tomar una decisión que minimizara la gravedad de las consecuencias, sobre todo para los niños.

—Y cargarme toda mi vida...

Las palabras, apenas audibles, se le escaparon en una exhalación somnolienta. Amodorrado, Frank maldijo su situación. Maldijo el plan de utilizar este camino, el momento en el que la caravana se encontró con Mara. Maldijo también su destreza al esquivarla, porque todo sería más sencillo si no lo hubiera hecho. Matarla de verdad habría sido mucho más conveniente. Corrientes intermitentes de aire silbaron al colarse por las rendijas de la autocaravana. A punto de quedarse dormido, Frank dejó de censurar sus pensamientos.

Ojalá la hubiera matado.

Ojalá estuviera muerta.

19

Grace abrió los ojos en cuanto despuntó la aurora. La escasa claridad que se adentró en la autocaravana fue suficiente para despertarla. Salió de la cama antes del primer parpadeo.

—Frank. —Anudó el cinturón de un batín mientras se calzaba zapatillas de andar por casa—. Despierta, Frank, ya hay luz.

Con una rodilla sobre el colchón, lo besó en la sien, donde lo besaba por las mañanas para evitar su aliento.

—Lo sé, no he dormido nada.

Su marido no tenía los labios resecos ni las ojeras hinchadas características de su despertar. Por la tersura de su rostro se diría que se hubiera acostado poco antes, pero su rictus revelaba agotamiento.

—Normal que no duermas, con este lío. —Grace le peinó las cejas—. Pero hoy se acaba el problema. En cuanto encontremos los móviles.

—Ya, los móviles...

—Venga, a buscarlos. —Palmeó la cama—. ¿Quién va a comprobar cómo ha dormido nuestra invitada?

Usó ese término a propósito, para suavizar la situación, como si fuera una amiga de visita quien dormía en la tienda de campaña.

—Voy yo —dijo él.

—Y yo después preparo un desayuno buenísimo para todos.

Grace quería animar a Frank, lo notaba preocupado. Se había quedado a medio levantar, sentado en su borde de la cama, los codos apoyados en las rodillas. La miró sobre el hombro:

—Estupendo, mi amor.

Lo oyó suspirar cuando ella salió del dormitorio. Despertó a los niños en el sofá masajeando sus piernas bajo la colcha, disculpándose por las horas tan tempranas. Le recordó a Simon que se cambiara el parche y se pusiera el de día en cuanto se lavara la cara. Una mano de Audrey buscó algo que no estaba sobre el brazo del sofá, allí donde habría dejado el móvil durante la noche de haberlo tenido. Incluso tumbada, sus hombros cayeron por la decepción de no encontrarlo.

—Para eso os despierto, hija —dijo Grace—, para que busquemos los teléfonos entre todos, que ya hay algo de claridad.

Pilló un pie de Simon, lo sacudió hasta oírlo reír.

Después abrió la puerta y bajó los escalones plegables.

El denso aroma a pino, sus ramas y agujas humedecidas al alba, podía sentirse en la piel como una fresca loción de intensa fragancia que reavivara el espíritu. Grace lo respiró varias veces, dejándose purificar. Con cada inhalación, la situación en la que se encontraban iba perdiendo gravedad. En un mundo que regalaba este olor tan puro nada podía salir del todo mal. Y por eso el sol que asomaba por el horizonte convertía las gotas del rocío en brillantes de color amarillo pálido engastados en la inmensa joya que era el bosque al amanecer.

Desperezándose, Grace se sintió tan optimista como la promesa de un nuevo día de verano. Una refrescante corriente de aire se coló por su batín, entre los botones del pijama. Interrumpió el estirón cuando vio una brida de plástico enganchada a la cremallera de la tienda de campaña. Conectada con la vara superior de la estructura, impedía su apertura.

—¿Frank?

La sospecha escapó de su boca como un susurro. Pero su marido no haría algo así. ¿Cómo iba a encerrar a esa chica? Una cosa era que pretendiera proteger a su familia no dejando dormir a una extraña en la misma estancia que ellos. Otra muy diferente era enjaularla como a un animal salvaje. Tenía que tratarse de un efecto óptico. Grace avanzó hacia la tienda, sus pisadas amortiguadas por la suela de sus pantuflas. Cuando la alcanzó, sus dudas se despejaron. Era una brida. Valoró que la hubiera puesto la propia Mara, como cierre de seguridad a peligros del exterior, osos quizá. Pero ni los osos saben abrir cremalleras ni se molestarían en hacerlo si lo que quieren es comerse a un campista, les bastaría con romper la tienda por la mitad con sus garras. Además ella habría enganchado la brida al tirador interior de la cremallera, no al exterior.

—¿Grace?

Dio un respingo al oír su nombre. Frank asomaba la cabeza por la puerta.

—Te he dicho que iba yo a verla. Tú ven aquí.

Grace apretó los labios. La goma de sus suelas no amortiguó ahora el enfado en sus pasos, de vuelta a la autocaravana.

—¿Cómo le haces eso?

—¿Hacer qué? —Los ojos de Frank se abrieron más de la cuenta—. ¿Qué ha pasado?

El espectro de una sonrisa contenida visitó su rostro durante un instante.

—Hay que quitárselo.

—¿De qué hablas, mi amor? ¿Le ha pasado algo?

—Parece que quieres que le pase algo, preguntándolo tanto.

Grace se abrió paso apartando a su marido del umbral.

—Hay que quitárselo antes de que la pobre se despierte e intente salir. —Subida al sofá en el que los niños seguían acostados, abrió el primer cajón de la cocina—. Antes de que se dé cuenta de que la has encerrado como a un animal peligroso. Si acaso no quiso salir durante la noche a hacer pis... Ay, qué vergüenza, Frank.

—No... no sé de qué me hablas, en serio.

El temblor en la voz de su marido prefirió atribuírselo al sueño.

Desde fuera, llegó la voz de Mara.

—¿Hola? ¿Me oís? No puedo salir.

En la cocina, Grace señaló la tienda a través de la ventana. La estructura se sacudió con cada tirón frustrado a la cremallera.

—Hablo de eso, la has encerrado.

—¿Yo?

Su sorpresa pareció genuina. Ella le mostró las tijeras que había sacado del cajón y lo instó a acompañarla. Caminaron juntos hasta la tienda.

—Buenos días, Mara —dijo Grace—. Parece que está atascada la cremallera. Danos un minuto.

Le pasó las tijeras a Frank, urgiéndolo con mímica a cortar la brida. En cuanto lo hizo, se lo arrebató todo y lo escondió en el bolsillo de la chaqueta de su pijama, cubierto por el batín. La cremallera bajó con un zumbido. Mara emergió con el pelo enredado.

—Estaba atascada —se disculpó Grace—. La tienda es nueva, a lo mejor no corre muy bien el tirador aún. ¿Qué tal has dormido?

Ella dedicó una primera mirada a Frank, con los párpados entornados, y Grace supo que no se había creído la mentira sobre la cremallera. Tras el comportamiento exageradamente precavido de su marido durante la noche anterior, Mara también imaginaría por qué no se abría la tienda, y quién habría sido el responsable de tomar esa precaución.

—He dormido bien —le dijo a Grace, sonriendo—. No hay nada como una noche en mitad de la naturaleza para aliviar el dolor del alma. Esta paz es justo lo que venía buscando aquí.

Grace tocó los puntos sobre su ceja.

—Esto está muy bien. —Apretó los extremos para reafirmar el adhesivo—. ¿Del cuerpo te duele algo?

—No, del cuerpo no.

Grace entendió que sí le aquejaban otros dolores, aunque no fueran físicos.

—Bueno, pues esas penas te las quito yo ahora con un desayuno —dijo.

Desde el interior de la autocaravana los niños pidieron ayuda para plegar el sofá cama.

—Ve tú —le dijo a Frank. Su ceño fruncido reveló desconfianza por dejarla a solas con Mara, su marido de verdad albergaba la ridícula sospecha de que la chica fuera peligrosa—. Vamos, necesitan tu ayuda.

Esta vez obedeció, pero, antes de adentrarse en el vehículo, desde la escalerilla, dedicó a Mara una mirada amenazante.

—Perdónalo, de verdad —susurró Grace—. No tienes por qué aguantar que te mire así, no sé por qué está tan preocupado con esta situación.

—Y la cremallera no estaba atascada, ¿verdad? —preguntó Mara—. La aseguró él.

Grace asintió bajando la cabeza.

—De verdad, qué vergüenza. —Sintió cómo se le calentaban las mejillas—. Lo siento mucho.

—Da igual, en serio. Entiendo que un hombre tome ciertas precauciones para proteger a su familia. —Mara le pellizcó un codo—. Lo que me da más repelús es pensar que he pasado la noche ahí metida, encerrada en la tienda con una brida de plástico, como si fuera una de esas bolsas donde meten los cadáveres.

—Ay, calla.

La imagen provocó un escalofrío a Grace, que sacudió los hombros para deshacerse de él.

20

Frank bajó de la autocaravana con los niños en cuanto terminó de plegar el sofá. Prefería que Grace no estuviera a solas con Mara.

—¿Por dónde empezamos a buscar los móviles? —preguntó Simon. En camiseta y pantalones cortos de chándal, se había puesto el parche estampado con mariposas monarcas—. Que yo solo tengo un ojo y tengo que elegir bien dónde miro.

—Pues vas a buscar por todas partes —respondió Audrey, anudando los cordones de sus zapatillas con tanta presión como ganas tenía de iniciar el rastreo. Ella vestía mallas grises y camiseta de tirantes con un *emoji* sonriente en el pecho—. Que tenemos que encontrarlos.

—Frené por ahí, o sea que deberían estar en toda esta parte. —A Frank se le escapó una mirada a Mara, tan furtiva como las primeras que intercambiaron en el concesionario. Los dos sabían que, por mucho que los niños se esmeraran en su búsqueda, los teléfonos no iban a aparecer. Indicó a los niños un amplio trecho del camino al tiempo que anunciaba lo inevitable—: De todas formas, yo creo que va a ser difícil encontrarlos, pudieron salir volando muy lejos, a lo mejor están entre los matorrales, o rotos por el golpe.

—No desanimes a tus hijos, esos móviles están por aquí —intervino Grace.

—Seguro que los encuentran —añadió Mara.

La rabia encogió el estómago de Frank.

—Y si hace falta yo me meto entre esos hierbajos sin ningún problema —dijo Audrey—. Vamos, Simon, tú por la derecha y yo por la izquierda.

—El problema es la humedad. Aunque aparezcan, no van a funcionar si han pasado la noche en el suelo o entre las plantas. No sé si tiene mucho sentido que perdáis el tiempo. —Frank odiaba tener que mentir a sus niños—. Mirad cómo está todo de rocío.

Audrey le dedicó una sonrisa orgullosa.

—El mío es *water proof* así que eso no es ningún problema.

—Y el mío tiene reconocimiento de huella dactilar —le respondió Simon.

—Uh, ya ves, qué importante. Eso lo tienen hoy hasta las cafeteras.

Los dos rieron.

—Al menos vuestro padre tuvo la idea de meterlos en una Ziploc, o sea que están protegidos. Van a funcionar, seguro. —Grace reprochó a Frank con la mirada que desanimara así a los niños—. Yo voy a ir preparando el desayuno mientras vosotros buscáis. A ver si me da tiempo de acabar antes de que los encontréis. Y tú, Mara, podrías ir buscando también la llave de tu coche, ésa seguro que funciona. No puede estar muy lejos si la tenías en la mano cuando...

Carraspeó para omitir las primeras palabras que habrían acudido a su mente, palabras que Frank intuyó que serían *te atropellamos*.

—... cuando apareciste en la carretera —terminó diciendo.

Mientras Mara se unía a los niños en una exploración que no daría ningún resultado, Grace cogió a Frank de la muñeca para que la acompañara a la cocina.

De la nevera, ella sacó huevos, leche. De los armarios, cereales, sartén, tazas. Giró el mando de un fogón y acercó la oreja para asegurarse de que saliera bien el gas.

—Hay dos bombonas nuevas —le recordó Frank.

—¿Por qué la has encerrado?

—Yo no he sido, mi amor. De verdad que no.

—¿Y por eso estaba tan sorprendida de no saber lo que pasaba? ¿Ella se encerraría con algo que le impide salir? —Grace rompía huevos contra el borde de un bol, la cáscara deshaciéndose entre sus dedos por el exceso de fuerza—. Después de un accidente como el suyo, la pobre me ha dicho que sentía que había pasado la noche en una bolsa para cadáveres, como si estuviera muerta, como si no hubiera sobrevivido al accidente, encerrada con la brida esa que le pusiste.

Mara no podía saber que era una brida lo que había ajustado la cremallera a no ser que la hubiera puesto ella misma, Grace y él la cortaron y escondieron antes de que saliera de la tienda. Pero eso Frank ya lo sabía, por supuesto que había sido ella, él ni siquiera tenía bridas en la autocaravana. Y también sabía que la intención de Mara era, precisamente, generar este desencuentro entre Grace y él. Hacerle quedar como el mentiroso que solo su amante sabía que era. La brida, el encierro, pretendían sembrar sospechas de falta de honestidad entre Frank y Grace. Que era justo lo que Mara había venido a demostrar aquí. Ese trozo de plástico era un símbolo, un recordatorio de que Frank debía reconocer el alcance de sus actos. Aun rabioso de que a Mara le hubiera salido tan redonda esta lección, de que le hubiera lanzado de forma tan sutil pero contundente su mensaje, Frank entendió que sería más sencillo admitir su falsa culpabilidad.

—Vale, pues perdóname por querer proteger a mi familia.

Grace detuvo el tenedor con el que batía los huevos.

—Lo sabía. —Resopló ante la decepción del engaño. Dirigió los ojos a la tabla de cortar, incapaz de mirar al marido del que nunca esperaba una mentira—. No me gusta nada que me mientas, Frank. ¿En qué nos convertimos si no podemos confiar ciegamente el uno en el otro?

Se convertirían en algo horrible. Y por eso Grace no podía saber la verdad —o todas las mentiras— sobre él. No estaba preparada. Le dolería demasiado y ella no merecía sufrir.

—Perdóname, mi amor.

Trató de besarla en la mejilla pero ella se agachó a recoger algo.

—Ve a buscar los móviles, anda.

Frank volvió a disculparse y salió al camino. Audrey y Simon, encorvados, se afanaban en rastrear el terreno, cada vez más iluminado por el sol que ya habría emergido por el horizonte aunque la espesura del bosque lo eclipsara. Se agachó igual que sus hijos, despertando el dolor de sus lumbares. Barrió polvo y guijarros que rasparon sus dedos. Solo sufriendo como sus niños podía mitigar la desazón de verlos esforzarse en una labor que no culminaría en éxito.

—¡La llave de mi coche! —gritó Mara.

Los niños volvieron la cabeza alertados por el volumen de la voz, pero devolvieron la atención al suelo en cuanto supieron que no era un móvil lo que había aparecido. Frank sí se acercó a Mara, aliviado. Disponer de la llave podría alterar la situación. Quizá aún pudiera convencerla de dejar en paz a su familia, resolver los problemas entre ellos sin perjudicar a nadie más. Cuando se encontraba a un paso de ella, Mara mostró lo que tenía en la mano.

—Ah no, es solo una piedra —dijo.

Le dedicó un gesto similar al del día que fingió sorprenderse por encontrar firmado el documento que había usado como excusa para atraerlo al concesionario. En la sonrisita que dibujó mientras lanzaba la pequeña roca que no se parecía en nada a una llave, Frank detectó el disfrute que le producía jugar con él, ya fuera con una brida o con una piedra. Tuvo que tensar la mandíbula para no abrir la boca, separarse de ella para no sucumbir a ningún otro instinto.

Huyó junto a Simon y lo ayudó en el rastreo mientras

Audrey se desesperaba unos pasos por delante. Prolongaron la infructuosa búsqueda hasta que Grace avisó de que el desayuno estaba listo.

Lo sirvieron en el exterior, junto a la puerta de entrada, sobre la mesa plegable de camping. No se molestaron en extender el toldo. Mara comió con ganas una de las *omelettes* de Grace, sin apenas respirar entre bocados. Verla sentada a la mesa, como invitada forzosa en uno de los desayunos familiares que Frank atesoraba como los mejores y más íntimos momentos que compartía con su mujer e hijos, le revolvió el estómago. Grace, Simon y Audrey, sus mayores virtudes, no podían compartir mesa con la mujer que representaba sus peores vicios. Era una escena tan errónea, tan equivocada, que Frank perdió el apetito. Tuvo que ayudarse de sorbos de café para tragar la comida, que descendía con dificultad por un esófago agarrotado mientras Mara masticaba con deleite, cortando con el tenedor pedazos de tortilla que se llevaba a la boca antes incluso de tragar el anterior bocado. Asqueado por el batir de sus mordiscos, Frank solo deseaba quitársela de en medio.

—Ya estás mejor, ¿no? —le preguntó en cuanto terminó—. Podríamos ir andando tú y yo hasta la carretera principal, ahora que tienes toda esta energía del desayuno. Llegaríamos al teléfono del restaurante en unas cuatro horas.

—¿Qué dices, Frank? —Grace empujó el bol de Froot Loops acercándolo a Simon, para que las gotas de leche que derramaba con cada cucharada no cayeran a la mesa—. ¿Cómo va a caminar cuatro horas?

—Imposible —añadió Mara—. No voy a poder irme todavía, qué rabia. A no ser que se te ocurra otra cosa que hacer.

La sonrisa de medio lado con la que rubricó la frase le recordó que existía la opción de confesar.

—No es necesario hacer ninguna locura, van a aparecer las llaves del coche en cuanto sigamos buscando —dijo Grace.

—Mejor que aparezcan los móviles. —Audrey pellizcaba los trozos de pimiento en su tortilla—. Que no estoy subiendo fotos de nada de lo que está pasando.

—¿Más café, Mara?

Mientras Grace rellenaba las tazas, Frank pensó en caminar él solo hasta la carretera principal. Claro que dejar a su familia cuatro horas con Mara no constituía una opción apetecible. Dio un sorbo al café caliente valorando si podría acompañarlo su esposa. Tampoco, eso implicaría abandonar a sus hijos con una extraña. Quizá la que podía marcharse sola era Grace, él se quedaría cuidando de los niños y controlando a la intrusa. Tonterías, ningún marido obligaría a su esposa a andar durante horas. Tragó con dificultad cavilando si Simon era muy pequeño para recorrer esa distancia. Lo era, sin duda, pero Audrey no tanto. Aunque, ¿qué clase de padre mandaría a su hija adolescente, sola por la carretera, en busca de ayuda? Agotadas todas las combinaciones, Frank apoyó la taza con tanta fuerza en el mantel que se salpicó el antebrazo. Notó cada gota de líquido hirviendo como una aguja que se le clavara en la piel.

—¡Dios! —Se levantó dando un manotazo a la mesa. De espaldas a su familia, siguió el trazado del camino hasta donde le alcanzaba la vista—. ¿No pasa nadie por esta carretera o qué?

Los árboles, la tierra y la montaña amortiguaron su rabioso alarido, enmudeciéndolo como una indeseada interrupción en la armónica melodía del cantar de los pájaros, el murmullo de los árboles.

—Tú mismo dijiste que era el secreto mejor guardado de Idaho —oyó decir a Simon.

21

Sentado en una silla a un lado del camino, vestido ya con el polo y los chinos del día anterior, Frank desplegó el mapa de carreteras que había encontrado en la carpeta de la documentación de la autocaravana. Era una carpeta de goma, adornada con el logotipo que también adornó, bordado, el uniforme de Mara, ese que un día acabó entre los tobillos de ambos en la caseta. Frank separó las rodillas, extendió los brazos para estirar toda la superficie del papel. Mirando sobre el borde podía vigilar a Mara, que barría con una escoba alrededor de la tienda de campaña como si fuera su hogar, como si pensara instalarse allí durante mucho tiempo. Frank comenzó a angustiarse al imaginar hasta qué extremos podría Mara llevar su particular venganza. Buscó en el mapa los pueblos más cercanos tratando de descifrar desde cuál sería más probable que viniera alguien.

—¿Así eran los mapas antes? —preguntó Audrey.

Ella se había adentrado en la zanja llena de matojos de un lado del camino, las hierbas le llegaban a la cintura.

—Sí, hija, sí —contestó él, esforzándose por mantener tenso el enorme pliego—. Así eran.

—¿Y cómo buscas los sitios?

—Tienes que buscar por filas y columnas la casilla que se corresponde con...

—Calla, calla, no quiero saber. —Audrey se secó el sudor

de la frente con la muñeca, tenía las manos llenas de tallos arrancados—. Que yo he nacido en la era de los móviles. Y por eso quiero mi móvil.

Desechó los manojos de hierbas y prosiguió la búsqueda, abriéndose paso entre la maleza como un agricultor que recogiera la cosecha. Simon ya había aceptado como ciertos los malos augurios de su padre, dando por perdidos los teléfonos en cuanto terminaron de repasar la superficie del camino hasta una distancia a la que resultaba ilógico que hubieran salido disparados. Además, el niño solo quería el móvil para seguir avanzando de nivel en su videojuego, y ahora había descubierto que el camino ofrecía opciones de entretenimiento igual de divertidas. Tras recolectar piedras, ramas y piñas, levantaba un castillo a un lado de la autocaravana. Colocados los cimientos, paseó por la zona buscando nuevos materiales de construcción. Cuando se acercó a Mara, Frank bajó el mapa.

—¿Quieres esto? —Ella le ofreció una piqueta de la tienda de campaña—. Puede servirte como mástil para una bandera.

—Gracias, pero quiero construirlo con cosas del bosque nada más.

Simon erró el cálculo al tratar de apartar la herramienta que Mara le tendía, su mano tan solo cortó el aire.

—Es la visión en profundidad —explicó—, todavía me estoy acostumbrando.

—¿Qué te pasó?

El papel del mapa crujió al cerrarse los puños de Frank.

—Una cosa médica —contestó Simon.

Era la respuesta que sus padres le habían enseñado a dar. Sin más, el niño se separó de Mara y recogió piñas secas repartidas por el camino. En el lado opuesto, Audrey gimió.

—¡Me he pinchado con algo! —Se llevó un dedo a la boca—. ¡Y me estoy poniendo perdida con estas hierbas! ¡Parece que dan leche cuando las corto!

Mostró a Frank sus manos manchadas, pringosas. Briznas de hierba se adherían a la piel, que parecía barnizada con pegamento. Pétalos de flores amarillas, blancas y moradas adornaban sus antebrazos. Audrey estornudó. Después gritó, enfadada con la naturaleza en general.

—Deja de buscarlos, hija, no merece la pena.

Grace bajó de la autocaravana alertada por las voces. Al descubrir que el jaleo no era más que una pataleta de Audrey, se situó junto a la silla de Frank. Le acarició la nuca, dando por concluido el enfado de la brida.

—Antes o después tendrá que pasar alguien por aquí. —La manera en que la frase tembló en su garganta delató ciertas dudas sobre si realmente ocurriría—. Y si no pasa nadie, por suerte tenemos una casa aquí mismo y comida para una semana si hace falta.

—Me da algo, ¿eh? —dijo Audrey entre los matojos—. Si estamos aquí una semana me da algo. Que yo no soy Mabel Pines en *Gravity Falls*. Mira cómo va mi primer día de campo.

Mostró sus brazos manchados.

—No van a pasar siete días —dijo Frank.

Grace también se preocupó por Mara. Alzando la voz propuso que Frank la ayudara a barrer, que ella no debería hacer ningún esfuerzo innecesario.

—No pasa nada, así me mantengo ocupada y pasa más rápido el tiempo. —Posó sus ojos en los de Frank—: Hasta que tu marido decida cuándo nos vamos de aquí.

—Ya le gustaría a él poder decidir —dijo Grace, ajena al oculto diálogo entre ellos—, pero esta vez estamos en manos de la suerte. ¿Tú estás bien? ¿De verdad?

—En serio —aseguró Mara—. Un poco débil nada más.

—¿Hay algo que pueda... que podamos hacer para que estés mejor? Lo que sea.

La mirada de Mara se envenenó como venía ocurriendo cada vez que soltaba un comentario malicioso.

—¿Tienen bañera estas autocaravanas? —preguntó—. La verdad es que me encantaría darme un buen baño caliente, quitarme toda la suciedad de anoche.

Ahí estaba el veneno. La provocación, la mentira. Ella sabía de sobra lo que había o no había en una autocaravana, llevaba años vendiéndolas.

—Supongo que los baños calientes nos gustan a todos, para eso veníamos a unas aguas termales, ¿no? —observó Grace—. Pero ahí dentro solo puedo ofrecerte una ducha. No creo que existan autocaravanas con bañera. ¿Tú viste por internet alguna que tuviera? —le preguntó a Frank—. ¿O cuando fuiste a comprarla al concesionario?

La ofensa por la manera en que Mara se burlaba de él, de su esposa, le impidió articular palabra, se limitó a negar con la cabeza.

—Ahora, que la guía de Idaho decía que aún hay muchas aguas termales desconocidas en estos bosques —continuó Grace—. Así que, quién sabe, a lo mejor ahí mismo tienes una enorme bañera natural y no lo sabemos. Si quieres ir a buscar...

—Me conformo con la ducha —concluyó Mara.

Grace la invitó a entrar en la autocaravana, Frank subió antes que ellas. Se ganó de su mujer una mirada de reproche por su paranoia sobre la peligrosidad de la extraña. Él justificó su presencia encendiendo la bomba de agua, para que la ducha tuviera presión, pero Grace le recordó que estaba todo listo, el calentador funcionando también, que ella acababa de fregar los platos del desayuno.

—Se ve aún más grande y bonita ahora que es de día. —Mara contempló el salón con la boca abierta, exagerando un falso asombro que irritó a Frank—. Debe de ser muy bonito viajar con tu familia a un sitio recóndito como éste —le dijo a Grace—. Tú y tus seres más queridos perdidos en la naturaleza, sin necesitar nada más. Qué bonito, ojalá yo tuviera la oportunidad. Sois una familia preciosa y tenéis una vida maravillosa.

Frank deseó mandarla callar.

—Bueno, también tenemos nuestras malas rachas, no creas —dijo Grace, abriéndose a esa desconocida que se reía de ella—. Ya te conté un poco anoche. Y lo último ha sido... un accidente con el niño —completó en un susurro, como si bajar la voz le restara gravedad a lo ocurrido.

—¿Lo del ojo?

—Sí, algo terrible —murmuró Grace.

Frank pudo sentir los esfuerzos que hacía su mujer para no mirarlo, para que sus ojos no la traicionaran y revelaran que seguía considerando culpable a su marido, por mucho que a él le insistiera que había sido un desafortunado accidente.

—Pero ahí está, corriendo. —Mara señaló a Simon a través de la ventana de la cocina—. Se le ve feliz, sano.

—Es un niño muy valiente —interrumpió Frank.

De un armario sacó una toalla, recordando que habían venido a usar el baño y no a departir sobre su vida familiar y su hijo. Mara la aceptó con una sonrisa ladeada.

—Tampoco puedes quejarte de marido —le dijo a Grace—. No es nada fácil conseguir un buen hombre hoy por hoy.

—De eso no tengo ninguna duda, he sido muy afortunada en el amor. Si hasta vivo de contar lo bien que nos va. —Grace lo besó en un hombro, le frotó el pecho como si presumiera de su valor—. ¿Tú qué tal? ¿Mala suerte con los hombres? Si vamos a pasar tiempo juntas más nos vale ir haciéndonos amigas.

—Muy mala —respondió Mara, manteniendo sus ojos sobre los de Frank.

—Encontrarás al adecuado —dijo Grace con la facilidad con la que se desea a alguien un logro que uno ya ha conseguido—. Y nosotros nos salimos para que puedas estar a gusto. El baño es la puerta de la derecha, es una ducha normal, no tiene ningún misterio. Si necesitas ayuda, pega un grito.

—Es mi primera vez en el baño de una autocaravana. Espero no resbalar.

A Frank se le amargó la saliva.

—Tranquila, es tan estrecha que será imposible que te caigas —dijo Grace antes de salir.

Fuera, a Frank le costó respirar. El esfuerzo de permanecer impasible ante tanta provocación, tanto insulto velado a él y su mujer, se estaba transformando en un nudo de ansiedad que le comprimía el pecho.

—¿Estás bien? —preguntó Grace—. Tienes mala cara.

—¿Crees que es seguro dejarla sola dentro? —Achacó así su malestar a la preocupación por la seguridad—. ¿Con todas nuestras pertenencias?

Grace se llevó las manos a las mejillas como si fuera *El Grito* de Munch.

—Oh no, ¡nos va a robar el iPad! —bromeó.

Grace rompió a reír, pero la presión en el pecho de Frank se incrementó.

22

Mara se miró al espejo. No le gustó la cara que vio. Su mirada oscura. Que no era la suya. El gris perla de unos ojos que siempre habían definido su inusual belleza lucía ahora como un gris asfalto. Un gris alcantarilla. Se agarró al lavabo temiendo que la poseyera un nuevo ataque de pánico. De los que la asediaban desde que ese cabrón la cambiara para siempre. Con su egoísmo. Sus mentiras. Su falta de humanidad. Su manera de abandonarla como si fuera desechable, tan solo una tía a la que se había follado unas cuantas veces y ahora era mejor que desapareciera. Un secreto del que avergonzarse, que ocultar como un gato entierra sus excrementos. Un bochorno del que huir, lejos, llevándose con él a su familia perfecta. Sus dos hijos. Su esposa. La misma esposa de la que nunca se acordó mientras rodaban desnudos por el suelo de su apartamento. La misma esposa que Frank no tuvo la decencia de mencionar hasta que Mara descubrió la verdad por su cuenta. Él siempre mantuvo la mentira que contó en el concesionario, la de ser un hombre divorciado, pero una tarde de domingo que Mara pasó en el sofá viendo YouTube, clicó por curiosidad en un canal sobre felicidad conyugal. El canal se llamaba *Gracefully* y, a juzgar por los títulos de los vídeos y las imágenes en miniatura, intuyó que sería uno de esos canales en los que una esposa satisfecha grababa, editaba y compartía su ejemplar vida familiar con miles de suscriptores. Esa mujer, para colmo, se llamaba Grace, guiada a la perfección desde el día de su nacimiento. El contenido de un canal así conformaba lo opuesto de lo que Mara consumiría, después de lo que había sucedido con sus padres ella jamás volvería a creer en la pareja ni en el amor —en el sexo sí, en eso sí creía, como placer absoluto e indiscutible que siempre funciona mientras no se complique con sentimientos ni falsas promesas—. Pero tampoco sería ella la primera ni la última persona en usar YouTube para regodearse espiando las vidas de personas que le generaban rechazo, así que reprodujo algunos vídeos de los que le ofrecía *Gracefully*. El primero documentaba una visita al dentista del hijo pequeño. Apasionante. En el siguiente, la tal Grace confeccionaba sus propias decoraciones navideñas. Asombroso. En el tercer vídeo, Mara vio cómo el marido de Grace le llevaba el desayuno a la cama por su cumpleaños mientras los hijos saltaban entre las sábanas para despertarla. Al ver la cara del hombre que portaba la bandeja con tostadas, huevos, zumo de naranja y una flor, a Mara se le resbaló el portátil de las rodillas.

Ahora abrió el grifo del baño de la autocaravana. Se mojó la nuca. Recordar la primera gran mentira de Frank originaba una corriente de pensamientos que solía terminar en ataque de pánico. La crisis del día anterior en el peaje había sido grave, no quería que se repitiera. Ni vomitar otra vez. Lamentó lo mal que había respondido a aquella señora, lo desagradable que había sido con su niña, que no tenía culpa de nada. Brit y Bree. Todos merecemos un baño limpio. Se miró en el espejo de la autocaravana como se había mirado el día antes, asqueada consigo misma. Luchando por reconocerse en el reflejo, buscando en esos ojos a la mujer que empezó a dejar de ser ella misma a raíz del engaño de Frank. El engaño que la convirtió en algo que nunca quisiera haber sido. En la otra. La amante. Las otras. Las amantes. La relación casual que había creído tener con un hombre divorciado era en realidad una infidelidad prolongada a una esposa que lo amaba, quizá tanto como su madre amó a su padre hasta que descubrió la verdad sobre él. Con su mentira, Frank había convertido a Mara en una de las mujeres que acabaron con la vida de mamá, mujeres a las que detestaba aunque ellas en realidad no tenían culpa de nada. La culpa solo fue de su padre. Fue él quien se marchó a escondidas en busca de otros besos, otros abrazos, otros cuerpos, mientras mamá se limitó a amarlo ciegamente durante más de treinta años de infidelidades. Tres décadas de mentiras que despojaron de sentido a su matrimonio, su familia y su pasado entero cuando la verdad al final salió a la luz. Porque la verdad nunca muere. Aunque la mates. La verdad siempre emerge. Aunque la ahogues. A mamá fue una de esas amantes quien le reveló la verdad sobre papá, que ni en treinta años reunió la integridad de ser sincero con la mujer que más lo merecía. A la revelación de esa aventura le siguieron otras, tantas, que mamá no fue capaz de encontrar un solo año de matrimonio, ni siquiera el primero, en el que su marido no la hubiera compartido con otra mujer. Y tan de mentira le pareció entonces la vida que había vivido, que no quiso vivirla más. De Mara se despidió con una disculpa, pidiéndole que ningún hombre la hiciera sentir tan miserable como su padre la había hecho sentir a ella. Así lo escribió en una nota que dejó en la mesilla bajo dos frascos naranja, vacíos. Mamá murió bocarriba en su lado de la cama, la otra mitad tan vacía como había estado siempre, aun cuando papá dormía junto a ella.

Desde el momento en que Mara descubrió que Frank seguía casado solo pudo pensar en su madre. Y en Grace, esa otra mujer que, en los vídeos de su canal, se deshacía en elogios hacia su marido, tanto en los fragmentos de vida cotidiana que grababa junto a él como en las confesiones profundas que hacía en algún rincón íntimo de la casa hablando directamente a cámara, a sus suscriptoras. Asqueada con Frank, consigo misma, con los hombres, con el mundo entero, Mara pensó que quizá a través de Grace el destino le brindaba la oportunidad de reescribir la historia de mamá. Y para ello Grace debía obtener de su marido la confesión que mamá nunca recibió del suyo. Tenía que ser Frank quien confesara, Mara no cometería el error de ser ella quien dijera nada a la esposa. Esa misma tarde llamó a Frank. En cuanto mencionó *Gracefully* y lo que había descubierto, él exigió que no volviera a contactarle. Colgó sin despedirse. Mara siguió llamando ese domingo, la semana entera. Mandó decenas de mensajes exigiéndole que confesara. Un día su llamada ya no entró, los mensajes no alcanzaban al destinatario. Frank había bloqueado su número. Fue entonces cuando lo visitó en el hotel donde trabajaba, hasta que los de seguridad la invitaban a irse. También empezó a pasearse por la calle frente a su casa, mirándolo desde fuera, desde su jardín, apoyada en la autocaravana que ella misma le había vendido, mientras él cenaba con la familia y se levantaba de la mesa a echar las cortinas para dejar de verla. La presión silenciosa, racional, no dio ningún resultado, así que Mara tuvo que cambiar de estrategia. Presionar de otra forma. Y entonces la situación se había puesto fea. Fea hasta el punto de haberla traído a esta carretera perdida con un cuchillo en el bolso para asegurarse, esta vez sí, de que Frank enfrentaría las consecuencias de sus actos.

Mara tocó los puntos sobre su ceja. La herida estaba limpia, no dolía. Más molestias sentía en el estómago. Tragarse la llave del coche había sido una medida extrema, pero no se le ocurrió otra escapatoria. Frank se puso muy pesado con la idea de ir a buscar el coche y su siguiente movimiento hubiera sido registrarla. Lo vio en sus ojos. Quería sacarla de la autocaravana de cualquier manera. Y si hubiera registrado su bolso habría encontrado el cuchillo. El arma de emergencia que trajo consigo por si las cosas se complicaban, aunque nunca pensó que acabaría usándolo. Pero acabó usándolo. Fue útil para pinchar las ruedas, forzarlos a permanecer aquí. El atropello había supuesto un imprevisto que alteró la naturaleza del encuentro, la obligó a improvisar. Todo podría haber transcurrido de manera más sencilla. Su plan inicial era pedir ayuda, que la familia se topara con una mujer necesitada de asistencia en un lugar tan pacífico como éste. Y acceder así a la autocaravana para ver cómo Frank, con ella delante, se cocía en el agua hirviendo de su conciencia como se cocería un cuerpo humano lanzado a unas aguas termales en ebullición, saturadas de azufre. Pero casi la atropellan. El cabezazo contra el suelo dolió, la sangre inundando sus ojos la asustó. Después el plan se siguió complicando hasta el punto de tener que tragarse la llave de su propio coche. Suerte que no era de las más grandes. De haberla registrado, de haber encontrado el cuchillo en su bolso, Frank habría demostrado fácilmente que era ella quien había rajado los neumáticos. Que no habían explotado por sí mismos como había dicho a su familia, una mentira que sorprendió a Mara pero que comprendió enseguida. Frank no quería enfadarla. Ni que la situación se le fuera de las manos. De la misma manera que había corrido varias veces la cortina de su salón para dejar de verla en el jardín allí fuera en lugar de salir a echarla y levantar las sospechas de su familia. Frank quería ganar tiempo, sabía que ella podía contar la verdad en cualquier momento, que un paso en falso la haría hablar. Ella misma se preguntaba a veces por qué no lo soltaba ya. Por qué no se dejaba de tonterías y revelaba toda la verdad delante de la esposa. A los niños quería evitarles el trago, ellos no debían sufrir por culpa de su padre. O quizá sí. La verdad siempre merece ser conocida. Pero esa verdad era un trabajo sucio que le correspondía a Frank. Era él quien debía ser honesto. No podía esa responsabilidad recaer también sobre ella. O quizá sí. Quizá debería chivarse. Mara no tenía las cosas claras últimamente, había perdido la noción de justicia, de castigo. Mamá había repetido varias veces que si al menos hubiera sido papá quien confesara, la verdad habría dolido menos. Pero Mara, después de sentirse negada una y otra vez, era como una bomba arrastrando una mecha encendida. Una mecha de longitud desconocida que ya olía a pólvora. Pequeñas detonaciones iban avisando de la inminente explosión final. Uno de esos avisos había sido meter los dedos en el enchufe del *food truck*. Había que estar muy loca para hacer algo así. O muy dolida. La verdad es que no pensó que la descarga eléctrica fuera a doler tanto. Igual que no pensó, al recibir asistencia del chico del mostrador, que tomando su mano le transmitiría la electricidad. Pobre muchacho. Con lo amable que había sido, invitándole a una hamburguesa, preocupándose por su estado. Y ella se lo agradecía con un cortocircuito que lo dejó tiritando en el suelo. Cuando el chico recobró el sentido, su compañero gordo de la plancha la insultó, la llamó loca, borracha, yonqui, mientras ella huía de vuelta a casa, llorando bajo la lluvia, temblando por el shock y maldiciendo el hecho de que un hombre, Frank, hubiera conseguido hacerla sentir tan miserable. Justo lo que mamá le había pedido que no permitiera.

Aún agarrada al lavabo, un retortijón desplazó la llave por sus intestinos. Mara la imaginó revuelta con la tortilla de la esposa, aún a medio digerir. Huevo. Tomate. Pimiento. Jamón. Y semillas de chía. Le inquietó pensar cómo la expulsaría, si dolería tanto como la vez que Frank y ella probaron a hacerlo de otra manera. Con lo bien dotado que estaba él, la experiencia la excitó tanto como la asustó. Al principio dolió bastante, después ambos disfrutaron hasta el orgasmo. De espaldas sobre la cama cuando terminaron, Frank le confesó que ésa era una de las prácticas que nunca realizaba con su esposa. Se corrigió enseguida al darse cuenta de que había hablado sobre su mujer en presente, cambió el tiempo verbal a pasado diciendo que nunca «pudo» realizarla. Pero Mara no se dio cuenta del despiste, tan solo le pidió que no culpara a ninguna mujer de su insatisfacción sexual. Y que por favor no culpara a ninguna mujer de ningún otro defecto o carencia suya, que ése era un vicio horrible que tenían los hombres. A pesar de todo, el recuerdo de aquella experiencia encendió una excitación impropia en su vientre. Apretó los ojos como si pudiera evitar que accedieran a su mente imágenes de aquel encuentro. Y de otros encuentros. Su apartamento. El jacuzzi. El porno amateur. La miel. Se tiró del pelo como castigo por sentir siquiera un ínfimo resto de atracción por Frank. Por desear a un hombre indeseable. Un despojo de hombre en cuyos ojos todavía reconoció la noche antes, durante un instante, el relámpago del deseo. Tan fugaz, tan poderoso. Mara dio un fuerte tirón a su cabello. Y otro. Hasta que el ardor en el cuero cabelludo por fin la distrajo del dolor que le provocaba pensar en Frank.

Se quitó la parte de arriba del pijama evitando rozar los puntos de la ceja. Apreció el acogedor aroma a suavizante que emanó de las prendas y se imaginó a Grace irradiando ese olor tan inocente en la cama de matrimonio que compartía con Frank, inundando el dormitorio entero. Lo poco excitante que resultaría para él un olor así. A bebé. A peluche. A hogar y a noche de aburrimiento en las afueras. Dejó caer los pantalones del pijama a los tobillos, también las bragas, el sujetador. El rojo brillante del raspón junto al ombligo se había oscurecido. En el baño reconoció elementos de otro baño, el de la casa de Frank que visitó alguna vez. Las toallas con iniciales bordadas. El papel higiénico perfumado con perforaciones en forma de flor. La esponja colgando de la llave en la ducha. En el suelo, el gigantesco bote rosa del champú de ella: *Pure Seduction*, una horterada de Victoria's Secret, con tapón dorado y extractos de ciruela roja y *freesia*. La vez que lo vio en el baño del chalet ya le pareció un exceso, en el reducido espacio de la autocaravana resultaba grotesco. Dentro de la ducha descubrió algo aún peor, más cursi que el tapón dorado en un champú de ciruela. Dos rinconeras en cada esquina de la cabina diferenciaban los productos de baño *Para Él* y *Para Ella*. Así lo escribían letras adhesivas sobre cada uno de los estantes. El de Grace contenía más botes de tratamientos para el pelo, tarrinas de mascarillas faciales de ingredientes exóticos —piña, coco, papaya—, una piedra pómez, una segunda esponja de malla, una voluminosa pastilla de jabón de color lila y un gel multiuso etiquetado *For Kids* que usaría el niño pequeño. En el estante de Frank, como si fuera una mala viñeta humorística sobre la diferencia entre cuidados masculinos y femeninos, apenas había una maquinilla de afeitar y una sobria pastilla de jabón, de color marrón oscuro. De alquitrán de pino, seguro. Acercó la nariz e identificó el característico olor a leña quemada. Tan viril. Tan rancio. Tan de señor mayor. Ver juntas la maquinilla y la pastilla de jabón dio una idea a Mara. Buscó en el armario tras el espejo. En los compartimentos laterales. En los cajones bajo el lavabo. Hasta que encontró un estuche de cuchillas de recambio.

Enterró una de las cuchillas en el jabón de Frank.

Lo moldeó para ocultarla dentro de la pastilla, aunque el filo asomaría enseguida, en cuanto le diera uso. Imaginó por dónde se restregaría el jabón cuando se duchara. Un instinto básico, malévolo, deseó que fuera su entrepierna lo que frotara cuando emergiera la cuchilla. La castración como castigo ejemplar del varón infiel. Que seccionara sus testículos. Su pene. Que descubriera sangre en sus dedos, entre sus piernas, como en una primera menstruación. Que entendiera así parte del sufrimiento que conlleva el mero hecho de ser mujer.

Devolvió a su rinconera el jabón con la cuchilla dentro.

Sonrió al leer las letras adhesivas: *Para Él*.

—Para ti —susurró al aire.

Dos golpes contra la pared exterior sacudieron la estancia.

—¿Te duchas o qué? —gritó Frank.

—Tranquila, Mara, tómate todo el tiempo que necesites —añadió Grace.

Los oyó discutir al otro lado de la ventana traslúcida, entre susurros. Y sonrió. Abrió la ducha. Giró la llave a la izquierda, al máximo. Se metió bajo un agua tan caliente que la cabina se convirtió en una nube de vapor. Apretó los dientes, disfrutando del dolor en la piel. Le ardió la nuca, le ardieron las uñas. Cuando empezó a marearse, empujó la llave al otro extremo. El agua helada la dejó sin respiración.

23

Frank se separó de Grace, no tenía ganas de seguir discutiendo, y menos por culpa de Mara, eso era lo que ella pretendía. Deambuló alrededor de la autocaravana tomando hondas respiraciones. Al pasar frente a la tienda de campaña, vio en su interior el bolso de Mara. Sus pasos se detuvieron. Dentro de ese bolso estaría el cuchillo, no lo quería cerca de sus hijos. Y las llaves del coche, si acaso no se las había tragado como él sospechaba. Pero además estaría su móvil, con el que podría llamar a emergencias en ese momento. Ella lo había usado por la noche como linterna, fue el único que no terminó lanzando al bosque. Frank realizó una panorámica de su entorno, localizando a su familia: Audrey seguía buscando los teléfonos en la maleza, Simon fracasaba en su empeño de doblar el mapa para devolverlo a su forma original y Grace quedaba oculta al otro lado del vehículo, donde se encontraba la ventana del baño que acababa de golpear. Ninguno de los tres le prestaba atención. Frank rodeó la tienda como si comprobara su estructura. Estiró la lona bien estirada, clavó piquetas bien clavadas. Se arrodilló junto a la puerta, fingiendo que comprobaba el mecanismo de la cremallera. Estiró un brazo, la única parte del cuerpo que se adentró en la tienda. Con dos dedos, alcanzó la correa del bolso y tiró de ella, arrastrándolo hacia fuera. Pesaba. Con las manos sudorosas, como si fuera un carterista, desabrochó una esquina de la solapa. La otra.

—¡Frank!

El grito susurrado de su mujer sonó al del policía que detiene al carterista. Grace se arrodilló, le arrebató el bolso.

—Quería... quería asegurarme de que estamos fuera de peligro, que no esconde nada ahí dentro.

—Esto es increíble.

—Ábrelo, corre, vamos a verlo.

—No, Frank, las cosas no se hacen así. —Cerró los seguros de la solapa—. ¿Sabes lo íntimo que es el contenido de un bolso para una mujer?

—Mamá, por favor, deja de decir esas cosas. —Audrey había trasladado su búsqueda a este lado del camino—. Deja de propagar ideas estereotipadas sobre la mujer, su femineidad y sus bolsos.

—Y tú deja de escuchar las conversaciones de tus padres. Vuelve a donde estabas, anda —dijo Grace—. Y deja de arrancar hierbas, que mira cómo te estás poniendo.

Audrey cruzó el camino, revolviéndole el mapa a Simon cuando pasó junto a él. Grace devolvió el bolso al interior de la tienda, dibujando una forma casual con la correa, en el suelo. Instó a Frank a levantarse con ella para regresar juntos al otro lado de la autocaravana. A través de la ventana del baño se oía el agua de la ducha. Seguía corriendo con la misma intensidad.

—Va a acabar el agua caliente —dijo Audrey.

—Nuestro calentador es sin tanque —aclaró Frank.

—Pero lo que sí puede acabarse es el agua —observó Grace—. Y si al final vamos a pasar aquí varios días deberíamos racionarla.

—Calla, mamá, no vamos a pasar aquí varios días.

—A mí no me importa —dijo Simon, que extendía el mapa por completo para comenzar a doblarlo de nuevo.

—¿Y si se ha desmayado? —Grace se raspó la yema del dedo en un extremo de su ceja—. Por una contusión de ayer o algo, una bajada de tensión por el agua caliente. Te digo que las veinticuatro horas después de un accidente son muy peligrosas.

Frank negó con la cabeza. A Mara no le pasaba nada. En todo caso estaría agotando adrede el depósito. Dejar a la familia sin agua sería otra manera de sembrar el caos, de complicarles la existencia para obligarlo a confesar. La imaginó de pie en el baño, mirando el agua correr con media sonrisa en el rostro.

—Veréis qué rápido sale si le apago el calentador.

Rodeó la autocaravana por detrás, dirigiéndose al costado derecho. Abrió el compartimento exterior donde se encontraba el mando. Durante el tiempo que tardaron en organizar el primer viaje, ese tiempo que tanto se alargó, él mismo cambió el sistema de tanque de agua caliente por un calentador que funcionara como el de casa. Presionó el botón rojo. En la pequeña pantalla, los iconos intermitentes de una llama y una ducha se apagaron. El agua dejó de correr al instante, como si Mara hubiera cerrado la ducha a la vez.

—¿Qué os he dicho? —preguntó Frank al regresar junto a su esposa e hija.

—Menos mal. —Grace retiró el dedo de su ceja—. Ella está bien.

La autocaravana se balanceó con el movimiento de Mara, su trayecto desde el baño hasta la puerta de entrada. Frank se adelantó en ir a recibirla. Apenas dobló la esquina, sus pies lo clavaron al suelo.

Mara había salido desnuda.

Sus pechos, codos, manos, chorreaban sobre el camino. El líquido que resbalaba desde su pubis formó un riachuelo que fluyó hasta Frank, como si el agua quisiera unirlos de nuevo. Para siempre. Su melena empapada le cubría la cara, formando una grotesca máscara de pelo húmedo. Cuando sonrió, sus dientes resultaron visibles tras el cabello.

—Ayúdame —susurró.

El nudo de ansiedad se tensó en el pecho de Frank. Ella le ofreció la toalla que llevaba en la mano, seca de no haberla usado.

—Que me ayudes.

La voz de Grace llegó desde el otro lado:

—¿Todo bien?

—Ayúdame. —Mara sacudió la toalla—. Por favor.

Frank oyó las pisadas de Grace rodeando la autocaravana, caminando hacia ellos. Simon se le unió.

—No, no, mi amor, no vengáis, no...

Pero ya era tarde. Grace resopló al descubrir la escena. La mandíbula de Simon se descolgó, quedando boquiabierto. Su ojo descubierto aumentó de contorno. Grace se lo tapó formando con la mano un segundo parche. Frank se lanzó sobre Mara, abrazándola para cubrir su desnudez. Se arrepintió enseguida de su instintiva reacción, de la confianza impropia que demostraba acercándose con tanta familiaridad al cuerpo desnudo de una extraña. Un cuerpo que conocía de sobra. Tal atrevimiento podía despertar las sospechas de Grace. Pero Grace ya no estaba, había huido con el niño. A solas, Mara se retorció entre sus brazos como una culebra de agua, mojándole la ropa.

—Estoy empapada —susurró—, como a ti más te gusta.

Frank se separó de ella como si quemara. Detrás del vehículo, Grace ordenaba a Simon que no se moviera, mientras Audrey argumentaba que no hay nada vergonzoso ni malo en el cuerpo desnudo de una mujer, que todos los seres humanos provienen de uno igual. Frank creyó que su esposa regresaría enfadada por las confianzas que se había tomado con la extraña, pero no fue así. Los valores que configuraban su benigno modo de ver la vida no podían coexistir con la posibilidad, siquiera remota, de que su marido, la persona en quien ella depositaba su total confianza, pudiera traicionarla engañándola con otra mujer, así que Grace reapareció únicamente preocupada por Mara.

—¿Estás bien? —La animó a usar la toalla—. A lo mejor ese golpe en la cabeza fue más fuerte de lo que todos pensamos.

—¿Por qué? —Mara peinó su melena con los dedos, la extendió tras la nuca—. Estoy perfectamente, mejor que antes. El agua caliente me ha sentado de maravilla. No pensé que fuera tan cómodo ducharse en una autocaravana.

Frotó su pelo envuelto en la toalla. Sus pechos al aire se bambolearon con cada sacudida. Frank apretó los puños conteniendo la furia que le causaba esa nueva provocación.

—Si no ves nada raro en lo que acaba de pasar, entonces sí me preocupo por el golpe.

Mara detuvo la toalla, frunció el ceño.

—¿Raro? —Permaneció unos segundos en silencio, como si de verdad no supiera a qué se refería Grace—. Ah, ¿es por esto? —Abrió los brazos—. ¿Porque estoy desnuda? ¿Os molesta?

—¿Tú qué crees? —Grace le arrebató la toalla y se la ajustó alrededor del cuerpo, bajo las axilas, ocultando sus pechos, su pubis—. Hay un niño de nueve años con nosotros. Y acaba de ver por primera vez a una mujer desnuda.

—Oh, lo siento. De verdad, lo siento. Lo siento muchísimo. Perdóname, de verdad. —El descaro se había transformado en arrepentimiento y Frank admiró los variados registros teatrales de Mara, que estiró ahora el bajo de la toalla para taparse bien—. Como muchas de estas aguas termales son medio nudistas pensé que vosotros también lo seríais. O que por lo menos no os molestaría. Aquí no es raro que os encontréis gente bañándose desnuda, ¿eh? No voy a ser la única, ya os aviso.

—¿Nudistas? —Grace lanzó la pregunta a Frank.

—Algo de eso me dijo Carl —recordó él—. Pensé que era broma.

—El caso es que nosotros no lo somos, así que tienes que vestirte.

—He dejado tu pijama en el baño. No tengo más ropa.

—¿No tienes nada? La tienes en el coche, claro. Del que no tienes la llave.

Mara se llevó una mano a la tripa.

—No pasa nada —continuó Grace—. Ahora te dejo yo algo mío.

—Sí tiene ropa —intervino Frank—. Puede ponerse la misma que traía ayer.

—¿Raspada y manchada por la tierra y la sangre? —preguntó Mara.

Ambas mujeres lo miraron. Grace, reprochando su falta de tacto con la supuesta víctima. Mara, disfrutando con la oportunidad que él mismo le había brindado de recordar el atropello.

—Te traigo algo cómodo, vaqueros y camiseta —concluyó Grace—. Métete en la tienda, anda. Ahora vuelvo con la ropa.

A Frank lo enfureció que Mara se aprovechara de la generosidad de su esposa. Ella no se merecía que le mintieran. Ni que la engañaran. Ni que... Ni que su marido se acostara con otra mujer. Cuando Mara caminó hacia la tienda, el aire se impregnó de olor a champú. La autocaravana se meció de nuevo bajo los pasos de Grace, pero su balanceo fue más suave, menos salvaje que el que había provocado Mara. Frank luchó para no establecer paralelismos con la manera en que se movía cada una en la cama.

Al darse la vuelta, encontró a Simon de pie, detrás del vehículo. Miraba a la tienda de campaña con la boca abierta. Frank recordó la curiosidad no del todo sexual que despertaba a los nueve años el cuerpo de una mujer. Él mismo la había sentido a su edad. El pobre estaría deseando ver algo más de carne pero, para su mala suerte, Mara se había refugiado en la tienda. Entonces Frank miró hacia allá. La puerta de cremallera, abierta del todo, permitía ver el interior. Mara se movía por allí sin la toalla, exhibiéndose. Frank chasqueó la lengua, harto de sus provocaciones.

—¡Simon! —gritó—. ¡Date la vuelta, ve con tu hermana!

El niño obedeció, corriendo como corría por el pasillo de casa cuando lo echaban del salón ante la inminente llegada de Santa Claus. Frank se acercó a la tienda y buscó el tirador de la cremallera sin dejar que su mirada se posara en la piel descubierta de Mara. Justo antes de completar el cierre, los ojos de ambos se encontraron.

—¿Te gusta volver a ver mi cuerpo desnudo?

Mara juntó sus pechos con las manos, ofreciéndoselos.

Frank tiró de la cremallera, que se quedó atascada.

—Confiesa —dijo Mara—. Cuéntaselo todo.

Los tirones sacudieron la tienda.

—Vas a tener que decírselo.

El tirador no avanzaba.

—Confiesa.

La cremallera cerró con un zumbido. Frank se volteó en el momento en que Grace bajaba de la autocaravana.

—A ver, tampoco hace falta que la custodies.

Frank dio un paso a un lado con las manos levantadas como si necesitara probar algún tipo de inocencia. En las prendas dobladas que su mujer cargaba, reconoció el vaquero liso con la flor bordada en uno de los bolsillos, la camiseta a rayas blancas y azules. Esas combinaciones básicas eran las favoritas de Frank, porque realzaban la sencilla belleza de Grace. Ella no necesitaba impresionar con estilismos complicados ni trabajados maquillajes, le bastaba con explotar una radiante naturalidad, una cualidad más valiosa que cualquier rasgo físico porque lo natural es imposible de simular.

—Estoy hecha un desastre, ¿no? —preguntó ella al sentirse tan observada.

—No, mi amor, todo lo contrario.

Dentro de la tienda, Mara fingió un ataque de tos. Grace abrió un tramo de la cremallera, lo justo para entregarle la ropa doblada.

—¡Me rindo!

Era Audrey la que gritaba. Frank y Grace se voltearon.

—¡No puedo más! —Entre la maleza, se apartó el pelo sudado de la cara brillante—. No están. Los teléfonos no están. Y punto. Adiós Instagram y adiós vida. Me aguanto y ya está —dijo con los puños cerrados—. No es justo. ¡Mirad cómo estoy!

Tenía tallos enredados hasta en el pelo. Diferentes restos vegetales —flores, resina de pino, espigas— se habían adherido a la piel de sus brazos, cubierta de savia lechosa.

—Límpiate un poco y ponte a la sombra, anda —dijo Grace—. Que este sol ya quema.

Brillaba sobre sus cabezas, acercándose el mediodía.

—¡No es justo! —repitió Audrey.

Saltó matorrales y corrió a la autocaravana sacudiéndose el pelo, la ropa.

—Ya aparecerán —le dijo Grace.

Ella respondió con un portazo.

—Y luego dice que es una joven adulta —observó su madre—. Se está poniendo igual de pesada que con los hurones.

Frank se culpó por generar estos conflictos entre ellas. Ojalá pudiera decirle a Audrey la verdad, que los móviles no iban a aparecer porque la mujer a la que había atropellado los había lanzado al bosque durante la noche. La mujer que le vendió la autocaravana y con la que se estuvo acostando durante meses. La misma que se vestía ahora con la ropa de su madre dentro de la tienda de campaña que él compró con ella, soñando juntos con las aventuras familiares de un matrimonio perfecto. Frank respiró hondo para aflojar el nudo que se tensó en su pecho.

—Tranquilo —Grace lo besó en los labios, los mismos que habían probado cada rincón del cuerpo de Mara, incluso los más ocultos—. Está todo bien. Va a venir alguien que pueda ayudarnos.

24

Una sábana de calor húmedo envolvió a Audrey al entrar en el baño. El talón de su zapatilla patinó en un pequeño charco en el suelo. El espejo, el inodoro, todo estaba salpicado de agua, Mara no se había molestado en secarlos después de su ducha. Audrey abrió la ventana, esperando que una corriente de aire aligerara el ambiente y aliviara esa sensación tan desagradable del calor de una ducha ajena. La condensación de la suciedad del otro.

Frente al lavabo, abrió el grifo, dejando un resto lechoso en el mando. Frotó sus manos bajo el chorro, sin conseguir disolver el engrudo de savia, hierbas y polen. Buscó algún jabón en el mueble del lavabo, no lo encontró. Se volvió hacia la ducha. Hacia esa división tan sexista que su madre había establecido con los productos de baño. Para Él. Para Ella. Reduciéndolo todo a la binaria concepción de género del siglo pasado. Una compañera de clase se había identificado como género neutro durante el curso y había instruido a Audrey sobre el abanico de posibilidades intermedias entre ser hombre o mujer. Incluso le enseñó el pronombre neutro que su colectivo prefería usar: *Elle*. Solo por solidaridad con *elle*, Audrey pensó en elegir la pastilla de color marrón oscuro de su padre. Usar ese jabón masculino sobre su piel femenina para demostrar que todas las pieles son iguales, cambie el sexo, el color o la edad. Acercó la mano a esa rinconera, pero luego recordó el potente olor a hoguera que papá desprendía después de ducharse.

—Solo esta vez… —susurró, a modo de disculpa, mientras cogía el jabón lila.

Lo humedeció y frotó contra sus brazos. Los restos vegetales se adhirieron a la pastilla, que apenas producía espuma. Oler, olía muy bien, pero no resultaba eficaz para disolver la suciedad. Y la tercera vez que lo mojó, una esquina se desmigó como si fuera bizcocho.

Audrey devolvió el jabón lila a la estantería femenina y cogió el marrón.

El aroma del alquitrán de pino, un olor a madera quemada, emanó de la pastilla en cuanto la humedeció. Enseguida supo que este jabón, de ingredientes más orgánicos que los que componían la forzada delicadeza perfumada del de su madre, desprendería sin esfuerzo la porquería de su piel.

Desplazó la barra por sus antebrazos, apretando el jabón contra las manchas de polvo adherido a la savia. Un pegote de resina de pino se resistió a la fricción. Frotó más fuerte.

Mirándose al espejo descubrió que también tenía las mejillas pringosas, los labios sucios de tanto secarse el sudor bajo la nariz.

Se llevó el jabón a la cara.

Restregó la pastilla marrón por su rostro, con los ojos cerrados, disfrutando de la sensación de alivio que le provocaba limpiar el sudor, el calor, el esfuerzo. Se frotó la frente, las mejillas. También los labios, apretándolos para no tragar espuma.

Resultaba tan placentero aquel frescor que bajó al cuello, sin importarle que algunas gotas rodaran por su pecho, bajo la camiseta. Incluso agradeció los escalofríos que generaron.

Restregó el jabón bajo su mandíbula.

Primero un lado.

Después el otro.

Y dejó la pastilla junto al grifo.

Se enjuagó la espuma de la cara. El olor a fogata le resultó energizante. En el espejo vio su rostro rosado, limpio.

Pero los brazos aún los notaba pegajosos.

Los mojó por encima del codo antes de volver a frotarse con el jabón. Restregó las manchas con intensos raptos de fricción, como había visto hacer a su madre contra los restos de césped en las rodillas de los pantalones de Simon. Los hombros se le cansaron del esfuerzo.

La resina de pino no se despegaba.

Así que dio otro restregón, más fuerte, con el jabón.

Un dolor penetrante, inesperado, recorrió su brazo izquierdo, del pulgar al codo.

Audrey ahogó un grito.

Su rostro empalideció en el espejo.

Dejó caer la pastilla al lavabo, el golpe acható una de sus esquinas.

Con la mano opuesta había cubierto el foco del dolor en el brazo, asustada de asomarse a lo que hubiera causado el fogonazo. Como si al no mirar una herida, ésta dejara de existir. Cuando se atrevió a separar la mano, descubrió un punto rojo cerca de la muñeca. Del centro de la punción emergía el extremo de una espina. La habría traído adherida a la piel y ella misma se la había clavado de tanto frotar. Pellizcó la parte que sobresalía y la sacó de un tirón. Era el pincho de un cardo, del tamaño de una uña. Normal que hubiera dolido tanto. La desechó en el váter. Tendría que seguir frotando.

Cogió el jabón.

Iba mojarlo en el chorro de agua cuando Simon gritó.

—¡Papá! —La excitación chispeaba en su garganta—. ¡Papá! ¡Papá!

Ella se asomó a la ventana para averiguar qué ocurría, pero su hermano gritaba fuera de su campo de visión. Tampoco veía a sus padres.

—¡Papá! —chilló Simon—. ¡Viene alguien!

Audrey apagó el grifo. Dejó el jabón a un lado. Ni se molestó en secarse.

—Por fin —murmuró antes de salir corriendo del baño.

25

Una *pick-up* descendía por la elevación en el terreno que se divisaba a lo lejos. Circulaba en el sentido opuesto al de ellos, como si regresara de las aguas termales. El alivio que experimentó Frank al oír el anuncio de Simon se transformó enseguida en preocupación.

—¡Viene alguien! —Audrey bajó de la autocaravana de un salto.

Tenía los brazos mojados, la camiseta de tirantes salpicada. Formó con las manos una visera, igual que habían hecho Grace y Simon. Todos miraron a la nube de polvo que levantaba entre los árboles la camioneta, acercándose a ellos. Ya podía oírse el traqueteo del motor, el choque metálico de carrocería destartalada. Frank vio a Mara salir de la tienda de campaña subiéndose la cremallera de los vaqueros de Grace, el cordón de sus Converse aún por anudar. El conjunto le quedaba mucho mejor a su mujer, su mujer era mucho mejor en todo.

—¿Viene alguien? —La voz de Mara reflejaba decepción.

Frank le dedicó la sonrisa de quien da por ganada una partida, aunque hubo de esforzarse por camuflar su temor a cómo ella podría reventar el juego entero.

—Menos mal, Mara —Grace le cogió de la mano—, menos mal. Nos llega ayuda por fin.

—Fin del problema —añadió Frank—. De todos los problemas.

—Bueno, a ver si para —dijo Mara.

Frank despreció el comentario con un ronquido. Señaló el entorno con los brazos abiertos, remarcando lo absurdo que sería que alguien no se detuviera a ayudar a una familia con niños y una autocaravana pinchada en un camino como éste. Después avanzó hacia la *pick-up*, que a punto estaba de alcanzarlos. Saludó con la mano en alto a quien condujera, los parches de sol y sombra en la luna delantera impedían aún ver claramente la figura al volante. Del interior de la cabina emergía música melódica de los ochenta. Frank reconoció un estribillo de REO Speedwagon cuando la camioneta paró frente a ellos. Conducía un hombre lo bastante mayor para tener el rostro cubierto de manchas marrones de vejez. También el pecho y los brazos, los llevaba al descubierto bajo un peto vaquero sin camiseta. Tan delgado como era, los tirantes cubrían sus hombros casi por completo.

—¿Problemas? —preguntó con un codo puntiagudo apoyado en la ventanilla abierta.

—Todos —contestó Frank.

—Lo bueno de un problema es que tiene solución. Si no, se llama muerte —dijo con tal convicción que resultó imposible no creerle—. ¿Cuál es la solución que tenemos que buscar?

La afabilidad que emanaba parecía convertir el más complicado de los entuertos en una nimiedad. El uso del plural inclusivo reforzó su voluntad de colaborar.

—Sobre todo, ayudar a esta chica, llevarla a algún lado —dijo Frank—. Se le rompió el coche anoche y, buscando ayuda, apareció de pronto delante de nosotros.

Completó la información con el amago de atropello, la herida en la ceja, las ruedas pinchadas de la autocaravana y el extravío de los teléfonos.

—¿Un coche rojo? —preguntó el hombre—. Lo vi parado ahí atrás, a un lado del camino, como una ardilla atropellada. Pensé que alguien se estaría dando un baño caliente por ahí.

—Es el mío, está muerto —aclaró Mara—. Imposible arreglarlo o conseguir que arranque.

—Gran problema el que tenían, sí señor. Agradezcan a Dios que he pasado yo por aquí. En la tierra de este camino se podrían cultivar patatas entre que pasa un coche y el siguiente.

—El secreto mejor guardado de Idaho —dijo Grace—, lo sabemos.

—Y por eso agradecemos a Dios y a quien haga falta que esté usted aquí —dijo Frank—. ¿Nos deja usar su móvil?

Miró a Mara para calibrar su reacción ahora que todo estaba a punto de acabar. Ahora que una llamada pondría fin al encierro forzado al que ella los había sometido. Entonces el hombre mostró sus brazos. Terminaban en dos muñones por debajo del codo.

—Difícil usar botones tan pequeños con estas pezuñas. —Realizó el movimiento equivalente a agitar las manos en el aire, aunque no hubiera manos ni dedos que agitar—. Por no hablar de esas nuevas pantallas que hay que andar toqueteando.

—¿Nuevas? —susurró Audrey al oído de Simon.

A Frank lo impresionó la revelación, la forma irregular de la carne mutilada, pero Grace reaccionó con su habitual naturalidad.

—¿Veterano de guerra? —Le tendió la mano—. Gracias por su servicio. Soy Grace.

Estrechó con confianza el muñón que él ofreció.

—Earl —se presentó—. Sí señora, soy veterano, pero regresé intacto de Vietnam. Esto fue un accidente en uno de estos malditos agujeros de agua caliente y huevos podridos. Mi perro saltó a uno, a uno de los malos, y este viejo fue tan tonto de querer salvarlo. Trece años vivió conmigo ese hotel de garrapatas. Pero si ven mis manos, o mejor dicho, si no las ven, ya pueden imaginar cómo acabó Chuck.

Con un dedo en los labios, Grace le solicitó que no diera más detalles delante de los niños.

—Ya hace tiempo que no me quejo, gracias a Dios puedo hacer de todo. Puedo conducir esta camioneta mejor que un muchacho de dieciséis, puedo matar en la cocina todas las moscas que me pide matar mi esposa. Y cuando llega Halloween puedo disfrazarme de pirata por un cuarto de dólar. —La ocurrencia se ganó una carcajada de Simon—. ¿Que no puedo usar uno de esos telefonitos del demonio? Tampoco quiero, ni aunque tuviera tres manos y quince dedos. ¿A quién cuernos tengo que llamar yo desde mi coche? Que esto no es Manhattan, es solo Idaho. Si necesito hablar con alguien, conduzco las doscientas millas hasta la siguiente casa y empiezo a berrear como un alce.

La risa de Simon subió de volumen. Confiado, se acercó a la camioneta y mostró su parche al señor.

—A mí también me faltan cosas. Me falta un ojo, mira. —Levantó la tela, descubriendo su piel herida—. Y yo también puedo hacer de todo.

—Claro, chico, ésa es la actitud. ¿Quién cuernos quiere un cuerpo entero, de todas formas? Eso lo tiene todo el mundo, te lo regalan al nacer, como a los cabritos. Yo prefiero ser diferente. —Mostró sus brazos incompletos—. A mí me quitó las manos una sopa de ácido sulfúrico, ¿a ti quién te robó el ojo?

—Una pistola.

Frank creyó haber oído mal.

Grace chistó enseguida.

Relajado de tanto reír, o quizá por la inmediata conexión establecida con el señor, Simon había dicho la verdad.

—Simon, no digas...

—... no fue una pistola, no...

—... no una pistola de verdad...

—... ni culpa de nadie...

—... es todo más complicado...

—... pero fue un acci...

—... dente desafortunado.

Grace y él hablaron a la vez, atropellados, pisándose las frases.

—Ese parche te queda muy bien, chico, son bonitas las mariposas —dijo Earl a Simon—, haríamos buen equipo para disfrazarnos de pirata los dos el próximo Halloween. ¿Te apetece?

Frank le agradeció, con un asentimiento, que hubiera cambiado de tema.

—¡Claro! —respondió Simon.

—Así que no tengo teléfono pero sí muchas ganas de echar una mano. —Earl arqueó las cejas remarcando el chiste—. ¿Qué hacemos? Yo puedo cambiar ruedas con estos muñones, podemos tener a esa a autocaravana relinchando en media hora.

—Resulta que estos vehículos no traen ruedas de repuesto —dijo Grace como si no terminara de comprar la explicación de Frank.

—¿En serio? Me lo creo, ese animal es un monstruo —concluyó Earl—. Con lo que debe de pesar sería peligroso andar tocándole la barriga, y yo prefiero no perder más miembros. ¿Acercamos entonces a la señorita a su coche? Allí vemos si podemos arreglarlo.

—No tengo la llave —dijo Mara—. La perdí cuando me atropellaron.

—En realidad la esquivé, fue un golpe contra la mano de mi mujer nada más —corrigió Frank—. Podría llevarla al cruce del camino con la carretera principal, donde el restaurante.

—¿Comieron en Danielle's? —preguntó Earl—. Increíble tarta de queso.

Frank explicó que la chica no tenía seguro ni asistencia en

carretera, pero que allí en el restaurante, o en el motel cercano, podría llamar a alguien. Era una situación que debía resolver por sí misma, ni él ni su familia querían perder más tiempo con este asunto.

—¿La puede acercar usted hasta allí? —insistió Frank.

—Sin problema, para allá iba. Pero ¿qué hacemos con ustedes y el monstruo? —Señaló la autocaravana.

—Frank, ve tú con ellos —dijo Grace—. Llama a asistencia en cuanto llegues, yo espero aquí con los niños. No va a pasarnos nada.

—A mí me da miedo, mamá —dijo Audrey.

Simon confirmó que a él también.

—¿Le importaría a usted llamar por mí cuando lleguen? —Frank estrechó el muñón derecho de Earl—. Me llamo Frank. Ellos son mis hijos, Audrey y Simon. El nombre de mi preciosa mujer ya lo sabe. Si usted avisa, esperaremos aquí a que venga a ayudarnos alguien, no tenemos prisa.

—Y ella se llama Mara —añadió Grace, reprochando a Frank con la mirada que no la hubiera presentado.

—¿Puede usted hacer la llamada? —preguntó él.

—Claro, en cuanto me acabe la tarta de queso de Danielle's. —Sacó la lengua a Simon—. Está bien, llamaré antes. Aunque tengo más hambre que siete lobos.

—Muchas gracias, Earl. Mi familia y yo se lo agradecemos.

—Entonces ¿solo me llevo a la preciosa señorita?

Frank enfiló a Mara.

—Sí —dijo entornando los ojos—. Solo a ella.

A pesar de lo desafiante de su mirada, Frank notó su corazón palpitar en el cuello. Si Mara se veía muy acorralada, si sentía que había perdido la oportunidad de obligarlo a confesar, podía soltar la verdad ella misma. La saliva se le amargó en la garganta cuando pensó en Mara como en un escorpión rodeado de fuego, pero resistió el impulso de tragar para no mostrar ni un ápice de flaqueza. Ella se mordió la uña del pulgar. Las arrugas cambiantes en su frente delataron alguna maquinación interna. Lo miró a él, miró a Grace, a Earl. Terminó su recorrido visual en los niños. En ellos centró la atención casi todo el tiempo que duró su análisis. Simon abrazaba a Audrey por la cintura.

—¿Grace? —dijo Mara tras la cavilación.

Frank dejó de respirar.

—¿Podemos hablar tú y yo a solas? ¿Dentro de la autocaravana?

—¿Dentro? —Grace frunció el ceño—. ¿Ahora?

—No hace falta ir a ningún lado —intervino Frank—. Habla con todos.

—Es por... —Mara encajó las manos en los bolsillos traseros de su pantalón—. Por... Son cosas de chicas. Prefiero que hablemos solas.

—Oh, por favor —soltó Audrey—. No hay cosas de chicos y de chicas, todos los seres humanos comprendemos los sentimientos de otros seres humanos. De verdad, la gente mayor tenéis que empezar a superar todos esos prejuicios, airear un poco vuestras mentalidades, que estamos casi en 2020.

—Ya has oído a Audrey. —Frank nunca se había alegrado tanto de escuchar uno de los alegatos de su hija—. Podéis hablar aquí mismo.

—Grace...

Mara miró a Frank, irguiendo la espalda como una soldado que presentara armas. Sus sienes palpitaban por la presión con la que apretaba la mandíbula. Humedeció sus labios, preparándose para decir algo importante. Entonces Simon, de manera espontánea, se separó de Audrey, se acercó a Frank, y le dio la mano, en silencio. Se quedó junto a su padre esperando a que hablara la extraña. Los hombros de Mara perdieron firmeza.

—... preferiría no ir sola con el señor, Grace —improvisó

finalmente. Señaló a Frank—: ¿Por qué no vas tú? Tú eres un hombre como él, no corres ningún peligro. A ti no...

—¿Qué está insinuando, señorita? —interrumpió Earl—. No vaya por ahí porque yo a usted no la he insultado. Yo no haría daño ni a una mosca. Además tengo la mala suerte de haber sido víctima de eso a lo que usted se refiere, también nos ocurre a los hombres, sí, y no es tema para sacar a la ligera.

Grace volvió a llevarse un dedo a los labios, pidiéndole precaución con los temas que trataba delante de los niños.

—Así que, señorita, decida si quiere subirse a mi caballo porque este jinete tiene camino por delante pero no tiene ningunas ganas de que lo ofendan.

Earl abrió la portezuela del lado del copiloto.

Esperó a que Mara subiera.

—¿Señorita?

Nueve ojos se centraron en ella, esperando su decisión.

Mara tomó aire.

Y dio un paso atrás.

Earl resopló, cerró la puerta.

—Usted cuente con esa llamada —le dijo a Frank.

—Frank, venga, vete tú con él, ve con el señor —dijo Grace, buscando una solución intermedia para aliviar la tensión—. Mara se puede quedar aquí con nosotros. Te esperamos aquí, no pasa nada.

—No, Grace, no. —A Frank lo sorprendió la gravedad en su voz—. Ya está bien. Hemos hecho todo lo posible por ella y ahora tiene la oportunidad de solucionar los problemas con su coche, su seguro o lo que sea. Aquí el amigo Earl es justo la asistencia que ella necesitaba cuando anoche intentó parar nuestra autocaravana. ¿Por qué ahora no la quiere? Llevamos desde ayer deseando que pase alguien por aquí para ayudarnos. Y aquí está. Se llama Earl. Un gran hombre que ha servido a nuestro país, del que no hay ninguna razón para desconfiar. Ella se va con él. Nosotros nos quedamos esperando a que venga la ayuda que van a pedir para nosotros. Fin de los problemas. Todo solucionado.

Sabía que el problema real no se esfumaría solo porque Mara se desplazara cien millas al oeste, pero ganaría tiempo.

—¿Voy yo? —preguntó Audrey—. No estáis contando conmigo pero ya soy una joven adulta perfectamente capaz de colaborar en este tipo de situaciones.

—¡Yo también quiero ir! Que me cae muy bien el señor, y entre los dos hacemos un cuerpo entero. Podemos ser piratas en el bosque.

El entusiasmo de Simon hizo reír a Earl, pero Frank bufó ante la estupidez de la idea. Insuflado por una mezcla de desesperación y chulería, fue a la tienda de campaña y sacó la bolsa con la ropa manchada de Mara. También cogió su bolso. Pensó en pedirle que lo abriera, que mostrara delante de todos el cuchillo, el teléfono, que explicara por qué los llevaba encima. Pero temió que ella hubiera previsto ese movimiento y los hubiera escondido en otro lugar, como la noche anterior había escondido el bolso antes de que Frank la visitara en la tienda. Sería una jugada maestra para hacerlo quedar a él como un paranoico. Le entregó sus bártulos, empujándolos contra su pecho.

—Te... tengo que cambiarme. Esta ropa es de tu mujer.

—Da igual, llévatela. No vas a ponerte la tuya raspada y manchada por la tierra y la sangre. —Se apropió con retranca de las palabras que ella había usado antes—. Por los inconvenientes causados. Y llévate estos cien dólares —sacó los billetes del bolsillo trasero de su pantalón—, por si surge algún imprevisto. Es nuestra manera de pedirte perdón, nosotros a ti, por aparecerte en la carretera en mitad de la noche.

Frank casi pudo sentir el calor de la rabia que incendió las mejillas de Mara, lo mucho que ese billete la ofendía por el obvio doble sentido que contenía.

—No... realmente no... debería...

Se había quedado sin excusas para no aceptar la ayuda de Earl. A sus ojos volvieron los oscuros propósitos de una profunda maquinación, su lengua estaría crepitando con el deseo de contarlo todo. Frank recordó que antes había sido Simon quien desarmó las intenciones de ella, así que se acercó al niño. También a Audrey. Los abrazó por detrás, formando frente a Mara una perfecta fotografía familiar de un papá con sus hijos. La retó a que fuera tan cruel como para destrozar ahí mismo ese vínculo, tan malvada como para dañar a unos niños inocentes arrojándoles a la cara información sobre la horrible realidad de su padre, una verdad que sería como ácido que los deformaría de por vida.

Audrey se zafó de la mano de Frank.

—¿Qué haces, papá?

—Es lo mejor, Mara —concluyó Grace—. Cuanto antes empieces a solucionar tus cosas, mucho mejor. Y que te vea un médico, por favor. Con la ducha y el sudor esos puntos de la ceja se te están aflojando. Los golpes que no duelen por fuera pueden ser muy peligrosos por dentro. La ropa me da igual, tengo cajas de mudanza llenas de ropa viajando ahora mismo a Boston.

A Frank le molestó que desvelara su destino final.

—Es la mejor opción —añadió Grace.

—Lo es —dijo él. Posó una mano en la espalda de Mara, instándola a moverse, a subir a la camioneta de una vez—. Y por favor, Earl, no olvides llamar para nosotros.

Mara se volteó.

—No hará falta. Si voy con él ya llamo yo, no os preocupéis. Que él se coma su tarta de queso en cuanto llegue, bastante lo hemos molestado ya. Yo además estoy en deuda con vosotros, por alojarme, por la ropa, así que yo me encargo de la llamada. Es lo mínimo que puedo hacer.

Dedicó a Frank su característica media sonrisa.

Él se acercó a Earl, susurró en su oído:

—Llama tú. —Apretó su hombro como si lo felicitara por alguna conquista amorosa mientras compartían unas cervezas, buscando entablar una clásica conexión masculina. Una conexión con la que le comunicó que no se fiaba de la chica como sabía que tampoco se fiaba él, porque esa chica lo había ofendido dando por hecho que, solo por ser hombre, podía ser un depredador sexual que quisiera aprovecharse de ella en su camioneta—. Llama tú.

Earl aceptó con un leve asentimiento.

—Suba, señorita.

Abrió por segunda vez la puerta del copiloto.

Mara avanzó con pasos cortos. Giró el cuello a un lado y a otro, buscando alguna excusa a la que aferrarse.

—Qué bien, Mara —dijo Grace—. Por fin va a verte un médico.

Ella subió a la camioneta. Abrazando su bolso y la ropa sucia, se sentó al borde del asiento, como si aún pudiera inventar algo para bajarse. Quedarse. Hacerle confesar. Frank cerró la puerta con tanta fuerza como ganas tenía de que desapareciera.

—Cuidado, vaquero —lo regañó Earl—, que a esta vieja mula no se la trata a palos. Se la trata con cariño.

Acarició el volante con los antebrazos. Después sacó uno por la ventanilla.

—Choca esos cinco —le dijo a Simon.

La frase y la mano inexistente hicieron reír al niño, que se levantó el parche antes de chocar el muñón.

—¡Podemos hacerlo todo!

—Claro que sí, muchacho.

El resto de la familia se despidió de Earl, desearon suerte a Mara. Muy juntos, los brazos de unos sobre los hombros de otros, agitaron manos en el aire diciendo adiós a la camioneta. Frank sintió aflojarse el nudo en su pecho, empezó a visualizarlo como una cuerda inofensiva que acabaría por caer al suelo, a sus pies.

Entonces Mara volvió la cabeza en la cabina.

Tras la piel moteada que era la luna trasera, entre los parches cambiantes de sol y sombra, sus ojos se clavaron en los de Frank.

Esto no ha acabado, decía la mirada de ella.

Esto está muy lejos de haber acabado, decía esa mirada.

El polvo que levantaron las ruedas ocultó la camioneta. Cuando la nube se disipó, el vehículo había desaparecido. El ruido del motor se fue alejando, perdiendo volumen hasta diluirse en el trinar de los pájaros.

26

—¿Así que ibais todos a esas aguas termales?

Mara ni se molestó en responder, apenas prestó atención a la voz del viejo. La redujo a una interferencia molesta entre sus enmarañados pensamientos. Se tocó las mejillas con el dorso de la mano, las notó calientes. La rabia la estaba quemando por dentro. Se acomodó en el asiento más cerca de la ventanilla, esperando que el aire la refrescara, la calmara. Mordió la uña de su pulgar sin atender al dolor, enfadada consigo misma. Incapaz de entender por qué le había faltado el valor. Por qué no se había enfrentado a Frank. Una vez más, se había librado de ella. Con sus palabras la había confundido hasta arrastrarla dentro de esta tartana conducida por un viejo mutilado empeñado en entablar conversación. Imbécil. Qué imbécil había sido. Ella no había venido hasta aquí para que Frank se la quitara de encima otra vez, a la primera oportunidad. Idiota, eso es lo que era. Una idiota. Solo una idiota hubiera callado como había callado ella. Tendría que haber hablado, haberlo soltado todo antes de subir a esta maldita camioneta sin amortiguación que le estaba destrozando las vértebras. Los niños. Fue por los niños. No podía hablar delante de ellos. ¿En qué clase de persona se convertiría? Simon se había acercado a su padre, tomado su mano, como si fuera su oráculo y su refugio. Ese sentimiento, ese amor de un hijo pequeño hacia el padre que ve como héroe infalible, es único, valioso y tristemente pasajero, ni siquiera el niño lo sentirá cuando siga cumpliendo años. Pero mientras dura es uno de los milagros que dan sentido a la vida. Mara no podía destrozar eso con sus palabras. No podía ser ella quien arrebatara los poderes al superhéroe, delante del niño que más lo quería. Tenía que ser Frank quien se quitara el antifaz delante de Grace. Y ellos dos juntos, como matrimonio y padres, explicarles a los niños que el uniforme de papá fue siempre una farsa, que él nunca fue el superhéroe sino el villano. Aunque ahora la ira de Mara amenazaba con consumirla, con conseguir que se olvidara de cualquier principio. Lo que acababa de pasar no podía volver a ocurrir. La próxima oportunidad no la dejaría escapar. La verdad se impondría a cualquier precaución. Y esa mujer sabría en qué se entretenía su marido cuando no estaba a su lado. Necesitaba pensar. Necesitaba silencio para pensar.

Con el muñón, el viejo subió el volumen de la música.

Dio golpecitos en el volante siguiendo el ritmo de algo que cantaba Air Supply. Arreglos orquestales y una hiperbólica letra sobre el amor eran lo opuesto a lo que necesitaba Mara. Inquieta, se movió en el asiento. Miró por la ventanilla. Se volvió. El camino serpenteó tras ella, cada vez más lejos de Frank.

—Era una familia preciosa, ¿verdad?

—¿Preciosa? —Lo que le faltaba por escuchar—. Usted no sabe nada.

—¿No sé reconocer una familia preciosa cuando la veo?

Mara fusiló al viejo con la mirada. Detrás de él, la velocidad convertía el paisaje arbolado de Idaho en una ráfaga verdosa y parda, espolvoreada con destellos dorados de sol. Una ráfaga que ampliaba a cada segundo la distancia entre ella y Frank. Entre Frank y la verdad. No podía permitirlo. Tenía que hacer algo.

—Pare —dijo.

—¿Qué?

—Que pare la camioneta. Frene.

—Qué cuernos dice, señorita, si aún falta mucho camino hasta el cruce. Ni siquiera huelo todavía la tarta de queso. Ustedes los jóvenes siempre tan impacientes. ¿No puede disfrutar del paisaje y la música?

Subió aún más el volumen de la autorradio. La música ocupó en el cerebro de Mara un espacio del que no disponía en ese momento.

—Le estoy pidiendo que pare. —Hacía esfuerzos por no gritar—. Tengo unos asuntos que resolver ahí atrás. Cosas que no le incumben. Déjeme bajar aquí. Usted siga su camino y ya está.

—Pero he quedado en llevarla, señorita. En llamar a alguien para que ayuden a esa familia y ayudarla a usted con el lío que se trae, sin seguro, sin asistencia en carretera. Ustedes los jóvenes...

—Tengo seguro —interrumpió ella. El viejo titubeó sin llegar a decir nada. La perplejidad en su rostro divirtió tanto a Mara que se propuso mantenerla con una retahíla de confesiones—: Tengo de todo. Tengo hasta mi teléfono. —Destrabó los seguros en la solapa de su bolso y lo mostró—. Y las llaves del coche también las tengo. Están aquí. —Se acarició la tripa ocasionando aún más desconcierto—. Como ve, usted no sabe nada, no entiende nada de lo que ha visto ni con quién se ha tropezado.

—¿Cómo voy a dejarla volver? ¿Qué va a pensar de mí esa familia?

—¿Qué le importa lo que piense gente a la que ni siquiera conoce? Diré que me echó del coche, ya está, que resultó no ser tan simpático como parecía.

—Claro que me importa, señorita. No sé de dónde es usted, pero en este trozo de tierra valoramos las buenas patatas y algo que se llama dignidad. Y procuramos ayudarnos los unos a los otros. No voy a permitir que se baje aquí sola, en este camino del que Dios se olvidó, por donde no pasan ni las hormigas. Sería un irresponsable si hiciera eso.

—¡Frene! ¡La! ¡Camioneta!

Los gritos y la extraña cadencia en sus palabras encendieron las primeras alarmas en el rostro del viejo. Las manchas de vejez se le arremolinaron alrededor de los ojos cuando frunció el ceño. Comenzaba a darse cuenta de que Mara hablaba en serio. A un veterano de la guerra de Vietnam quizá le estaba costando entender que una mujer a la que él solo sabía referirse como *señorita* pudiera estar amenazándolo. Que pudiera ser peligrosa. Su reacción fue la de pisar el acelerador.

—¿Qué hace? —preguntó ella—. Le estoy diciendo que pare.

El viejo no redujo la presión sobre el pedal.

—Si prefiere puedo contarles otra versión. Que usted sí era el depredador sexual que temí que fuera. Le pido perdón, de verdad, no se me ocurrió otra excusa para no venir con usted. Pero si sigue acelerando voy a dejar de sentirlo, y voy a disfrutar contándoles que no me equivocaba. Que usted me atacó y logré escapar. Volveré pidiendo socorro y me acogerán de nuevo, con más razón.

—¿Por qué haría eso? ¿Qué cuernos está diciendo?

El viejo aumentó la velocidad.

El motor se revolucionó.

Y Mara no tuvo más remedio que sacar el cuchillo.

—Oye, oye, oye, tranquila, tranquila.

—Que frenes —ordenó, olvidándose ya del trato cortés.

Empuñó el arma hacia el viejo, hacia el revoltijo de vello blanco que sobresalía del peto. Él dio un volantazo hacia el lado contrario, como si así pudiera escapar del filo. Mara tuvo que agarrarse al salpicadero para no perder el equilibrio.

—¿Qué líos te traes?

—Te lo he dicho, no sabes nada. Y no te importa. Déjame bajar.

El viejo tragó saliva, señaló el cuchillo con la barbilla.

—¿Qué vas a hacer con eso?

—Déjame bajar.

—Por Dios, había niños ahí atrás.

Cuando dirigió un muñón hacia ella, Mara pudo imaginar a la perfección la mano extendida que no estaba allí. La condescendiente mano extendida de un hombre que pretende aplacar a la mujer a la que considera una histérica. Ella agarró el muñón, lo apartó de su cara.

—Frena —dijo entre dientes—. Ahora.

Una expresión de temor se apoderó del rostro del viejo, pero en sus ojos Mara vio brillar la valentía de quien antepone una firme determinación a su propia seguridad. Como habría hecho en Vietnam, como iba a hacer ahora, el viejo iba a llevarse la bomba lo más lejos posible, aunque acabara explotándole a él. Tomó posesión del volante con ambos brazos y pisó el acelerador hasta el fondo, distanciando a Mara de la familia, de los niños que tanto le preocupaban.

Ella agarró el freno de mano y amenazó con usarlo. Desconocía las consecuencias de accionar esa palanca en marcha, pero era ya muy tarde para esperar de ella un comportamiento racional. La rabia se había apoderado de su control hacía un rato y lo único que tenía claro es que no iba a permitir que Frank se saliera con la suya. Abrochó los dedos al freno, dispuesta a tirar. El viejo giró entonces el volante a un lado y a otro, en una súbita ráfaga que la desequilibró. Mara cayó a los pies de su asiento, la espalda contra la portezuela. La punta del cuchillo rozó su propia mejilla. Los puntos en la ceja se despegaron, notó la sangre rodar por su mejilla como si llorara. Con una sonrisa, el viejo siguió sacudiendo la camioneta a un lado y a otro, variando la velocidad, haciendo eses en el camino, provocando un seísmo en el interior de la cabina. Pronto los envolvió la polvareda, contra la carrocería impactaron guijarros como si los atacaran con perdigones desde todos los flancos. Mara tosió polvo. Usó los codos para recuperar su posición en el asiento. El temblor del vehículo amenazó con derribarla otra vez. Blandiendo el cuchillo con una mano, agarró con la otra la palanca de freno.

Y tiró de ella.

En un instante, abajo fue arriba y la izquierda fue la derecha.

Mara golpeó con la rabadilla el techo de la camioneta, el volante con el codo. Su cara chocó contra la del viejo. Sintió en la frente la rugosidad de la piel de él, en la oreja la humedad de sus labios, el calor de su aliento. Una Converse negra flotó frente a sus ojos como si no hubiera gravedad, justo antes de que su pie descalzo impactara contra el retrovisor. Ruidos de maquinaria fracturada acompañaron cada sacudida. Olía a chatarra caliente. Mara logró agarrarse a algo, resultó ser el tirante del peto del viejo. Ambos rodaron en el interior de la cabina como astronautas, como dados en un puño. Él gruñó y ella gritó hasta que, en un mismo instante, los dos callaron. Porque los dos supieron que el cuchillo se había clavado en la carne. La luna delantera se resquebrajó con la primera vuelta de campana. Con la segunda, se rompió hacia fuera. Después, el movimiento cesó.

Los gemidos de Mara se mezclaron con chirridos de metal aplastado, silbidos líquidos, de vapor. Al tratar de incorporarse dio con la cabeza en el volante, que de alguna manera formaba parte del techo. Debajo de ella estaba el viejo, inmóvil. El vello blanco de su pecho ahora era rojo, salpicado de sangre. Entre el montón de dolores que asolaban el cuerpo de Mara, fue incapaz de distinguir si alguno lo provocaba el filo clavado en su ingle, su axila o su tripa. Cuando rodó a un lado del viejo, vio el cuchillo hundido en el muslo de él, hasta la empuñadura. Solo el mango sobresalía, marcando el centro de una mancha de sangre que crecía en el tejido vaquero. Mara se llevó las manos a la boca, las separó al saborear líquidos orgánicos que podían no ser suyos.

—Dios mío —farfulló—. Dios mío, Dios mío.

Abofeteó al viejo inconsciente.

—Dios mío, despierte, yo no quería esto.

Agarró el mango del cuchillo como había agarrado el freno de mano que provocó este desastre.

—¡Señor! ¡Earl! ¡Señor!

Tiró del arma. La hoja salió con un ruido de abrecartas. Un borbotón de sangre manó de la herida. Mara cogió los tirantes del peto, sacudió el cuerpo flácido del viejo. Las sacudidas no desencadenaron reacción.

—No, no, no...

Mara recuperó su bolso de un asiento que no supo dónde estaba, si arriba o abajo, si era el suyo o el del conductor. Lágrimas rodaron por sus mejillas mezclándose con la sangre que provenía de la ceja. O de alguna herida nueva.

Con manos temblorosas, sacó su móvil para llamar a una ambulancia.

Llegó a pulsar el número 9 en la pantalla de su teléfono.

Pero no podía llamar a nadie.

El accidente lo había causado ella.

El cuchillo se lo había clavado ella.

El cuchillo era de ella.

La culpa era de ella.

La culpa era de Frank.

Todo era culpa de Frank.

Mara salió de la camioneta por la luna delantera. Oyó desgarros de ropa y piel, supo que se estaba cortando con los colmillos de cristal alrededor del marco, pero a ella ya no le preocupaban ni el dolor ni la muerte. Gateó sobre el camino raspándose las rodillas, con el cuchillo en la mano. La sangre en el filo formó una pasta marrón al mezclarse con la gravilla. De pie, se colgó al hombro la correa del bolso. Vio la camioneta dada la vuelta, el cuerpo del viejo tendido a lo largo del techo de la cabina, que ahora era el suelo. Descalza de un pie, se acercó a recuperar su zapatilla, que pendía del mando del intermitente, enredada con el cordón.

Mara se calzó y caminó de vuelta a la autocaravana.

Detuvo su avance al oír una detonación en el motor.

Sin darse tiempo a arrepentirse, antes de que su mente la convenciera de que una explosión encubriría mejor la herida de arma blanca en el cuerpo del viejo, Mara regresó a la camioneta. Abrió la portezuela hacia la que estaba orientada la cabeza del viejo. Lo agarró de los muñones enfrentando el acceso de grima. Mara tiró del cuerpo hasta sacarlo del habitáculo. Suerte que el viejo era puro hueso. Lo arrastró por el camino alejándolo del vehículo bomba. Lo dejó en el flanco opuesto, entre la maleza.

Ahora sí.

Ahora podía volver a por Frank.

Limpió la pasta marrón del cuchillo en el vaquero de Grace.

27

Grace desplegó el mantel sobre la mesa de picnic en la que habían desayunado. Iba a preparar unos sándwiches como almuerzo, no quería enredar mucho la cocina para estar preparados cuando llegara la asistencia en carretera.

—Por fin solos —dijo Frank.

Con un hondo suspiro de alivio, guardó la última vara de la tienda de campaña en su bolsa. Había empezado a desmontarla en cuanto se marchó la camioneta. Grace ajustó el mantel a la mesa con cuatro pinzas en las esquinas.

—No exageres, era una buena chica.

—Era un lío del que me alegro mucho que nos hayamos librado.

Frank lanzó la tienda de campaña sobre las maletas y cerró el compartimento con fuerza. Después se sacudió las palmas de las manos como si de verdad se hubiera librado de un problema grave, ya fuera ese problema Mara o conseguir embutir toda una tienda de campaña en su bolsa de transporte. Simon le entregó el mapa perfectamente doblado, por fin lo había conseguido. A Grace la enterneció comprobar cómo las palmadas en la espalda con las que Frank lo felicitó por la hazaña iluminaron tanto el rostro del niño, orgulloso de ayudar a papá.

—Simon —dijo ella—. ¿En qué habíamos quedado sobre contar lo de la pistola?

—Ya lo sé, mamá... —Simon bajó la cabeza, culpable—. Pero me cayó muy bien el señor. También le faltaban partes del cuerpo y fue muy simpático. Me apeteció ser honesto.

—Entonces te apeteció bien. —Frank le revolvió el pelo—. Ser honesto es algo muy bueno que querer ser.

El pecho de Grace se llenó de cálida ternura al ver sonreír a los dos, orgullosa como siempre de compartir su vida con un hombre que enseñaba a sus hijos valores tan importantes. Se acercó a ellos y acarició la nuca de Frank, sabía que su marido agradecía las muestras de cariño siempre que se mencionaba la pistola, él aún no terminaba de superar el episodio ni lograba desligarse de la culpa. Simon también debió de percibir el pesar de su padre, porque lo abrazó como un cinturón y apretó hasta que él se quejó entre risas, pidiendo por favor que no le quisiera tanto. El niño prometió liberarlo solo si lo acompañaba de visita al castillo que estaba construyendo.

De la mano, anduvieron por el camino hacia la fortaleza de Simon. Los dedos del niño enganchados a los de su padre propagaron el calor del pecho de Grace al resto del cuerpo. Parpadeó para secar sus ojos. Un eco lejano, como el de un trueno, se inmiscuyó en sus luminosos pensamientos, nublándolos de imprevisto, amenazando con una tormenta de recuerdos. Era el eco del disparo en el dormitorio de arriba. El vendaval de memorias trajo consigo el olor del humo, el de la pólvora. La imagen del rostro desfigurado de Simon, tan asustado que se había olvidado de cómo llorar. Se había quedado con la boca abierta sin saber qué más hacer.

Esa noche fue la culminación de una mala racha —una época para olvidar—, que había comenzado tiempo atrás...

No era fácil para Grace identificar el momento en el que todo empezó a torcerse, ni cuándo empezaron a referirse como *mala racha* a lo que ocurrió antes de la pistola. Quizá sin ese disparo, sin ese episodio final que amenazó con destruir la vida tal y como la conocían, ni siquiera hubieran considerado los sucesos anteriores como pertenecientes a una *mala racha*, se habrían limitado a sufrirlos y superarlos como reveses habituales en la vida de cualquiera. Todo el mundo atraviesa épocas complicadas. Lo que sí recordaba Grace era el último fin de semana realmente bueno que compartieron en familia. Fue el sábado que Frank trajo la autocaravana, en la primavera del año anterior. Tras insistir durante meses, Frank la había convencido para que se concedieran ese capricho. Insistió en que llevar a los niños de viaje siempre que pudieran sería una de las mejores inversiones que harían en su educación y su futuro. Para él, además, no tenía mucho sentido viajar a Europa, o a Sudamérica, cuando ni siquiera conocían su propio país. Ninguno de los niños había salido nunca del estado. Bueno, Audrey había visitado la capital en un fugaz viaje con el colegio —regresó agotada por los larguísimos vuelos y sin haberse enterado de mucho—, pero incluso contando esa escapada, la niña nunca había pisado ningún territorio que no recibiera el nombre de Washington. La tarde de primavera que Frank regresó a casa con la autocaravana, la pasaron entera fantaseando con los viajes que harían en cuanto Frank pudiera tomarse al menos una semana de vacaciones. Aunque él había dado por hecho que conseguiría una en verano, el intenso nivel de trabajo en el hotel impidió que se la concedieran hasta muchos meses después, ya en invierno. Entonces hicieron planes para escapar al sur, huir del frío. Emocionada, Audrey mostró en su teléfono fotos del lugar al que más ganas tenía de ir: Salvation Mountain en el desierto de California, la tierra convertida en colorista obra de arte. Pero cuando se acercaba la esperada semana de vacaciones de invierno de Frank —que iba a coincidir con la del colegio de los niños— y podrían haber emprendido camino y estrenado la autocaravana tanto tiempo después de haberla comprado, Audrey no tenía ya ningún interés en marcharse a ningún sitio. Sus hurones habían desaparecido, primero uno y luego el otro, y ella no pensaba abandonar la casa hasta que regresaran. Así que el viaje en autocaravana se siguió posponiendo.

Grace se enteró de la desaparición del primer hurón una tarde que llegó a casa después del gimnasio. Dejó las llaves y la bolsa deportiva en el aparador alargado de la entrada, junto a las mochilas escolares de Audrey y Simon, que habrían regresado poco antes de una de las últimas clases del año. Normalmente, se encontraban los tres de camino a casa.

—¡Jolín, mamá! —gritó Audrey desde el salón.

Al acercarse, encontró a su hija de rodillas, el brazo bajo el sofá.

—¿Qué pasa? —Grace se secó el sudor de la nuca con la toalla—. ¿Qué haces?

—Que te he dicho mil veces que siempre que salgas de casa cierres la puerta del jardín también.

—Y la he cerrado. Con el frío que hace, ¿cómo no la voy a cerrar?

—No, mamá, no la has cerrado. —Señaló la puerta corredera de cristal que daba acceso al porche trasero y al jardín—. Ahora la ves cerrada porque la acabo de cerrar yo, pero cuando hemos llegado estaba abierta, que te lo diga Simon.

El niño asintió con los ojos tan abiertos como sincero era su gesto.

—Bueno, ¿y...? ¿Qué pasa si se me ha olvidado cerrarla?

Audrey se incorporó.

—Pasa que Joy ha desaparecido. —Tragó saliva antes de poder seguir hablando—. Que se ha escapado porque has dejado la puerta abierta.

—Que no, hija, que no.

Grace fue a la esquina del salón donde se encontraba la jaula de los hurones. En efecto, solo uno, el gris, correteaba arriba y abajo por las rampas entre pisos, buscando sin éxito a su pareja desaparecida, o quizá celebrando el espacio extra del que de pronto disponía.

—A ver, ¿y tú dejaste abierta la puerta de esta jaula? —preguntó a su hija.

—Claro que no.

—¿Entonces...?

—Entonces qué, mamá.

—Que cómo se ha podido escapar tu hurón.

—Pues no lo sé, mamá, pero Joy no está en la jaula, y ya he buscado por toda la casa. Qué casualidad que justo tú te habías dejado la puerta abierta. Se ha ido por aquí y ahora ya no puedo saber dónde está ni cóm...

Se le rompió la voz cuando señaló el jardín, que se alargaba frente a ella hasta mezclarse con el bosque que rodeaba la vivienda. Enfrentada a la verde inmensidad al otro lado del cristal, una lágrima resbaló por su nariz. Después se tiró al sofá, se tapó la cara con un cojín, y lloró como la niña que seguía siendo por mucho que se empeñara en ser más madura de lo que correspondía a su edad. Grace se sentó a la altura de la cadera de su hija. Le pidió perdón, convencida de que siempre es mejor ser feliz que tener razón.

—Lo siento, ¿vale? Juraría que la cerré antes de salir, pero ya no lo sé. —Retiró el cojín del rostro de Audrey, le secó las lágrimas con los dedos—. Perdóname. De todas formas, seguro que vuelve. No creo que vaya a dejar tirada a Hope de esta manera, ¿no? Eso no se le hace a una amiga. ¿O son pareja?

Audrey sorbió mocos.

—No sé... —Se secó la nariz dibujando una mínima sonrisa—. Supongo que no la dejaría atrás, no.

Desde la entrada llegó el ruido de las llaves de Frank al caer en el cuenco del aparador. Pronto apareció en el umbral del salón.

—¿Cuál es el drama adolescente de hoy?

Tras la mirada de advertencia que Grace le lanzó, pidió perdón enseguida, cambiando su registro al de padre preocupado.

—En realidad soy una adolescente y esto es un drama —dijo Audrey—, así que has usado las palabras correctas, papá, no te preocupes. —Se levantó del sofá—. Y gracias a ti por disculparte, mamá.

De la jaula sacó un puñado de pienso y una pelota agujereada, aprovechando para regañar al hurón presente por haber dejado que se marchara el otro. Después salió al porche por la puerta corredera y, en cuclillas, gritó el nombre de Joy, tentándola con el alimento y el juguete.

—Ha desaparecido un hurón —explicó Grace a Frank cuando se acercó a darle el beso de bienvenida de cada tarde.

—¿Qué?

—Un hurón, que se ha escapado.

—Ah, el drama adolescente.

—Y encima parece que la culpa es mía. —Grace se encogió de hombros.

—Oh, oh, no me gustaría estar en tu lugar —susurró Frank—, los adolescentes son vengativos.

Pero Audrey no se vengó, lo único que hizo fue ponerse triste. Tan triste como si fuera su mejor amiga la que la hubiera abandonado a ella, tan triste como para cancelar cualquier plan de salir de viaje y no querer estrenar la autocaravana hasta que su hurón regresara a casa. Quería estar para recibirlo. Pero Joy no regresó a casa, y el segundo hurón desapareció también. Una mañana de la semana siguiente, mientras el resto de la familia esperaba a Audrey en la cocina para desayunar, ella gritó desde el salón. Grace salió corriendo con la caja de Froot Loops aún en la mano.

—¿Qué pasa, hija?

—Hope no está —respondió Audrey.

Tenía el brazo metido entero en la jaula, rebuscando en cada recoveco —bajo las rampas, en las hamacas—, con la absurda esperanza de encontrar al animal claramente ausente. A Grace le rompió el corazón verla inspeccionar incluso el comedero, removiendo el pienso.

—A mí no me mires, la puerta del jardín está cerrada. —La señaló con la caja de cereales—. Esta vez no he sido yo.

Sin responder, Audrey corrió escalera arriba. Sus pasos recorrieron cada esquina de la planta superior mientras Grace servía el desayuno a Frank y a Simon. Audrey bajó, peinó el salón. Entró en la cocina y buscó bajo la mesa, pidiéndoles que apartaran las piernas. Abrió cada armario, metió la mano en la bolsa de basura.

—¿Cómo se ha podido ir? —preguntó, secándose la suciedad de las manos con un trapo—. Está todo cerrado. La bajada al garaje también.

—¿Has buscado bien? —preguntó Frank.

En la voz de su marido, Grace detectó una inédita gravedad. La desaparición del primer hurón se la había tomado a broma, pero la nueva ausencia parecía preocuparle de verdad. A ella la emocionó que su marido tomara tan en serio los sentimientos de la niña, aunque fueran causados por la pérdida de una simple mascota.

—No está —concluyó Audrey.

—¿Seguro? —Frank incluso había dejado de untar su *bagel*.

—Es que además la jaula estaba cerrada, papá.

—¿Ves? Eso es lo mismo que yo te decía el otro día —intervino Grace—. Que cómo se había escapado Joy al jardín estando la jaula cerrada. Pero me parece que esos hurones son más listos que tú y saben abrir su puertecita.

—Vale, pero en ese caso, ¿dónde está Hope? El otro día tú habías dejado abierta la puerta del jardín, pero esta noche ha estado todo cerrado, ¿no?

Grace asintió.

—Entonces ha entrado alguien a robarme el hurón.

Un cuchillo cayó al suelo. La silla de Frank rechinó cuando se movió para recogerlo, se le había resbalado a él de la mano.

—¿Un ladrón de hurones? —Grace dio un sorbo a su café—. No creo que eso exista.

—Hay... hay gente que roba perros —dijo Frank, aclarándose la voz—. Luego piden hasta rescate.

Usó el cuchillo del suelo sin limpiarlo.

—Bueno, pero es que un perro es un perro. Lo tuyo son hurones, hija, no es lo mismo.

Audrey se cruzó de brazos. Su barbilla tembló.

—De verdad creo que tienen alguna manera de abrir la jaula —continuó Grace—, y a lo mejor Hope se ha ido a buscar a Joy. O mejor aún. A lo mejor Joy volvió a por ella y escaparon juntas, dos fugitivas, como Thelma y Louise, huyendo hacia la puesta de sol en un descapotable para hurones...

—No tiene gracia, mamá. —Audrey abandonó la cocina.

Abrió la puerta de la escalera que bajaba al garaje. Cuando retomaron el desayuno, Grace observó cómo Frank extendía mantequilla en su *bagel* con la mirada perdida, moviendo el cuchillo pero concentrado en otra cosa. La voz temblorosa de Audrey llegó desde abajo.

—¿Ma... má?

Frank fue el primero en reaccionar. Tan rápida fue su incorporación que tumbó la silla. Cuando Simon y ella los alcanzaron en el garaje, Audrey señalaba un cuadrado de cristal roto en el embellecedor del marco de la puerta peatonal. Los fragmentos de cristal estaban esparcidos por el suelo. Las llaves de la puerta, metidas en la cerradura por dentro.

—Dios mío, Frank, mi estudio.

Grace subió al despacho donde grababa sus vídeos. Lo encontró intacto. La Canon nueva, la vieja, el iMac, los dos portátiles, el iPad, todo estaba allí. En la cocina, desplazó la nevera con ayuda de Frank. Quitó la falsa baldosa que daba acceso al espacio tras la pared donde guardaba las joyas. Estaban todas. Frank abrió cajones en el salón, en el dormitorio principal. Regresó diciendo que el dinero, las tarjetas, todo seguía en su sitio.

—Qué susto. —Grace liberó la tensión en un suspiro tan profundo que tuvo que sentarse, las piernas se le habían quedado flojas—. No ha sido un robo.

—Han robado un hurón, mamá —dijo Audrey—, ¿te parece poco?

—¿Estamos seguros de que el cristal no lleva roto un tiempo? Esa puerta pequeña nunca la usamos, en el garaje entramos y salimos con el coche —dijo Grace—. A tus hurones les encanta escalar, Hope ha podido salir por ese agujero perfectamente. Nadie roba un hurón y deja una Canon 80D como la que tengo arriba. La cámara vale mucho más. —Se arrepintió de sus palabras nada más pronunciarlas—. Perdona, hija, entiendes lo que he querido decir.

Pero Audrey no lo entendió. Sin decir una palabra salió de la cocina y subió a su cuarto. El desayuno se quedó en su plato hasta la hora del almuerzo, y luego el almuerzo se quedó sobre la mesa hasta la hora de la cena. Durante dos semanas, Audrey respondió con monosílabos a las preguntas de Grace, retirándole la mirada cuando se cruzaban por el pasillo o cuando le pedía la soja en la mesa. Aceptando que hay lógicas adolescentes que es inútil tratar de rebatir, Grace se disculpó con ella todos los días por haberse dejado abierta la puerta del jardín. Una noche, en el sofá, la niña rompió a reír con una escena de *Unbreakable Kimmy Schmidt* y, acto seguido, se levantó a abrazar a Grace, pidiéndole perdón por habérselo hecho pasar mal todo este tiempo. El resto del episodio lo vieron cogidas de la mano, compartiendo el sillón reclinable.

Superado el trance de los hurones, cuando Audrey sobrevivió al duelo de aceptar que la pérdida de sus mascotas iba a ser definitiva, el proyecto de estrenar la autocaravana se reactivó, quizá podrían hacerlo en las vacaciones de primavera. Pero fue entonces cuando el cuero cabelludo de Grace se llenó de ronchas y el pelo se le empezó a caer. La mala racha iba tomando forma y el viaje se pospuso una vez más.

La erupción brotó de un día a otro, costras y manchas en el cuero cabelludo que pronto se tradujeron en pérdida de cabello. Una mañana, comprobando si su piel había mejorado tras la aplicación de una loción nocturna, a Grace se le desprendió un mechón entero como si fuera una tira de velcro. Apenas durmió —presa de funestos augurios y obsesionada por encontrar en su cuerpo bultos sospechosos que confirmaran lo inevitable— hasta que los análisis y el diagnóstico de un dermatólogo descartaron cualquier afección grave en el organismo de Grace. En su consulta, el tricólogo confirmó que la agresión al cuero cabelludo provenía de agentes externos. «Es como si se hubiera usted equivocado de bote al ducharse y se hubiera lavado el pelo con crema depilatoria», conjeturó el especialista, «o como si hubiera usado a modo de acondicionador el disolvente más agresivo que tenga en su casa. Solo por asegurarme, no guarda usted en su baño los productos de limpieza para el hogar, ¿verdad?».

Grace negó con la cabeza, un tanto ofendida por las disparatadas presunciones del médico. Los productos de casa los guardaba debajo del fregadero como todo el mundo y en su baño ni siquiera había crema depilatoria. Además, su champú *Pure Seduction* de Victoria's Secret, que tan bien olía a ciruela roja y *freesia*, venía en un envase demasiado característico como para confundirlo con un bote de aguarrás. Fue entonces cuando un horrible pensamiento germinó en la mente de Grace. Agarró la mano de Frank, sentado en la silla de al lado.

—¿Puede ser que esté tan enfadada conmigo? —le preguntó.

El rostro de su marido se desencajó. Su mirada se perdió en algún lugar más allá de la consulta. Viendo esa cara de desconcierto, Grace se sintió una persona horrible, él ni siquiera era capaz de considerar la barbaridad que ella estaba insinuando.

—Por los hurones —explicó—, ha estado dos semanas sin hablarme.

Los hombros de Frank se relajaron.

—Ah, Audrey —dijo mientras su cara se alisaba—, claro, claro.

—¿Crees que sería capaz? Está convencida de que los hurones se escaparon por mi culpa, a lo mejor ha querido gastarme una broma o, no sé... vengarse, poniendo algo en mis productos del baño.

Al doctor le preguntó si eso explicaría lo de su pelo. Y él confirmó que tendría bastante sentido. Grace miró a los ojos de su marido buscando en ellos la sensatez que a ella le faltaba en estos momentos.

—Frank, ¿crees que Audrey sería capaz de meter algo malo en mi champú?

El parpadeo de su marido se detuvo de una manera antinatural. Grace pudo sentir los esfuerzos que hacía por no desviar la mirada. Su silencio resultó eterno, tanto que ella tuvo tiempo de aceptar que si ahora él se levantaba de la silla y la dejaba tirada para siempre en esa consulta, lo merecería. La sospecha que acababa de levantar sobre su propia hija la convertía en la peor madre del mundo, en una mujer que no merecía tener unos hijos y un marido tan buenos. Cualquier otra madre se culparía a sí misma y reconocería que, a lo mejor sin darse cuenta, se fue al fregadero a lavarse el pelo con lejía.

—¿Au... Audrey? —Frank tragó saliva. Volvió a quedarse

callado unos segundos. Miró al suelo, a sus manos, a Grace. Los músculos de su mandíbula latieron con la acelerada cadencia de sus pensamientos—. A lo mejor.

—¿Todos estos días me ha visto rascarme y llorar y se ha quedado callada?

Callado, Frank asintió.

El doctor intervino valorando que la niña no hubiera calculado bien el efecto del agente tóxico que hubiera empleado. Que a lo mejor ella solo quería castigar a su madre con un poco de picor en la cabeza y que, ahora que el asunto se le había ido de las manos, estaba asustada y no sabía cómo reconocer lo que había hecho.

Pero Audrey no reconoció nada cuando le contaron esa misma tarde lo que había insinuado el tricólogo. Lágrimas más caudalosas que las que derramó por sus hurones asomaron a sus párpados inferiores.

—Eso duele, mamá. —Se secó los ojos con la manga del pijama, sentada en el sofá con el portátil sobre sus piernas cruzadas—. Más incluso que lo de Hope y Joy. ¿De verdad crees que te haría eso? ¿Y que habría estado aquí haciéndome la tonta mientras te quedas como Eleven? Papá, ¿cómo pensáis eso? ¿Qué clase de persona ve sufrir a alguien sabiendo la causa y se queda callada?

Frank bajó la cara para rehuir la mirada de su hija y Grace se sintió culpable por hacerle pasar esta vergüenza.

—Ni siquiera estoy enfadada contigo, mamá —continuó Audrey—. Lo de los hurones no fue tu culpa, vale, lo pillo. Ya no soy una niña, soy una joven adulta, y los adultos aceptamos las cosas y seguimos adelante, no vamos por ahí vengándonos ni mintiendo.

Frank abandonó el salón.

—¿Entonces...? —preguntó Grace—. ¿Por qué estoy así?

Señaló las calvas en su cabeza, las ronchas como de gato tiñoso.

—A Emma, de clase, un maquillaje le puso la cara roja durante un mes. Cuando paréis de usar productos cosméticos testados en animales dejarán de pasaros estas cosas —dijo Audrey, enarbolando una nueva causa—. O yo qué sé, a lo mejor el ladrón de mis hurones metió algo en tus productos del baño.

Grace resopló.

—Eso no tiene ningún sentido, hija.

—Menos sentido tiene que me acuses a mí de echarte cosas en el champú.

Sin cerrar el ordenador, Audrey desanudó las piernas y se marchó, dejando la manta, que se le había enredado en los tobillos, tirada en mitad del salón. Grace siguió a su hija hasta la escalera sin saber qué decir. Allí se cruzó con Frank, que encogió los hombros cuando Audrey cerró de un portazo su cuarto. Él bajaba cargado con productos del baño. En la cocina, los volteó sobre el fregadero hasta vaciarlos.

—Acabas de tirar cientos de dólares por el desagüe.

—Tu piel vale mucho más que eso.

—Podríamos haber demandado a alguna de las marcas por vender su producto en mal estado —dijo Grace medio en broma—. Ahora ya no tenemos pruebas.

—No quiero juicios, ni dinero, ni un año de champús gratis. —Frank terminó de exprimir un bote verde—. Quiero que tu pelo esté bien.

Su pelo tardó en estar bien, pero en cuanto desaparecieron las costras y pudo tapar las calvas peinándose de cierta forma, retomó la grabación de sus vídeos. Y en cuanto vio crecer el cabello en las zonas más afectadas supo que todo había quedado en una afección pasajera. Tanto ella como Audrey se encontraron pronto con ánimo de retomar la idea del viaje, pero el plan volvió a truncarse cuando, una noche, Grace despertó de madrugada con el estómago encogido, alertada por un golpe seco. Llegó a dudar si lo había oído en su sueño, pero otro impacto, como de algo cayendo al suelo, confirmó que ambos ruidos eran reales. Cuando susurró el nombre de Frank, él ya estaba saliendo por la puerta de la habitación.

—Tú no te muevas —dijo antes de marcharse.

Grace se tapó con la sábana hasta los ojos, demasiado asustada para rebatir la orden recibida. Trató de seguir la trayectoria de su marido atenta a los crujidos del suelo, el roce de sus zapatillas en los escalones. Un chirrido de su mano con la barandilla fue el último sonido que identificó. Después, silencio absoluto. Ella dejó de respirar. Una brisa nocturna sacudió las hojas de los árboles en el jardín —quizá en una madriguera en torno a las raíces de alguno de ellos vivían ahora las fugitivas Hope y Joy—. Confió en que Frank regresaría diciendo que no había pasado nada, como ocurría siempre en estos casos de alarma doméstica nocturna. Pero ni volvió ni ningún nuevo sonido reveló su paradero. Cuando la preocupación superó al temor, Grace se asomó a la puerta del dormitorio. Las habitaciones de los niños estaban cerradas, en calma. Simon roncaba como había empezado a hacer unos meses atrás, su niño pequeño convirtiéndose poco a poco en un hombrecito. Conteniendo las ganas de llamar a su marido, Grace avanzó hasta la escalera. Y allí oyó, o creyó oír, susurros de Frank. De cuclillas en el primer escalón, enganchó su cabello por detrás de las orejas para escuchar mejor. ¿Estaba Frank hablando? ¿Con quién iba a estar hablando Frank? El supuesto diálogo era poco más que un bisbiseo, tan débil que Grace podía estar fabricándolo a partir del murmullo de las hojas mecidas por la brisa. No podía estar segura de lo que oía. Una posibilidad le erizó la piel: que su marido estuviera pidiéndole auxilio sin poder gritar para no alertar al asaltante que hubiera entrado en casa. Los pies de Grace se movieron solos, sordos a cualquier precaución si Frank necesitaba su ayuda. Bajó la escalera lentamente, esforzándose por descifrar ese susurro que tal vez no lo fuera. Cuando pisó el penúltimo escalón, un crujido de madera retumbó en el silencio con la intensidad de un relámpago en verano. Desvelar su presencia desencadenó nuevos ruidos. Agitación en la cocina. El ladrón se habría sentido pillado y querría escapar por la puerta que daba al porche delantero. Grace corrió a la cocina impulsada por una valentía inesperada. Allí se encontró con Frank, de pie frente a la puerta abierta, asomado al porche.

—¿Qué pasa? —A Grace tanto sobresalto contenido se le desbordó en un grito—: ¡¿Qué pasa?!

Él abrió mucho los ojos.

—No pasa nada, mi amor. —Le peinó con los dedos su cabello mermado—. ¿Qué dices?

—Ha habido un ruido. Por eso has bajado.

—Claro que ha habido un ruido. Lo hemos oído los dos. Yo mismo te he dicho que no bajaras. Pero ya ves que no pasa nada, no hay nadie. Siempre nos llevamos estos sustos por nada.

—¿Y esa puerta abierta? —Señaló la que daba al porche.

—La acabo de abrir yo para comprobar. Habrás oído más ruidos, he estado abriendo cada armario. Pero está todo en orden. Ni hay nadie, ni nadie ha intentado entrar, ni nada.

—Entonces ¿me hablabas a mí?

Frank enarcó las cejas.

—¿Hablar? ¿Yo?

—He creído oírte hablar, como susurrando.

—Ah, ¿con los hurones? Hablaba a los hurones, mi amor. Empiezo a pensar que no se han escapado muy lejos y que están viviendo entre las paredes. Han debido de ser ellos los que hacían los ruidos. Ahora les estaba diciendo que salieran a darle una alegría a Audrey, pero no me hacen caso.

Grace se acurrucó en el pecho de Frank.

—Qué susto, pensaba que me pedías auxilio o algo.

—Muchas películas has visto tú.

Su marido la reconfortó con un abrazo que extinguió cualquier temor. Nada podría ir realmente mal estando a su lado.

—Y mejor no le digas a tu hija eso de los hurones en las paredes —pidió Grace—, que la vas a llenar de esperanzas.

Audrey apareció bostezando en la cocina.

—¿Qué horas son estas de hablar tan alto?

—Estábamos... —titubeó Grace—, estábamos haciendo guardia por si volvía el Ladrón de Hurones.

Soltó la broma sin pensarlo, entonando el título del delincuente como si fuera un villano de dibujos animados. Durante un instante creyó haber metido la pata, casi pudo adelantar en su mente el portazo que oirían cuando su hija regresara enfadada a la habitación. Pero Audrey abrió la boca sorprendida por su atrevimiento y rompió a reír como si ella misma deseara empezar a restarle solemnidad al extravío de sus mascotas. Se abrazó a Grace en lo que supuso el perdón definitivo entre ellas dos, si acaso existe el perdón definitivo en las relaciones madre hija.

—Vuelve a tu cuarto, anda —dijo cuando las carcajadas se agotaron. En cuanto Audrey subió a su habitación, Grace anunció que, de todas formas, iba a llamar al grupo de vigilancia vecinal—. Si resulta que no eran los hurones y de verdad había alguien merodeando por aquí, mejor que estemos todos alerta.

Tenía el teléfono en la oreja cuando Frank se lo cogió.

—Deja, mi amor. Hablo yo mañana con Bob, en persona. —Presionó el botón rojo en la pantalla—. Ahora es tardísimo y vas a crear más alarma de la necesaria. ¿Qué vas a decir? ¿Que salgan todos a la calle porque has oído unos ruidos que muy probablemente eran hurones? —Le metió el teléfono en el bolsillo de su pijama—. Nadie ha entrado en casa, estoy seguro.

Frank confirmó al día siguiente que Bob, el coordinador del grupo de vigilancia, había prometido que prestarían más atención a los alrededores de su casa durante las noches siguientes. Pero las noches siguientes no pasó nada, los ruidos no volvieron a repetirse. Y cuando se produjo el gran ruido, cuando ocurrió la verdadera tragedia, ni cien coches policiales alrededor de la casa habrían podido evitarla. Porque el peligro estaba dentro.

La noche del disparo, ella y Frank veían una serie en el sofá del salón. Una de las de HBO que se reservaban para cuando los niños se iban a dormir. Pudo ser por el alto contenido sexual del capítulo, porque por fin su pelo había recuperado un volumen decente, porque la desaparición de las ronchas le había hecho valorar la importancia de verse guapa y sentirse sana... o pudo ser también porque llevaba más de ocho meses sin hacer el amor con Frank y eso es mucho incluso cuando una está inapetente y lleva veinte años acostándose con la misma persona. Fuera por el motivo que fuese, Grace se excitó como hacía tiempo que no ocurría. El pulso se le aceleró, la temperatura del salón subió y Frank, al otro extremo del sofá, de pronto le resultó irresistible. Sin ducharse, con esa barba que no había afeitado desde el viernes y la mano apoyada sobre su abdomen en una pose tan despreocupada como viril. Grace pensó en estirar la pierna, tratar de excitarlo con su pie desnudo —el tobillo era una de las partes que más lo encendían—, pero enseguida la idea le dio vergüenza. Hacía tanto tiempo que no se buscaban el uno al otro que no sabía cómo reaccionaría él. Le apenó sentir pudor ante la idea de seducir a su marido, como si fueran unos desconocidos. Era lo que ocurría cuando el sexo entre ellos se había convertido en una excepción, cuando durante tantos meses había preferido aliviarse ella misma en casa mientras Frank estaba en el trabajo, que acostarse con él. Hacía mucho tiempo que el sexo a solas le resultaba más apetecible que cualquier otra opción y suponía que a él le ocurría lo mismo. Lo imaginó masturbándose en la ducha que compartían, procurándose placer los dos por separado, en la misma casa. Y de nuevo se puso triste. Sintió envidia de las dos personas que también fueron ellos, la pareja que hacía el amor bajo el agua de esa ducha, hasta que se les taponaban los oídos y se les arrugaba la piel. Una pareja que ya no eran ellos porque cada uno se estimulaba a sí mismo para no pasar por el trance de juntar sus cuerpos, que conocían hasta el aburrimiento, hasta el hartazgo. Decidida a redescubrir el cuerpo de su marido, el único cuerpo al que había hecho la promesa de entregarse hasta que la muerte los separara, Grace estiró la pierna. Posó el talón sobre el muslo de Frank, no de la manera tierna con la que solicitaba que se lo acariciara mientras seguían cualquier serie, sino de la manera provocadora, más cerca de la entrepierna que de la rodilla, con la que pretendía excitarlo. Llegó a ver la sorpresa en los ojos de Frank, su deleite al entender lo que ella andaba buscando, justo antes de que se produjera la explosión en el segundo piso.

Los vasos en el mueble bar tintinearon con la detonación.

Varios perros ladraron en la calle, pero no mucho más que cuando alguien tiraba un petardo o caía al suelo un contenedor de basura.

Grace dio con la cara en la moqueta al intentar levantarse, su pie enredado entre las piernas de Frank.

—Hay alguien en casa —dijo ella.

La expresión en el rostro de él era de puro terror. Los dos salieron corriendo. Bloquearon la puerta del salón al tratar de atravesarla a la vez. Grace empujó a Frank con manos trémulas. Subieron la escalera entorpeciéndose el uno a otro, a gatas por los escalones. Hubo un momento en que ella se quedó sentada, mirando hacia abajo, sin moverse. Escuchando tan solo el pitido en sus oídos. Preguntándose por qué olía a pólvora. Después debió de agarrar la barandilla y levantarse, porque de alguna manera alcanzó su dormitorio. Y entonces perdió el habla, casi el sentido. Había oído muchas veces que en situaciones de emergencia una madre sería capaz de levantar a pulso el camión que hubiera atropellado a su hijo, pero ella se quedó inmóvil. Helada. Vio a Simon temblando junto a la mesilla de noche del lado de Frank. Tenía el rostro arrugado como el de un bebé gigante que llorara. De esa boca tan desencajada debía de desbordarse el llanto más espantoso que se hubiera oído nunca y, sin embargo, Simon no emitía ningún sonido, lo rodeaba una sobrecogedora burbuja de silencio. Grace no entendió por qué el niño sujetaba una pistola de juguete entre las manos. Inventó absurdas teorías sobre cómo se las habría ingeniado para imitar con la boca un sonido de disparo tan auténtico como el que había retumbado en toda la casa, o con qué habría hecho el agujero en la pared que tan bien simulaba un tiro. Cualquier absurda teoría era mejor que aceptar que lo que estaba sujetando era un arma de verdad. Y que lo que salpicaba las sábanas, la lámpara y su bote de crema de manos en la mesilla, era la sangre de su hijo. Pero no una tenue película carmesí que barnizara una herida en su rodilla, ni dos gotas que brotaran de su antebrazo tras el pinchazo para un análisis, sino un chorro desperdiciado de pura vida que mareó a Grace. Tanta sangre junta olía a la pérdida de un hijo.

La reacción de Frank fue muy diferente, a él no pareció sorprenderle la visión de la pistola.

—¿Cómo la has encontrado?

Regañó a Simon antes de atenderlo, quitándole el arma de las manos y guardándola en el cajón como quien esconde un secreto. El niño les explicaría después que la encontró en la mesilla de papá mientras buscaba los hurones de Audrey, que llevaba noches oyendo ruidos en casa y quería darle una sorpresa a su hermana. Pero en ese momento, Simon no atendió a la pregunta. Ni siquiera respondió a ningún estímulo. Frank examinó su rostro desfigurado. Con dedos temblorosos, intentó abrir los párpados del ojo del que emanaba la sangre. Los retiró con un grito de dolor, aunque él no estuviera herido.

Ordenó a Grace que llamara al 911.

Ella acató la orden pero permaneció ausente, sin reaccionar del todo hasta que, ya en la Unidad de Cuidados Intensivos del hospital, el médico les confirmó que Simon iba a perder el ojo. La bala no había tocado al niño, pero el retroceso del arma había abierto una brecha en la ceja y golpeado su globo ocular con tanta fuerza como para romperlo. Aunque el médico no usó ninguna analogía, Grace pensó en un huevo cascándose. Y en el precioso iris de su niño, su pupila, derramándose como yema al romperse, el milagro de la vista reducido a un pegote inservible. El doctor trató de tranquilizarlos explicando que Simon era muy joven y se acostumbraría a vivir con un solo ojo. Antes de marcharse, informó de que podrían entrar a verlo en unas horas.

—¿Por qué había una pistola en casa?

Grace lanzó la pregunta al aire, su atención fija en la banda verde pintada en el suelo del hospital, borrosa a través de las lágrimas. No era capaz de mirar a su marido.

—Por seguridad, mi amor. Por si alguien estaba entrando.

—¿Ahora sí lo piensas? —Secó los mocos sobre su labio—. Fuiste tú el que intentó quitarme la idea de la cabeza. Que eran los malditos hurones. Por las paredes.

—Pero no podía estar seguro. ¿Y si era alguien?

—¿Por qué no me dirías que habías comprado una pistola? —Grace se sorbió la nariz—. Estás completamente en contra de las armas, Frank. Siempre lo has estado.

—No quería preocuparte, no quería... No sé qué decir, mi amor. Supongo que fue un error.

—¿Un error?

Repitió la palabra en un susurro baboso, dos sílabas que

no podían ni empezar a abarcar las consecuencias que la negligencia de Frank acarrearía, para siempre, en la vida de Simon.

—Tu hijo. —Grace reunió el valor para mirarlo a la cara—: Tu hijo ha perdido un ojo por tu culpa.

Frank se marchó sin decir nada. La dejó ahí de pie sobre la línea verde en el suelo. Ella pensó que habría bajado a la cafetería, o salido al jardín del hospital. Pero cuando por fin fue a buscarlo, no lo encontró en ningún lado. Llamó a su teléfono varias veces, al menos sonaron treinta tonos —el punteo de la canción de Jewel se estaría repitiendo sin cesar en su móvil—, pero no obtuvo respuesta. Grace escribió a Audrey preguntando si papá había vuelto a casa. No estaba allí, cómo iba a estar allí, respondió su hija. Y entonces ella se preocupó. Quizá sus palabras habían sido demasiado duras, su acusación demasiado dolorosa. Ahora Frank se sentiría demasiado avergonzado para volver, demasiado culpable para estar cerca de ella, de Simon. Lo imaginó vagando por las calles de la ciudad, incapaz de enfrentarse a las consecuencias de su errónea decisión de obtener un arma. Un arma que, al fin y al cabo, había comprado para protegerlos a ellos. Su intención era buena, por supuesto que él nunca pensó que el niño se reventaría un ojo. Sintiéndose cada vez peor, Grace volvió a marcar el número de Frank, ahora decidida a pedirle perdón por lo que le había dicho. A asegurarle que ella lograría disculpar su imprudencia. Escuchando el sinfín de tonos, Grace se prometió no volver a culpar a Frank por el incidente, la rabia nunca conducía a nada bueno. Iba a ser difícil, lo sabía, pero es lo que haría por su marido cualquier mujer enamorada. Y también lo que haría por el bien de su hijo una madre entregada, ellos dos tenían que estar más unidos que nunca para apoyar a Simon, la verdadera víctima en todo esto. Todas las llamadas terminaron en pitidos de desconexión por décima, vigésima vez.

Frank regresó horas después sin haber cogido el teléfono y sin ganas de hablar, pedir perdón o aceptar disculpas. Coincidió con el momento en que el médico salió a darles permiso para entrar a la UCI a ver a Simon. La sonrisa con la que el niño los recibió, ofreciéndoles la mano en alto para que chocaran, borró en un solo instante cualquier sentimiento negativo, cualquier preocupación ajena al bienestar de su hijo.

Fue a la mañana siguiente cuando Frank propuso por primera vez la idea de marcharse de Seattle. Alegó que tendrían que mudarse, eso seguro, porque él no podía seguir viviendo en la casa que tenía el agujero del disparo que le costó un ojo a su hijo. Y que ya que se mudaban, podrían convertir el traslado en un nuevo comienzo para la familia. Lejos de todo lo malo que les estaba ocurriendo ese año en Seattle. Era como si la ciudad los estuviera echando, así que lo más inteligente era hacerle caso. Marcharse. Él pediría un traslado y Grace, con sus ordenadores, podía trabajar en cualquier parte. Solicitó el traslado a la compañía estando Simon todavía en la UCI. Diez días después le comunicaron que había una vacante en Boston, oportunidad que supondría además un ascenso para él. El universo solía ser amable con Frank, parecía que siempre confabulara a su favor. Aún tendrían que esperar veintiún días para que acabara la primera parte del tratamiento de Simon, para que las heridas sanaran y pudieran tomar las medidas correctas de su prótesis ocular, pero todo este proceso podrían finalizarlo ya en Boston. Tres semanas fue el tiempo que pidió el doctor para completar su trabajo con Simon, antes de trasladar el caso al nuevo hospital.

Así fue como el estreno de la autocaravana, ese gran viaje que fueron posponiendo durante más de un año, acabó convirtiéndose en la mudanza definitiva de la familia al otro lado del país. A veces Grace achacaba todo lo malo que les había ocurrido a la maldita autocaravana, pero enseguida se daba cuenta de que eso no era más que una superstición absurda. Quizá existieran las casas encantadas, pero nadie había oído hablar nunca de una autocaravana maldita.

Y, sin embargo, la superstición parecía querer imponerse y, como si de verdad la autocaravana atrajera el desastre, aquí estaban los cuatro, tirados en el camino más olvidado de Idaho después de atropellar a una pobre mujer inocente. Por suerte, si todo iba bien, Earl o Mara llegarían a la carretera principal al cabo de poco y podrían llamar a alguien. Grace calculó que recibirían asistencia en carretera antes de que se pusiera el sol.

Terminó de preparar la mesa para el almuerzo mientras Frank y Simon planificaban la construcción de una torre secundaria en el castillo, el niño mejorando cada día su nueva percepción de las distancias. Una semana después del disparo, aún en el hospital, Simon les pidió, sobre todo a su padre, que no se sintiera culpable por lo ocurrido. Que la responsabilidad era suya por haber metido la mano en el cajón sin permiso y por haber querido comprobar si la pistola era de verdad. A los nueve años, Simon había tenido la entereza de asumir las consecuencias de sus actos para mitigar el sufrimiento de su padre. Así de valiente había sido. Así de generoso. Así de honesto. Como acababa de decir Frank, ser honesto es algo muy bueno que querer ser. Y el niño estaba aprendiendo esos valores de su padre. Grace se sintió orgullosa de su marido, de su matrimonio y del gran trabajo en equipo que hacían educando a sus hijos.

Alzó la cara y respiró el aroma de los pinos, del sol calentando la tierra, de las flores aún húmedas a la sombra. Una sensación de bienestar, de fortuna y confianza en el futuro, la recorrió por dentro. Formaban una hermosa familia que comenzaba una nueva etapa en sus vidas. Las cosas les habían ido mal durante tanto tiempo que ya era hora de que su suerte cambiara.

Desde ese mismo instante todo iba a ir a mejor.

Grace lo sabía.

Podía sentirlo.

28

A Mara le dolía tragar saliva.

De tanto jadear, su garganta se había secado hasta parecer llena de arena.

Un sudor espeso cubría su piel.

La humedad bajo sus axilas, en la espalda, había hecho que el tejido desprendiera el aroma del suavizante de Grace. Tardó aún unas millas en neutralizar con su sudor el mareante olor a jazmín, brisa marina o atardecer tropical que salía de esa ropa.

—Traición matrimonial —susurró Mara con una sonrisa.

Imaginó la etiqueta de un suavizante con ese nombre, cientos de botes llenando los estantes de algún supermercado en el que lo comprarían tantas esposas engañadas.

Cuando dejó de soportar el largo de los vaqueros de Grace, clavó la punta del cuchillo en el tejano, por encima de la rodilla. Los restos del engrudo de sangre y grava en el filo se habían secado con el calor. Se desprendieron ahora como una costra. Mara cortó alrededor de su pierna, ignorando los pinchazos que se propinó. Repitió el proceso en la otra pierna. Dos pasos después de estrenar sus pantalones cortos, oyó una explosión a lo lejos. Humo negro ascendió hacia el cielo. Dudó si había hecho bien en sacar al viejo de la camioneta.

Un pinchazo de flato le perforó el abdomen.
Pero no aminoró la marcha.
Quería llegar cuanto antes a la autocaravana.
Quería poner las cosas en orden cuanto antes.

29

De pie en el camino, con los ojos cerrados, Grace recibía en el rostro los últimos rayos de sol. Frank llevaba un rato observándola sin que ella se diera cuenta, apreciando la belleza de sus facciones esmaltadas en dorado. Vio el momento exacto en el que la luz solar se evaporó, las sombras en su cara desaparecieron. Ella abrió los ojos como si despertara de un sueño. Al encontrarse con los de Frank, sonrió. Extendió una mano para que se la agarrara, invitándolo a que contemplaran juntos el paisaje que los rodeaba.

—Cómo me gusta este momento —dijo Grace, señalando el cielo, el bosque—. El sol se esconde, se lleva las sombras, pero su luz permanece. Es en este instante cuando el mundo muestra su color más bonito. Sus verdaderos colores.

Apoyó la cabeza en el hombro de Frank, él le acarició la mejilla, aún caliente.

—Cualquier momento es bonito contigo —susurró a su mujer.

Sincronizaron una honda respiración.

—A ver, ¿cuánto más va a tardar esto? —Audrey gritó asomada a la puerta de la autocaravana—. Dijisteis que llegarían antes de que se hiciera de noche y ya no falta nada.

Grace comprobó su reloj de muñeca, se lo enseñó a Frank.

—Sí que están tardando, sí —le susurró a él. Después gritó a Audrey—: Hija, primero tienen que llegar ellos allí, que no estaba cerca, después llamar, explicar dónde estamos, que necesitamos ruedas de repuesto, que venga la asistencia... todo eso tarda.

Desde su fortaleza, Simon gritó que a él no le importaba esperar, que estaba a gusto aquí y prefería no dejar el castillo a medias.

—Así se habla, Gizmo —dijo Frank—. Además, por fin estamos en familia, los cuatro solos. Como tenía que ser. Ahora que nos la hemos quitado de encima, os confieso claramente que no me gustaba nada esa mujer. Cuantos menos extraños haya alrededor de mis hijos en un lugar aislado, mejor.

—Vivís con miedo a todo. —Audrey bajó de la autocaravana—. Vuestra generación es demasiado sexista, racista, homófoba y miedosa. La gente en general es buena. Y las mujeres aún más.

—¿Y decir eso no es sexista? —preguntó Frank.

—Claro que no.

Frank buscó apoyo en su mujer, pero ella sacudió la cabeza recomendándole que no tratara de encontrar sentido a la impertinencia adolescente.

—¿Sabéis lo que vamos a hacer para que la espera se haga más llevadera? —Con su prometedora entonación, Grace atrajo la atención de los tres—. ¡Perritos calientes!

Simon corrió hacia ellos con los brazos en alto. Dio vueltas alrededor de sus padres, de Audrey, que lo frenó agarrándole la cabeza. Ella no iba compartir la celebración hasta asegurarse de que todos disfrutarían del festín.

—Sí, hija, sí —respondió Grace antes incluso de que ella hiciera la pregunta—: He traído salchichas de tofu también.

Cenaron en la misma mesa donde habían desayunado y almorzado. El mantel quedó sembrado de migas cuando terminaron, casi de noche. Una única salchicha sobrevivía en uno de los platos desechables que había sacado Grace, todos manchados ahora de kétchup, mostaza y cebolla crujiente.

—A mí me está gustando esto de no tener móviles —dijo Frank—. ¿Os habéis dado cuenta de que hemos hablado un montón durante la cena?

Le sorprendió caer en la cuenta de que la cena anterior a ésta, la de Danielle's, había tenido lugar veinticuatro horas atrás. Daba la sensación de que hubiera pasado mucho más tiempo.

—Calla, papá, no digas eso ni en broma.

Audrey aún masticaba su perrito caliente.

—¿Dónde está tu espíritu de aventura?

—¿Mi espíritu de aventura? —repitió con incredulidad.

—Frank, no llames «aventura» a atropellar a una mujer —corrigió Grace.

—Perdonadme, pero llamo «aventura» a estar en mitad de la nada comiendo deliciosos perritos calientes con mi mujer y mis hijos. De la intrusa ya me he olvidado —dijo como si de verdad se lo creyera—. Y con esta cena queda confirmada mi teoría de que el kétchup sabe mejor al aire libre.

Rebañó el plato con un trozo de pan, se lo metió en la boca y gimió de placer.

—A mí me caía bien la mujer —dijo Simon—, y mejor todavía me ha caído Earl. ¿Veis como voy a llevar una vida normal aunque me falte un ojo? Él venía conduciendo sin manos, qué pasada.

—Por cierto —Audrey se impulsó con los codos en la mesa, bajó la voz—, ¿qué creéis que quería decir con eso de que había sido víctima de abusos sexuales? ¿Qué le habrán hecho?

—Audrey —regañó Grace—. Por favor.

—Mamá, soy una joven adulta que ya se da cuenta de las conversaciones en clave, solo quiero sab...

—Audrey, calla. En serio.

—Vale, vale...

Dio un mordisco a su salchicha. Simon aprovechó para picar a su hermana.

—Eso, Audrey, cállate.

—Cállate tú, que ni te habías enterado.

Al señalar a su hermano con el perrito, le salpicó la cara de kétchup, manchó también el parche. Simon palpó la tela, comprobando la magnitud del desastre. Serio de repente, se lo quitó, descubriendo el agujero en el rostro. Frank retiró la mirada para no ver la herida, Grace le apretó la rodilla bajo la mesa. Entonces Simon chupó el pegote en el parche y, con una sonrisa traviesa, cogió el bote de tomate. Disparó un chorro al pelo de su hermana.

—Ahora estamos en paz.

—¿En paz? Estás muerto.

Ella contraatacó con mostaza, llenando de pintas amarillas la cara de Simon, que metió la mano en la bolsa de cebolla crujiente y lanzó un puñado como si fuera metralla.

—¡Niños, parad! —gritó Frank.

Los dos se detuvieron, a punto de apretar una vez más sus respectivos botes. Entonces fue Grace la que lanzó a Frank dos rodajas de pepinillo.

—Dime que no acabas de hacer eso.

—No ha sido ella —mintió Audrey—, he sido yo.

El pegote de mostaza que le disparó a la nariz desató la contienda.

—¡Todos a por papá! —jaleó Simon.

Sobre Frank llovieron chorros de ambas salsas, puñados de cebolla crujiente, más pepinillos. Intentó presentar batalla pero no quedaban armas sobre la mesa, tan solo se defendió con un plato vacío que usó como escudo, aunque apenas sirvió de protección contra la tormenta de ingredientes. Frank oía las risas de su familia, él mismo acabó riendo a carcajadas.

—Vale, vale, ya, parad. ¡Parad!

Alzó las manos, rindiéndose. Aún recibió alguna salpicadura más en la cara antes de que el ataque cesara. Simon lo miró tapándose la boca con la mano, Audrey y Grace aguantaron risas que se les escaparon por la nariz. Frank examinó sus manos, brazos, camiseta. Palpó su frente, mejillas, mandíbula. No quedaba un espacio de tela o piel sin manchar.

—Veréis como nos quedemos aquí tirados durante días y os acordéis de toda la comida que desperdiciasteis sobre vuestro pobre padre.

Parpadeó para aliviar el picor de mostaza en su ojo.

—Calla, papá, no nos vamos a quedar aquí durante días.

—Claro que no —aseguró Grace—, deben de estar al llegar.

Dirigió la mirada al camino como si fuera a aparecer la asistencia en ese instante.

—Yo de momento voy a encender el calentador porque lo que necesito de verdad es una ducha. —Frank se levantó con las manos en alto, sin tocar nada—. Y el polo este ya lo puedo tirar a la basura.

—Tú mejor no toques nada así como estás —dijo Grace mientras se levantaba también—. Métete en el baño directo, enciendo yo el calentador.

—¿Sabes dónde está?

En la expresión de su mujer adivinó que no tenía ni idea, pero que no pensaba reconocerlo.

—¿Crees que no lo sabe porque es mujer? —intervino Audrey—. Porque las chicas no sabemos nada de motor, ¿no? Papá, de verdad.

—Vale, vale, todo vuestro... —Se volteó sin decir nada más—. Pero me gustaría ducharme en los próximos dos minutos.

Antes de subir a la autocaravana escuchó a Grace preguntarle en voz baja a su hija si ella sabía dónde estaba el calentador. Audrey contestó que por supuesto que no.

30

Grace sabía que estaba en uno de los compartimentos laterales. Recordó cómo Frank se lo había explicado la vez que cambió el calentador original de tanque por uno que no lo llevaría, pero ahora se daba cuenta de que quizá no le había prestado la atención suficiente. Cogió el manojo de llaves de la puerta de entrada y fue probando cerraduras. El primer compartimento que abrió, en el lateral del conductor, era la toma de agua.

—De verdad no tienes ni idea —dijo Audrey.

Grace se llevó un dedo a los labios para que no hablara tan alto, su padre podía oírla. Siguió investigando ese lateral mientras su hija subía a la autocaravana. Regresó con una carpeta de goma.

—Toma, aprende y no perpetúes el estereotipo de que las mujeres no sabemos nada de mecánica.

Era una carpeta del concesionario donde Frank compró la autocaravana, el logotipo decoraba la portada. Grace la abrió. Algo salió volando, lo atrapó a la altura de su muslo. Era una tarjeta de visita, probablemente del comercial que hubiera realizado la venta. Sin mirarla, la metió detrás de toda la documentación y extrajo el grueso manual del vehículo. Al intentar pasar páginas sujetando la carpeta, el manojo de llaves se le cayó al suelo.

Junto a las ruedas traseras.

Se agachó a recogerlo y vio por primera vez el destrozo en los neumáticos desinflados. De cuclillas, tocó el reventón en una de las ruedas. Siguió con el dedo un trazado que le pareció demasiado uniforme, demasiado recto. Una alarma que prefirió no escuchar se encendió en algún rincón de su cabeza. A punto de levantarse, reparó en que la otra rueda tenía un corte casi igual. Igual de uniforme, igual de recto. La alarma terminó de dispararse al comprender que eran rajas. Hechas a propósito. Del susto, se le volvieron a caer las llaves. Cascabelearon en sus dedos temblorosos mientras rodeaba la autocaravana por detrás. Al pasar junto a ella, lanzó la carpeta a la mesa, donde seguían sentados Audrey y Simon, recogiendo escombros alimentarios de la batalla.

—¿Has encontrado el calentador?

Grace no respondió a su hija, ni siquiera sabía si tenía voz para hacerlo. Sintió que se mareaba mientras sorteaba el sofá cama. Abrió la puerta del baño sin molestarse en llamar.

Halló a Frank desnudo, con un pie en la ducha.

—¿Ya está encendido? —preguntó él, sonriente—. Pensaba que no lo encontrarías.

Abrió el agua y testó la temperatura.

Grace cerró la puerta tras de sí, no quería que los niños la oyeran. Se cruzó de brazos muy cerca de Frank, las dimensiones del baño no daban para más.

—¿Por qué no me lo has dicho?

Él boqueó como si fuera incapaz de formar palabras.

—¿De... decirte?

—Decirme por qué no querías cerca a esa mujer.

Frank se volteó para cerrar el grifo, pero Grace advirtió que lo hacía con la única intención de escapar de su mirada.

—Frank.

—¿Qué? —Su rostro formó varias expresiones en un solo instante—. No sé... No sé qué...

Grace se fijó en cómo se le había encogido el pene, lo retraídos que tenía los testículos. Podía ser debido al chorro de agua helada que le había caído en la mano, pero ella era consciente de que en realidad era porque ni él ni su cuerpo sabían mentir bien. Siempre acababa pillándolo.

—No hace falta que mientas más, Frank. Ya me he enterado.

La espalda de él se tensó, haciéndolo parecer más alto. Inspiró de forma tan sonora que resultó audible.

—Mi amor...

—Las ruedas. —Ella soltó la verdad—. He visto las ruedas. No están reventadas. Están rajadas.

Frank dejó escapar el aire inhalado, recuperó su postura habitual.

—¿Las ruedas?

—Para ya, deja de hacerte el tonto. Las ruedas, sí. Están rajadas a propósito.

—¿Tú crees?

—Por favor, Frank. Ven conmigo.

—¿Ahora? —preguntó, señalando su desnudez.

Grace le entregó una toalla.

—Vamos.

Ella salió del vehículo, esperó fuera el tiempo que él tardó en buscar unas chanclas. Frank bajó con la toalla alrededor de la cintura y juntos caminaron hacia las ruedas. Grace le señaló las rajas pero él mostró indiferencia. Mató un mosquito en su hombro.

—No sé qué ves, mi amor.

—Por eso estabas tan raro —dijo ella en un susurro, no quería alertar a los niños, que por alguna razón volvían a entonar la canción de Taylor Swift que cantaron la noche anterior—. Fue Mara la que nos rajó la rueda.

—No, no creo que...

—Tú te diste cuenta y no querías asustarnos. Por eso has estado tan raro con ella, por eso querías que se fuera. —Grace expuso su teoría mientras el rostro de Frank se debatía entre varias expresiones, sin detenerse en ninguna—. ¿Por qué haría algo así, Frank? ¿Qué puede tener en contra de nosotros esa mujer?

El baile de expresiones se detuvo.

—No lo sé, mi amor. Pero por eso estaba yo como estaba, me di cuenta de lo de las rajas anoche.

—Oh, Frank, lo sabía. —El alivio que le provocó que su marido reconociera la verdad se transformó enseguida en intranquilidad—. ¿Por qué lo haría? Qué miedo. —Buscó refugio en el pecho desnudo de él, un calor que aplacara su piel de gallina—. Dios mío, ¿era peligrosa de verdad?

—En realidad, no creo que tanto. —Frank la separó para mirarla a los ojos—. Más bien pienso que fue una pequeña venganza, la rabia del momento. Nosotros la atropellamos, o eso cree ella, y luego se da cuenta de que no va a poder sacarnos nada porque en realidad la culpa del percance es suya. Así que nos pincha las ruedas como una niñata enfadada, pero nada más.

—Ya, pero eso significa que llevaba un cuchillo. Dios mío, una extraña con un cuchillo cerca de mis niños.

—¿Ahora me entiendes? —Frank enarcó las cejas—. De todas formas puede ser una simple navaja. Nadie que venga a acampar a un bosque como éste se viene sin una navaja. Tendría algunas latas que necesitaría abrir. Tampoco nos pongamos en lo peor.

—Ojalá tengas razón. Que no buscara nada más. Qué miedo pensar eso, hemos estado aquí tan solos... Y yo prestándole mi pijama y mi ropa. —Un escalofrío recorrió su espalda—. Con lo bien que la hemos tratado. La hemos tratado estupendamente, Frank, ¿y así nos lo paga? —Grace señaló las ruedas—. ¿Dejándonos aquí tirados?

—Lo importante es que ahora se ha ido. Y que yo conseguí mantener el pequeño secreto para que ni tú ni los niños os asustarais. Quería sacarla de aquí antes de que os dierais cuenta. —Dibujó una amplia sonrisa con la mano en el pecho, caricaturizando la pose de un campeón—: Algo que me convierte, prácticamente, en un héroe.

Aunque sabía que su marido bromeaba, Grace atrapó su rostro entre las manos.

—Lo eres, Frank, de verdad que lo eres. —Lo besó en los labios con los ojos cerrados—. Eres mi héroe. Nuestro héroe.

—Bueno, me voy a la ducha ya. ¿Quieres seguir buscando el calentador?

Grace negó con una sonrisa, admitiendo su desconocimiento. Frank la llevó de la mano al otro lado y le mostró dónde se encontraba. Lo encendió delante de ella para que aprendiera cómo se hacía. Después él subió a la autocaravana y Grace fue cerrando los otros compartimentos que había abierto sin éxito. Al volver a pasar junto a las ruedas pinchadas, se volteó, miró al camino. La inminente llegada de la noche —o la nueva información sobre Mara— lo hacía parecer más solitario, más peligroso. Creyó discernir una columna de humo negro a lo lejos, pero podía ser cualquier otra cosa. En la luz menguante, la frondosidad de los árboles se mezclaba con el cielo, reduciéndolo todo a una misma oscuridad que los acechaba. Grace encendió la luz exterior de la autocaravana y se sentó a la mesa con sus hijos, la misma a la que había lanzado la carpeta del concesionario. Se sentó entre los dos, necesitaba sentirlos cerca. Entretuvo sus nervios balanceando un pie.

—Al final papá ha descubierto que no tenías ni idea de dónde estaba el calentador, ¿no? —preguntó Audrey—. Y has quedado como la típica esposa que no puede resolver un problema sin la ayuda de su marido. Mal futuro nos dejáis las mujeres mayores a las jóvenes con esas actitudes.

—La chica joven tampoco sabía dónde estaba el calentador —respondió ella.

—La chica joven aún tiene tiempo de aprender.

Grace puso fin al debate con una sonrisa forzada, no tenía ánimos de rebatir ningún argumento de su hija. Raspó un pulgar contra la esquina del manual de la autocaravana, haciendo sonar las páginas, una y otra vez, como una baraja de naipes. Vigiló el camino deseando que llegara de una vez la asistencia en carretera. Temió que fuera la extraña con un cuchillo quien reapareciera.

31

Frank entró en el baño conteniendo la respiración. En cuanto cerró la puerta, se desinfló con un sonoro suspiro que se convirtió en jadeo, casi en llanto. Le dolía mentir tanto a Grace, de verdad que le dolía. Pero ya no podía hacer otra cosa. Salvo que sí podía. En ese mismo instante. Salir desnudo del baño y confesarlo todo. Como debió haber hecho la noche anterior en el dormitorio en cuanto vio a Mara tirar los móviles de la familia. Como debió haber hecho el año pasado, la primera vez que se acostó con ella en la caseta del concesionario. Ojalá lo hubiera hecho entonces. Ojalá no hubiera dejado crecer el problema. Frank tocó sus labios, los que Grace acababa de besar diciéndole que era su héroe, el héroe de los niños también. Un beso que él había aceptado como si de verdad fuera ese héroe, incluso había bromeado con serlo, cuando en realidad era un ser despreciable, un fraude, un burdo mentiroso. Había vuelto a conseguir que Grace creyera lo que él quería que creyera, que Mara no tenía más motivo para pinchar las ruedas que una ordinaria venganza por el amago de atropello. Así había evitado que Grace comenzara a tirar del cordel del motivo real de Mara, un cordel que, de seguirlo, la guiaría por el laberinto de mentiras construido por su marido hasta la horrible verdad.

Frank sacudió la cabeza, tampoco tenía sentido machacarse así. Tan solo estaba protegiendo la felicidad de su mujer y su familia. De nada iba a servirles a ellos conocer unos errores de los que él también se arrepentía, unos errores que borraría de su pasado sin dudarlo. Su único objetivo era que ellos ni siquiera tuvieran que borrarlos, que nunca formaran parte de su presente ni de su futuro. Y de momento lo estaba consiguiendo. Sabía que el problema no había desaparecido por poner dos horas de carretera entre Mara y ellos, seguro que ella ya estaba planeando otra estrategia para que Grace descubriera la verdad, pero al menos había ganado tiempo. Había salido del atolladero momentáneamente y podía proyectar el siguiente paso. La siguiente mentira.

—Uf...

La onomatopeya que emergió de su pecho relajó un instante su estómago encogido. Después se miró al espejo. Aún tenía salpicones de kétchup y mostaza en la frente, el pelo, el cuello. Esos manchurrones —las risas de su familia mientras le disparaban las salsas— lograron transmitirle una paz que regeneró su confianza en que todo iba a salir bien. Que seguiría saliéndose con la suya y protegiendo la verdad tan dañina. Que su esposa y sus niños no la conocerían, porque no tenían que conocerla, y aún compartirían muchas comidas, cenas y batallas de alimentos durante años.

Frank se quitó la toalla, la dejó sobre el lavabo. El reflejo de su desnudez lo incomodó, era tan solo un cuerpo más, desnudo como cualquier otro, y fue incapaz de comprender por qué había sentido la necesidad tan imperiosa de mostrarlo, entregarlo a otra mujer que no fuera la suya. Bajó la mirada. ¿De verdad esa parte de su cuerpo, la que colgaba entre sus piernas y no era más que otro apéndice, otro dedo, otro pedazo de carne y piel, había tenido tanta importancia como para arriesgar por ella su hogar, su familia, su felicidad entera? Se metió en la ducha, deslizó la mampara para dejar de verse, dejar de pensar.

Abrió el agua pero evitó el chorro hasta que salió caliente.

En cuanto se mojó todo el cuerpo, cerró la llave para no gastar los treinta galones de los que disponían en total. Bastante había gastado Mara ya esa mañana. Buscó en su rinconera la pastilla de jabón, pero solo encontró la maquinilla de afeitar. Revolvió el montón de productos en la rinconera de Grace, pero tampoco estaba allí, solo la lila que usaba ella. Frank abrió la mampara para mirar en el lavabo y allí lo encontró. Su jabón de alquitrán de pino. Lo habría utilizado Audrey cuando entró a lavarse los brazos de maleza, enfadada por el extravío de los móviles. Frank alcanzó la pastilla sin salir de la ducha. La frotó en sus manos, formando espuma blanca a pesar del color oscuro del jabón. Empezó como siempre por el pecho, las axilas, los brazos. Presionó contra la piel para despegar mostaza seca. Bajó a las piernas, los pies.

Y pasó a la cara.

Cerró los ojos, frotándose fuerte.

También el pelo.

Siguió restregando su rostro sin darse cuenta de que la espuma se teñía de rojo.

Las gotas de sangre que se precipitaron al suelo de la ducha se diluyeron en fugaces espirales.

Ajeno a ello, Frank llevó el jabón a sus genitales.

La primera pasada le propinó un inesperado latigazo de dolor, pero nada sospechoso, pensó que habría apretado demasiado fuerte.

Volvió a frotar.

El jabón se trabó, como enganchado a la piel de los testículos.

Sin darse tiempo a valorar una razón para el enganche, tiró de él.

Esta vez la descarga dolorosa fue tan intensa que su pulso se aceleró. Sufrió una súbita indisposición. Separó sus manos del foco del dolor, soltando el jabón, que le cayó en el dedo gordo de un pie. Sin poder ver, con los ojos cerrados por la espuma, Frank no entendía por qué le ardía tanto la entrepierna, por qué notaba en sus manos una nueva textura, más espesa que el agua. Accionó el grifo, se enjuagó la cara.

Miró hacia abajo.

Parpadeó sin creer lo que veía.

Un flujo de color rojo oscuro, casi negro, descendía entre sus muslos, sus gemelos, siguiendo la trayectoria que marcaba el vello de sus piernas. Al llegar al suelo de acrílico blanco se diluía y desaparecía por el desagüe. Frank reconoció de pronto el olor de la sangre. El líquido era sangre. Se le revolvió el estómago. Dejó de respirar para contrarrestar las náuseas, detener una arcada amenazante en su garganta.

Sin haber superado del todo la impresión, palpó su entrepierna. Las líneas de sus manos formaron canales por los que discurrió la sangre, llenando las palmas hasta desbordarse por los lados. Desconcertado, inspeccionó sus testículos, buscando en ellos el origen de la sangre, pero eso no tenía ningún sentido. Aunque lo tuvo, porque enseguida encontró dos cortes en el escroto, uno más profundo que el otro.

—¿Qué coño...?

La primera explicación la buscó en sus uñas. No arañaban, se las había cortado antes de salir de viaje. Después recogió del suelo la pastilla de jabón. Examinándola, se pellizcó el pulgar. El nuevo corte delató la presencia de algo adherido a la pastilla, incrustado en ella.

Era una de sus cuchillas de afeitar.

—Qué hija de...

Frank dio pasitos dentro de la cabina, sacudido por una rabia hacia Mara que no le permitía quedarse quieto, aunque tampoco supiera qué hacer. El goteo de sangre entre sus piernas, el suelo de su ducha teñido de rojo, conformaba una imagen que nunca creyó que vería siendo hombre. Sintió ganas de dar un codazo a la mampara, romperla. Destrozar el baño entero. Algo caliente, espeso, se le metió en el párpado, pintando el mundo entero de carmesí, el mismo color de su furia. Esa gota de sangre en su ojo le recordó que había restregado el jabón por todo su cuerpo. Comprobó su pecho, tripa, brazos. Estaban ilesos.

Entonces pensó en su cara.

Deslizó la mampara y se miró en el espejo. Encontró una máscara de espuma y sangre.

—¡Dios!

El grito escapó de su garganta. Se tapó la boca con las manos, lo que menos necesitaba era llamar la atención de Grace. Observó el destrozo facial en el reflejo, ligeramente cubierto de vaho. El calor del agua habría mitigado el dolor al practicarse los tres cortes limpios que atravesaban sus mejillas, la frente. La imagen de su rostro lacerado terminó de indisponerlo. Dio con la espalda en la cabina, el jabón se le resbaló entre los dedos una vez más. Cuando se agachó para recogerlo, la puerta del baño se abrió.

—¿Por qué gritas? —preguntó Grace—. ¿Qué pasa?

Frank se quedó de cuclillas, manteniendo la cabeza baja. Disimuló enjabonándose los pies.

—Nada, que casi me caigo.

Salpicó agua sobre la sangre que goteaba desde su entrepierna, tratando de diluirla y que no resultara visible.

—¿Estás bien?

—Todo bien. Puedes irte.

Pegotes de espuma roja se desprendieron de su rostro, flotaron en el charco de la ducha.

—¿Seguro?

—Sí, mi amor, seguro. Vete.

La postura abrió uno de los cortes en sus testículos.

—Frank, ¿qué es eso? —Grace se arrodilló frente a la cabina, señalando una mancha en su hombro—. ¿Es sangre? ¿Te has golpeado al caer?

Le levantó la cara cogiéndolo de la barbilla. El rostro de

su mujer se desencajó de la misma manera que se había desencajado el suyo propio en el espejo.

—Tu cara, Frank. Estás sangrando. ¿Qué te has hecho? ¿Cómo...?

Se quedó sin habla al descubrir el flujo sangriento que teñía el suelo de la cabina. Sus ojos recorrieron el trazado de la sangre, en sentido inverso, del desagüe a los pies, de los pies a las rodillas flexionadas, de las rodillas a lo que había entre los muslos.

—¿Q... qué...?

Cuando Frank intentó esconder la pastilla detrás de su cuerpo, ella se la arrebató de las manos. Observó, confundida, la cuchilla incrustada en el jabón, incapaz de encontrarle explicación.

—De... debí de dejar el jabón apoyado encima de una de mis cuchillas —improvisó él—, se quedó pegada y no me he dado cuenta.

—Frank, esto no está pegado. Esto está metido, con fuerza. Como si alguien hubiera querido... Oh, Dios mío. —Grace tomó aire—. Ha sido esa chica.

—¿Ella? ¿Tú crees?

—Se duchó esta mañana, Frank. Estuvo sola en este baño, pudo hacer cualquier cosa. Esto es... —dejó caer la pastilla de jabón— una locura. Tengo miedo, Frank. Esa mujer está loca. Atropellamos a una mujer peligrosa y ahora quiere vengarse. Nuestros niños podrían haber usado ese jabón.

—Era el mío, claramente. —Frank señaló las letras de su rinconera—. Si quiere vengarse de alguien es de mí. Por atropellarla, será.

—No sé, no quiero entenderlo. Pero tenemos que irnos, Frank. Tenemos que irnos ya. Límpiate, nos vamos andando ahora mismo si hace falta.

Frank se enjuagó las heridas con agua fría, pensando qué hacer. Qué otras excusas buscar. Grace le pasó la toalla grande para que presionara los cortes de los testículos, otra más pequeña para la cara.

—¿Mamá? —Desde fuera llegó la voz de Simon—. ¿Papá?

Ellos permanecieron en silencio, los músculos tensos.

—Viene alguien —añadió el niño.

Grace miró a Frank con los ojos muy abiertos, temerosa de esa desequilibrada que la había tomado con su familia sin razón aparente. Él la miró a ella con unos ojos igual de abiertos, su temor causado por una amenaza real, la de la verdad regresando para atraparle después de todo. Una última gota se precipitó desde la alcachofa de la ducha al charco alrededor del desagüe. Frank observó las ondas circulares que generó en la superficie del agua, una sutil alteración desequilibrándolo todo.

El grito despreocupado de Audrey confirmó los peores augurios:

—¡Es Mara!

Grace soltó la toalla que presionaba contra la cara de Frank. Salió del baño.

—¡Grace! —gritó él—. ¡Espera, mi amor!

La autocaravana entera se tambaleó con las pisadas de ella. Frank resbaló al salir de la ducha.

32

Grace bajó los escalones mientras oía cómo Frank resbalaba en el baño, maldecía. Reconoció la silueta de Mara a lo lejos, en la oscuridad, aproximándose al campo luminoso de la autocaravana. Cuando lo alcanzó, pudo ver también su ropa destrozada, su bolso, manchados de sangre. Oyó su respiración entrecortada.

—Ha... ha sido Earl —dijo Mara—. Ese viejo ha intentado... ha querido...

Rompió a llorar sin detener su paso renqueante. Señaló cardenales en sus brazos, manchas en el pantalón.

—Oh, no —susurró Audrey.

Se levantó de la mesa y corrió a por Mara antes de que Grace pudiera evitarlo. La niña la recibió con un delicado abrazo. Apartó de su cara el pelo sudado.

—¿Qué te ha hecho? —Audrey inspeccionó su rostro, su cuerpo—. Tienes muchos golpes. ¿Estás bien?

Simon arrugó la nariz.

—¿Earl? No puede ser.

Se levantó también con la intención de acercarse a ellas, pero esta vez Grace reaccionó a tiempo de atraparlo. Tiró del cuello de su camiseta y caminaron juntos, ella protegiendo al niño con un brazo sobre sus hombros, manteniéndolo cerca.

—¿Eso te lo ha hecho él? —preguntó Simon mientras se aproximaban.

A dos pasos de alcanzarla, Grace se detuvo. Mantener cierta distancia sería más seguro y le permitiría ocultar mejor su nerviosismo. Su principal preocupación era que Audrey se separara de Mara. Habiendo aceptado sin vacilación su rol de víctima, la niña seguía mostrándose afectuosa y entregada a ella. De cerca, Grace contempló el destrozo en la ropa que le había prestado por la mañana. La camiseta de rayas azules que ella había usado por última vez en un picnic en la playa, con los niños, lucía ahora llena de manchas resecas de sangre. El vaquero largo se había convertido en un short desgarrado. Grace prefirió no pensar en la herramienta con la que Mara habría rajado el tejido, ni dónde la tendría escondida en esos momentos. Esforzándose por ocultar su miedo, Grace reprimió los gritos que hormiguearon en su garganta.

—¿Qué ha pasado, Mara? —preguntó y tragó saliva. Extendió también una mano invitando a Audrey a acercarse a ellos—. Ven con tu hermano, hija, déjame que yo la atienda.

Pero Mara cerró los dedos en torno a la muñeca de la niña, no con fuerza sino como un aviso. Debía de haber percibido su intranquilidad, después de todo. Grace la miró a los ojos, estableciendo un diálogo mudo en el que las dos trataron de descifrar lo que sabía la otra. Si Mara apretaba mucho la muñeca de Audrey, reventaría toda su pose de víctima inocente. Si Grace saltaba a por su hija, revelaría su conocimiento de que Mara mentía.

—Hacías bien entonces no queriéndote ir con él —dijo Grace—. Vamos a curarte eso, no te preocupes.

Desoyendo cualquier precaución, terminó de acercarse y, agachada, fingió examinar uno de los cortes en las piernas de Mara. Quizá sorprendida por su voluntad de ayudar, ella bajó la guardia y soltó a Audrey para señalar el recorrido de la herida, que serpenteaba hasta la ingle. Grace aprovechó el instante, agarró a su hija y tiró de ella.

—¡Déjanos en paz! —chilló mientras retrocedía de espaldas, arrastrando también a Simon.

—¿Qué haces, mamá? —Audrey tiró del brazo para liberarse.

Grace enfiló a Mara.

—Vete de aquí. —Lo dijo con todo el miedo que había estado conteniendo, con toda la potencia con la que pensaba proteger a sus niños—. Déjanos en paz.

—Mamá, ¿qué pasa? Hay que ayudarla.

—Lo sabía, Earl no ha hecho nada —concluyó Simon.

—¿Qué buscas? —Grace parpadeó para secar el sudor en su cara, tenía ambas manos ocupadas con los niños—. ¿Qué coño quieres?

Grace nunca usaba palabrotas, por eso la palabra sonó tan violenta en sus labios, tan hiriente en su lengua.

—Mamá, ¿qué dices? —la regañó Audrey.

—Id dentro —ordenó, susurrando entre dientes—. Encerraos en la caravana.

—No, yo voy a...

—¡Que entréis!

Si Grace nunca decía palabrotas, aún menos gritaba a sus hijos. Audrey percibió la gravedad de la situación y cambió de actitud. Colaboró llevándose a Simon. De la mano, corrieron de vuelta a la autocaravana, como si huyeran de un fuego. A mitad de camino se cruzaron con Frank, que bajaba por fin. Grace vio cojear a su marido, la caída en el baño habría resultado más aparatosa de lo que imaginó. Venía vestido con un pantalón de chándal, jersey sin camiseta, zapatillas deportivas sin calcetines. En la ropa había salpicaduras de agua, también de sangre. Llevaba el pelo mojado aún. Los cortes en su rostro no sangraban, pero destacaban en rojo oscuro.

—¿Y a ti qué te ha pasado? —preguntó Audrey.

—Papá, tienes heridas.

—¡Meteos! —gritó Frank—. Y cerrad por dentro. Las ventanas también.

Simon se agazapó en el pecho de su hermana, juntos subieron al vehículo. Obedeciendo a su padre, Audrey cerró la puerta. Grace oyó cómo se activaban los seguros desde dentro. Los intermitentes parpadearon dos veces. Después se cerraron las dos ventanas abiertas y los niños corretearon por dentro, buscando seguro alguna desde donde ver lo que ocurría.

Cuando lo tuvo cerca, Grace abrazó a Frank por la cintura. Su cuerpo despedía el calor de la carrera, la humedad de la ducha reciente. Y también otra vibración extraña que fue incapaz de identificar. Había algo en su rostro que no reconocía, un singular desajuste en su expresión que resultaba desconcertante. Lo achacó a los cortes, tenía que ser eso. Después de tantos años, a Frank no le quedaban gestos que ella no conociera.

—Mira lo que le has hecho a mi marido. —Grace cogió la barbilla de él—. Mira esta cara y dime cómo te sientes, lo que has conseguido con tu jabón.

Mara encaró la acusación sin pestañear.

—A... a lo mejor no fue ella —dijo Frank—, se me quedaría la cuchilla pegada de alguna forma.

—¿Y la rueda? —Grace dirigió la pregunta a Mara con el pecho inflado—. ¿Qué le hiciste a las ruedas?

—A lo mejor no... —Frank titubeaba a su lado.

—Las rajaste a propósito. —Grace sintió que la indignación la ahogaba—. Las ruedas no reventaron, tú las pinchaste. Para dejarnos aquí. Castigarnos al descubrir que no ibas a sacarle nada a ningún seguro porque la culpa era tuya.

El semblante de Mara no varió ante la escalada de acusaciones. Se limitó a escuchar con entereza desconcertante todo lo que Grace le lanzaba a la cara. Impertérrita, miró a Frank y se cruzó de brazos, como si esperara algo de él.

—Pudieron reventar —dijo él—, con el frenazo, las ruedas...

Grace sacudió la cabeza, incapaz de entender la actitud de Frank. A estas alturas no tenía por qué ocultar nada, no debía protegerla de ninguna verdad, hasta los niños sabían ya lo peligrosa que era la extraña frente a ellos. Era el momento de contraatacar.

—Frank, fue ella, las ruedas están rajadas con un cuchillo.

Acababan de hablarlo antes de su ducha, los dos estaban de acuerdo. No tenía ningún sentido que él lo negara ahora. Y sin embargo, todavía soltó otro argumento a favor de la punción casual de las ruedas. Entonces Mara dejó escapar un suspiro agotado. Chistó para callar a Frank.

—Grace, fui yo —confesó Mara—. Yo las rajé. Yo lo hice. Con esto.

Del bolsillo trasero del pantalón extrajo un cuchillo de cocina de los peligrosos, de los que en realidad eran armas. Salió del mismo bolsillo con una flor bordada en el que Grace, en aquel picnic, había guardado un Starburst para Simon. La luna menguante brilló en el metal, el destello recorrió su longitud como si el cuchillo presumiera de filo.

Grace dio un paso atrás, refugiándose en la espalda de Frank.

—Tranquila —susurró—. Tranquila, por favor. Que hay niños.

—Estoy tranquila —dijo Mara—. De verdad que lo estoy, Grace. El que está nervioso es tu marido. Él sabe por qué rajé las ruedas. Él también ha hecho algunas cosas.

Los hombros de Frank ascendieron y descendieron al ritmo de una respiración que se aceleró.

—Él no te ha hecho nada —escupió Grace—. Apareciste tú en la carretera de pronto. La imprudencia fue tuya.

—Créeme, Grace. Tu marido ha hecho algunas cosas.

—No ha hecho nada. Quiso que durmieras fuera por

seguridad, bloqueó la cremallera para proteger a su familia. Y viendo lo que está pasando —señaló el cuchillo que Mara blandía contra ellos— se ve que hizo bien. La tonta ingenua era yo. La que siempre cree que todo el mundo es bueno. Por eso te acogí, te acogimos, lo mejor que pudimos. Nada de esto habría pasado si hubiera hecho más caso a mi marido.

Mara dibujó una sonrisa que Grace no supo interpretar, un gesto entre la lástima y el disfrute. Revelaba una chulería que la ofendió.

—¿De qué coño te ríes? —dijo, la palabrota de nuevo extraña y poderosa en su boca.

Mara lo miró a él.

—Vamos, Frank. ¿De verdad no le vas a decir nada a tu mujer a estas alturas? Mírate, míranos. ¿Qué más va a tener que pasar?

El nuevo registro en el tono de sus palabras confundió a Grace. Era como si hablara una persona diferente, como si entre ambos acabara de establecerse un estrecho lazo de confianza. Además era la primera vez que oía a Mara dirigirse a Frank por su nombre. Y lo usó con una familiaridad impropia. Grace salió del refugio de su espalda, lo enfrentó con una mirada interrogante.

—¿Frank?

Los ojos de él escaparon al suelo. A la autocaravana. A Mara. Cuando volvieron a Grace estaban brillantes, enrojecidos. Su frente se arrugó tanto como cuando lloraba.

—Mi amor...

—Frank, ¿qué pasa? Me estás asustando.

Él se mordió los labios como si luchara contra una arcada, como si supiera que abriendo la boca algo horrible saldría de dentro de él.

—Venga, suéltalo ya —dijo Mara—. Sin pensarlo. Ya es hora, Frank. Hace mucho que se lo debes. Los niños no van a oír nada, están ahí dentro con las ventanas cerradas.

Mara movió el cuchillo para que el destello de la luna se reflejara en el rostro de Frank. Él lo cubrió con las manos, ocultándose tras una careta de dedos. Realizó una profunda respiración, tan honda como debía de ser el pesar que la causaba. Tan definitiva como una rendición. Frank abrió las manos, descubriendo su cara como si se quitara una máscara.

—Perdóname, mi amor. Perdóname, por favor. No quería hacerte daño.

Grace permaneció en silencio.

Un silencio profundo.

El tipo de silencio que antecede a las peores noticias.

—Me acosté con ella, Grace. —Frank bajó la cabeza—. Me estuve acostando con Mara unos meses. Pero ya acabó, te lo prometo, no p...

Aunque Grace vio que Frank seguía moviendo la boca, ella había dejado de oír. Debían de habérsele taponado los oídos, como la noche anterior cuando subieron la montaña, porque solo oía su propia respiración. El latido de su corazón. Sonidos que confirmaban que su cuerpo seguía funcionando aunque su alma hubiera recibido una herida fatal. En los labios de su marido leyó varias veces la palabra «amor», pero ella de pronto no sabía lo que ese término significaba. Había creído saberlo durante los últimos veinte años. Orgullosa, había explicado en qué consistía a cientos de miles de suscriptores, de personas, en decenas de vídeos sobre su felicidad matrimonial, pero nada de lo que ella sabía sobre el amor se correspondía en absoluto con lo que acababa de confesar Frank. El mismo hombre que le grabó *You Were Meant for Me* por las dos caras de un casete.

—¿Qué?

Su desolación quedó reducida a un monosílabo. Tardó en poder decir algo más. Cuando sus oídos se destaponaron, los búhos seguían ululando y las piñas cayendo. El mundo no se había parado, pero no podía ser el mismo. Porque la pregunta que formuló Grace a continuación se correspondía con una realidad deformada, un universo distinto al que no le apetecía pertenecer.

—¿Te has acostado con esta mujer?

Frank bajó la cabeza a modo de concesión.

—Entonces ¿la conoces? —Grace iba recuperando la razón—. ¿Desde ayer sabías quién era y no dijiste nada? ¿De qué la conoces?

Él entrelazó las manos por detrás de la nuca, giró sobre sí mismo sin decir nada.

—Cuéntaselo, Frank —intervino Mara—, ya has empezado, cuéntale todo. ¿Quieres que lo diga yo? Yo no voy a callarme más. —Concedió a Frank unos segundos de silencio que él no aprovechó—. Grace, fui yo quien os vendí esta autocaravana. Soy la comercial del concesionario.

Grace parpadeó varias veces tratando de recordar aquel sábado de primavera en que Frank fue a por la autocaravana.

—¿Es verdad lo que dice? —le preguntó.

En la realidad desfigurada a la que Grace parecía condenada a pertenecer, su marido, el padre de sus dos hijos, asintió.

—Frank, por favor... Frank, ¿qué está pasando? —Grace no reconoció su propia voz, nunca se había oído hablar así, desde la nariz, desde los ojos, desde el dolor absoluto—. Ella es, ¿qué? ¿Una amante loca tuya? No sé qué estoy diciendo, Frank.

Y sin embargo empezaba a sentirse arropada por cierta lucidez.

—¿Ella está aquí por ti? ¿Eres tú quien has traído *esto* —señaló con desprecio a Mara, su esperpéntico aspecto, su cuchillo— cerca de tu familia? ¿De tus niños?

Tomó aire. Los pensamientos se arremolinaban en su cabeza, en su corazón, provocándole un vértigo mareante a medida que notaba cómo se acercaba a un descubrimiento.

—No fue casualidad que estuvieras en este camino —le dijo a Mara—. Quisiste parar la autocaravana a propósito, querías... Y por eso pinchó la rueda, por eso metió una cuchilla en tu jabón —ahora se dirigía a Frank—, era tu jabón. Quería que te cortaras, ¿por qué? ¿Por despecho? ¿Qué es, una puta lunática? —Su boca ansiaba soltar todas las palabrotas que no había usado en su vida—. ¿Te has acostado con una loca que ahora quiere vengarse jodiendo a toda tu familia? Oh no, Frank, por favor. No, no, no, no... —Una revelación había enfriado todo su cuerpo, notó cómo la sangre descendía a sus pies. Su rostro debió de empalidecer gravemente porque a Frank se le abrió la boca al enfrentarlo para preguntar—: ¿Es ella? ¿Ella era la que entraba en casa?

El chasquido de lengua de Frank fue la peor de las confirmaciones. La miró sin parpadear, luchando contra unas lágrimas que al final se le desbordaron. A ella también, las notó resbalar, calientes, por su rostro lívido. Se volteó hacia Mara.

—¿Eras tú?

Mara asintió. Y Grace recordó entonces su superstición acerca de la autocaravana. Ese pensamiento sobre el vehículo siendo el origen de todos los males que habían acontecido a la familia desde que la compraron, pensamiento que se había esforzado en rechazar como superstición sin sentido pero que ahora adquiría todo el significado. No es que la autocaravana estuviera maldita. Es que su marido había empezado a acostarse con la comercial que se la vendió.

—¿Y tú lo sabías? —De nuevo encaró a Frank, temiendo el tenebroso lugar, tan desgarrador, al que iban a llevarla sus razonamientos—. ¿Lo supiste todo el tiempo? ¿Sabías que ella se había llevado los hurones pero dejaste que tu hija sufriera? ¿La viste llorar tantos días sin decirle nada? Dejaste que me culpara a mí por dejar la puerta abierta cuando tú sabías que había sido ella... —Señaló a Mara—. Y tú..., tú metiste algo en mi champú, como ahora la cuchilla en el jabón. Oh,

Dios mío, Frank, no puede ser... Viste cómo se me llenaba la cabeza de ronchas, cómo me quedaba sin pelo... Me viste llorar delante del espejo con mechones en las manos y me abrazaste para consolarme. Respondiste que sí cuando te pregunté si podría haber sido Audrey. —Se llevó una mano a la boca al darse cuenta de eso, se secó los ojos con el antebrazo—. Frank, por favor, dime que fuiste a hablar con Bob para que aumentaran la vigilancia en nuestra calle.

Él no se movió.

—No, claro que no fuiste. ¿Para qué ibas a hacerlo si sabías quién era el causante de todo? Lo único que hubieras conseguido es que pillaran a tu amante entrando en casa y me enterara de todo. La llamarías a ella a escondidas para negociar, ¿no? Pedirle que por favor parara. Te habías aburrido ya de acostarte con ella pero ella quería más. ¿Es eso? Y empezaste a asustarte porque seguía entrando en casa. Te amenazaba jugando con nosotros, con tu familia. Te asustaste de verdad. Y por eso buscaste una pistola. Sin decirme nada porque no podías explicarlo. Según tú no entraba nadie en casa, era todo culpa de los hurones. Y siendo tan antiarmas como has sido siempre, no tenía ningún sentido que compraras una pistola. Pero lo hiciste, porque solo tú sabías que había una mujer peligrosa detrás de nosotros. Y entonces Simon... —En el interior de Grace algo la había avisado de que su razonamiento iba a desembocar en un lúgubre descubrimiento, pero enfrentarse a él de verdad, tener que construirlo con palabras, resultó tan doloroso como revivir el episodio del disparo, como recibirlo ella misma—. Dios mío, Frank. Tu hijo ha perdido un ojo porque tú metiste una pistola en casa para protegerte de una mujer que te quiere para ella. Eso es lo que ha pasado. Nuestro niño tiene un ojo menos para el resto de su vida por tu culpa. Por culpa de... esto.

Los señaló a ambos con desdén, moviendo la mano con un desprecio que los convertía en algo horrible, difícil de mirar. En esta nueva realidad deformada a la que Grace había sido transportada, todo era hueco, espantoso. Y si el responsable de esa deformación era la persona a la que más quería, entonces todo lo que pensaba sobre el mundo era una mentira. El amor no existía. La bondad tampoco. Frank asintió, bajó la cabeza, aceptando el peso de una culpa que Grace había tratado de aligerar desde el disparo pero que ahora tenía tanto sentido.

Mara carraspeó:

—No es exactamente así.

Frank alzó una mirada llena de odio.

—Es increíble lo machistas que podemos a llegar a ser las propias mujeres —dijo Mara a Grace—. Lo pronto que nos culpamos las unas a las otras antes de culpar al hombre. Loca, desequilibrada, amante enamorada de tu marido. ¿Es ésa la primera explicación a la que llegas? Que la loca soy yo, ¿verdad? La que lo ha hecho todo mal. Y se supone que yo estoy haciendo todo esto —extendió los brazos para evidenciar lo extremo de la situación—, ¿por qué? ¿Por despecho? ¿Por amor? ¿Porque tu marido es un hombre tan impresionante que una mujer como yo se ha vuelto loca después de acostarse con él unas cuantas veces, hasta el punto de amenazar a su mujer con un cuchillo? —Empuñó ahora el arma como si fuera un objeto extraño que ella tampoco quisiera sostener—. No es eso, Grace. Yo no te estoy amenazando a ti. Tú eres una mujer maravillosa que tiene la mala suerte de ser otra víctima de la escalofriante falta de honestidad de tu marido. A mí también me engañó, negándome tu existencia durante meses. Diciéndome que estaba divorciado.

Una nueva grieta resquebrajó aún más el corazón de Grace. Miró a la mano izquierda de Frank, sin el anillo. Nunca lo había llevado, decía sentirse incómodo con él, igual que nunca llevaba reloj o colgantes. Ni siquiera usaba gafas de sol. Cuando Grace lo comentó en uno de sus vídeos, muchas suscriptoras opinaron que les parecía una falta de respeto que su marido no portara la alianza, pero a Grace le sonó al discurso anticuado de mujeres conservadoras. Un trozo de metal no hacía más valioso su matrimonio.

—Yo nunca hubiera hecho nada con un hombre casado —continuó Mara—. Si tú supieras el dolor que causó en mi familia algo pare... —Un sollozo interrumpió sus palabras. También cerró los ojos y agitó la cabeza como si luchara contra un recuerdo que la atormentara. Cuando volvió a abrirlos, llenos de malicia, desvió el cuchillo hacia Frank—. Por eso lo estoy amenazando a él. Por hacerme partícipe del engaño a otra mujer inocente —los dedos apretaron la empuñadura con rabia—, y por todo lo que me hizo después. Porque ni siquiera has escuchado aún toda la verdad, Grace. Hay algo más. Hay mucho más.

Frank dio un paso hacia Mara, que blandió el arma con firmeza.

—Ni te acerques.

—Por favor.... —Frank juntó las manos como en una oración—. No lo hagas.

Grace le cogió el brazo como si fuera un desconocido.

—¿Hacer qué? —le preguntó—. ¿Decir qué?

Frank no respondió, ni siquiera la miró. Mantuvo los ojos fijos en los de Mara, entre la súplica y la intimidación.

—¿Qué? —insistió Grace.

Fue Mara la que habló.

—La noche que tu hijo... —carraspeó preparándose para lo que iba a decir—, la noche que tu hijo perdió el ojo... Supongo que echaste de menos a tu marido en el hospital.

Grace asintió. Frank había desaparecido unas horas, vagando por los alrededores del edificio superado por la responsabilidad de lo ocurrido con Simon, dolido por la acusación que le hizo la propia Grace.

—Estuvo conmigo —dijo Mara—. Vino a verme a mi casa.

—Cállate —masculló Frank—. Por favor, para.

Grace sintió el pellizco en el alma.

—¿Te fuiste a ver a tu amante mientras tu hijo estaba en el hospital?

—Pero no vino por eso, Grace. —Mara mató de un manotazo un mosquito en su brazo—. Déjame que te cuente a lo que vino realmente, todo lo que hizo tu marido esa noche.

Mara ya tenía un pie en el agua cuando llamaron al telefonillo. Desde que se había mudado a este apartamento todas sus noches de fiesta acababan en la bañera de hidromasaje de la terraza, no había mejor método para terminar de bajar una borrachera que reposar un buen rato en agua caliente. Las burbujas podía activarlas o no, en función de lo mareada que estuviera —o de si quería darles el otro uso, también placentero, que les daba de vez en cuando—. Esa noche, de momento, no iba a activarlas, los chupitos de tequila del final de la fiesta la mantenían un poco mareada. A día de hoy no conseguía entender por qué seguía tomando esos chupitos si sabía lo mal que le sentaban. Bueno, sí lo sabía, era por culpa de Gabby, que siempre gritaba la idea con los ojos desorbitados en cuanto daban las once de la noche. Las últimas oleadas del mareo de esos tequilas y de la borrachera de todo lo demás era justo lo que lograría apaciguar un largo baño en el jacuzzi. Pero ahora que acababa de meter un pie, el telefonillo empezó a sonar de forma tan alarmante como molesta. Alguno de los invitados se habría olvidado algo.

Mara cubrió su desnudez con una toalla ajustada alrededor del pecho. Caminó de la terraza al telefonillo sorteando vasos desechables de plástico rojo, derribó una lata de Budweiser que derramó cerveza sobre el suelo. La secó con una sudadera ajena que encontró sobre una butaca y que a lo mejor era justo lo que venía a buscar quien seguía llamando al timbre como un energúmeno. También pisó algo viscoso con el talón y deseó que fuera más cerveza derramada y no vómito como en una de las últimas fiestas. Si no tenía muy claro por qué siempre terminaba bebiendo chupitos de tequila, aún le resultaba más difícil entender por qué seguía organizando fiestas de más de treinta personas en casa, cuando siempre que acababan y tocaba recoger se prometía que había sido la última. Sería que al final ganaba la vanidad de querer presumir de apartamento, el más nuevo y sofisticado de todo su grupo de amigos. Muchos de esos amigos se preguntaban cómo había podido acceder ella a un apartamento de tales características tan cerca del centro. Solo los más íntimos conocían la triste realidad. Tras la muerte de mamá, papá se deshizo de la casa en la que su mujer se había quitado la vida. Vendió el enorme chalet en las afueras y le ofreció el dinero a Mara a modo de extraña disculpa por engañar treinta años a su madre. La convenció para aceptarlo asegurando que era lo que ella querría, por lo visto mamá ya llevaba un año proponiendo en secreto la idea de vender esa casa que se les había quedado tan grande, para ayudar con el dinero a su única hija. Mara aceptó el dinero, pero no la disculpa.

A quien vio ahora en la pantalla del portero automático no fue a ninguno de los invitados a la fiesta, sino a Frank, que miraba directamente a cámara como si pretendiera mirarla a los ojos a ella. Le abrió la puerta del portal y lo esperó en la de la entrada con una rendija abierta. Las luces azules del ascensor anunciaron su llegada a la planta. Frank salió corriendo, empujó la puerta del apartamento antes de que Mara pudiera reaccionar a su brusca aparición. Una vez dentro, al verlo dar vueltas sobre sí mismo con las manos en la cabeza pero incapaz de articular palabra, Mara creyó entender lo que había pasado.

—¿Se lo has dicho? —preguntó—. ¿Ya se lo has dicho por fin a tu mujer?

Frank la miró con desprecio, el tipo de desprecio que uno no admite en su propio hogar y que llenó a Mara de ganas de echarlo de casa. A punto estuvo de hacerlo, pero el dolor y la desesperación que vio en sus ojos acabaron inclinándola hacia la compasión. Volvió a preguntarle si le había confesado la aventura a Grace, pero él resopló, desechando la opción como si fuera absurda. Después se mordió los labios al tiempo que sus ojos se humedecían, su barbilla tembló.

—Para —dijo Frank—, por favor, para ya.

Mara intentó cogerle una mano pero él se apartó.

—¿Qué pasa? Yo no he hecho nada más, no he vuelto a entrar en tu casa.

Frank apoyó la espalda en la división acristalada entre la entrada y el salón, resbaló hasta quedar sentado en el suelo. Tapándose los ojos con las manos, le contó que su hijo, el pequeño, acababa de volarse un ojo con una pistola que había encontrado en la mesilla de su dormitorio. En ese momento los médicos estaban decidiendo si podría conservar el ojo o si quedaría tuerto para el resto de su vida. Con nueve años.

—¿Y qué haces aquí entonces? —preguntó Mara—. ¿Por qué no estás en el hospital con él, con tu mujer?

—Necesitaba pedirte, por favor, que pares —dijo Frank, descubriendo sus ojos enrojecidos—. Que me dejes en paz, que dejes de martirizarme. Tengo dinero, puedo darte dinero. O devolverte la autocaravana, mañana mismo, a cambio de nada, para que la revendas en el concesionario. Lo que sea, pero por favor, deja de hacerme esto, deja en paz a mi familia. Ellos no se merecen sufrir así.

La sola mención del dinero la ofendió, Frank sabía que eso no tenía nada que ver con su objetivo.

—Tú sabes lo único que quiero, Frank. Que arregles lo que has hecho. Que se lo digas a tu mujer. No es solo que quiera que lo hagas. Es que es lo mínimo que tu mujer merece. Saber la verdad. Conocer a su marido.

Frank miró al techo, se vació en un suspiro que contuvo una súplica apenas pronunciada. Por el pasillo de microcemento se aproximó un repiqueteo que llamó su atención.

—¿Qué es todo esto? —preguntó, señalando los escombros de la celebración.

—Acabo de dar una fiestecita, los menores de treinta aún las hacemos.

El repiqueteo serpenteó entre los vasos de plástico, bolsas de hielo mojadas y botellas de refresco vacías, hasta que dos hocicos curiosos emergieron entre la mugre. Los hurones de Audrey se persiguieron el uno al otro más allá del salón.

—Todavía los tienes —dijo Frank.

—Claro, volverán a casa con tu hija cuando confieses, ya lo sabes. Audrey no tiene culpa de nada. Eres tú el que me ha obligado a usar a tu familia. Esto puede acabar cuando tú quieras. Eres tú el que decide.

—Por favor, para. —Sus hombros cayeron—. Mira hasta dónde estás llevando las cosas, mira lo que le has hecho a mi hijo.

—¿Yo? —La acusación la indignó hasta casi quitarle la borrachera, como consigue un gran susto—. Yo no tengo nada que ver con ninguna pistola.

—La compré por ti —susurró Frank—, desde que empezaste a entrar en mi casa como una loca sacada de *Atracción fatal*.

—¿Y no has pensado que si ha entrado en tu casa una loca sacada de *Atracción fatal* a lo mejor es porque tú mismo te has convertido en el asqueroso marido infiel de esa película? ¿Cuándo vas a hacerte responsable de tus actos, Frank? Si eres lo suficientemente hombre para tener una aventura, deberías serlo también para decírselo a tu mujer. Para ser franco. Que sepa que la vida que ella cree estar viviendo no es la que está viviendo en realidad.

Como no fue una vida de verdad la que vivió mamá. Mara

no había dejado de pensar en mamá, en su dolor, su injusto final, desde que se enteró de la existencia de Grace. Era en ese dolor de mamá, y en el empeño de querer evitárselo a otra mujer, a otros hijos, donde Mara encontraba la justificación para tomar cualquier medida que obligara a confesar a Frank. La presión silenciosa no había funcionado, así que tuvo que extremar los métodos: allanar su hogar, robarle las mascotas a su hija, sabotear el champú de su mujer, colarse de madrugada en su casa para seguir presionándolo. Con lo del champú se le había ido la mano, no calculó bien las medidas. Pero un poco de pelo perdido era un precio muy bajo que Grace pagaría a cambio de la honestidad de su marido. De la verdad.

—Déjame en paz, por favor —suplicó Frank.

Mara regresó a la terraza a darse el baño que necesitaba, no iba a permitir que un ataque de conciencia de Frank se lo estropeara. No después de haberla arrastrado a ella, con sus mentiras, a una situación que detestaba más que nadie. Conciencia era precisamente lo que le faltaba a un hombre que se acuesta repetidas veces con otra mujer y vuelve a dormir a casa con la suya.

—Aparte, ¿qué pensabas hacer con una pistola? —le preguntó junto al jacuzzi, Frank había venido tras ella—. ¿Dispararme si hubiera vuelto a entrar en tu casa? Madre mía, Frank, yo solo he robado unos animalitos y enredado con el champú de tu mujer, no he matado a nadie. Y te repito que tú puedes acabar con esto cuando quieras. No es justo que no sufras ninguna consecuencia por engañar a tu mujer, a la madre de tus hijos. A tus propios hijos. No es justo.

—Pues díselo —soltó Frank, ofreciéndole un móvil que sacó de su bolsillo—. Vamos, llámala y díselo si eso es lo que quieres, pero deja de hacer todo lo demás.

—No, Frank. —Mara apartó el teléfono—. Decir la verdad es cosa tuya. Tú eres el único que está empeorando esta situación cada día. Si hubieras sido honesto con tu mujer desde el principio, desde aquella primera vez en la caseta, me apuesto lo que quieras a que habrías tenido opción de arreglarlo. Muchas esposas acaban perdonando a sus maridos si se trata de una mera infidelidad sin más, el desliz de un momento. Todos somos humanos, las mujeres entendemos eso. Pero tú te callaste, te sigues callando. Igual que se calló mi padre. Él estuvo callado treinta años, le robó a mi madre treinta años enteros. —Mara apretó la mandíbula al mencionar a su padre, entre los dientes escupió el trágico resultado de aquella traición—: Le robó la vida entera. Y tú has callado para protegerte a ti mismo incluso cuando tu amante ha entrado en tu casa a molestar a tu familia. Te has puesto a ti mismo por delante del bienestar de tu esposa, de tus hijos. Eso te aseguro que es mucho más difícil de perdonar. Grace te va a odiar más cuanto más tardes en decirle la verdad. Cuando mi madre supo que los últimos treinta años de su vida habían sido una mentira, que mi padre había compartido su amor con otras mujeres... eso la destrozó, Frank. No es justo que un hombre haga tanto daño a una mujer, no voy a permitir que se lo hagas a la tuya, no te voy a conceder ese tiempo.

—¿Así que eso es? ¿Soy una venganza personal de tu pasado? Por eso disfrutas con esto —dijo él apretando los puños—, disfrutas viéndome sufrir, haciéndome pagar a mí por algo que hizo tu padre y que nada tiene que ver conmigo.

—Disfruto obligando a un hombre a ser sincero con su mujer. Disfruto con la verdad.

—Por favor —gimoteó Frank, llevándose las manos al pecho—, mi hijo ha perdido un ojo.

—Y lo siento muchísimo, estoy segura de que es un niño maravilloso, pero eso no lo he hecho yo. Tú compraste el arma y las balas. Tú las guardaste en un sitio que pudo encontrar. Eres tú el que le ha hecho eso a tu hijo, igual que hiciste esto

—se quitó la toalla señalando su cuerpo desnudo— a tu mujer. ¿Cuándo vas a dejar de hacer daño a tu familia?

Mara dedicó a Frank un gesto entre lascivo y soberbio, subida al borde del jacuzzi. La burla retorció el rostro de Frank en una mueca de odio que la asustó. Aunque antes Mara había identificado momentos en los que la mano de Frank pareció hormiguear con el deseo de levantársela, ahora ese hormigueo debió de ser un relámpago incontrolable que lo golpeó sin clemencia, porque Frank actuó rápido. Tanto que Mara sintió el impacto contra el pómulo cuando él ya había recogido la mano. Notó calor en la mejilla, dolor en el ojo, fuego en el pecho y tensión en los dientes. Pero también vergüenza en el estómago, la injusta humillación de la víctima.

La bofetada la dejó desorientada unos instantes durante los que no supo si atender primero su indignación o su dolor. Y cuando había decidido contraatacar, la desorientación se convirtió en desequilibrio y Mara resbaló al jacuzzi. Su cuerpo cayó al agua, la cabeza impactó contra una de las esquinas de acrílico de la bañera. El sonido del golpe en la nuca, el crujido orgánico de una sandía que cae al suelo, la llevó a morderse los labios para combatir un ataque de dentera que también retorció sus dedos. Sintió el calambrazo que sucede a un golpe en el codo, pero en el cuerpo entero. Después la cegó el dolor, emanaba de un lado de su cuello en oleadas sincronizadas con su pulso acelerado. Imaginó un enorme corazón latiendo en su nuca, en la esquina de la bañera, enviando a cada rincón de su cuerpo no sangre sino agua hirviendo, ácido, que dolía mientras disolvía su sistema al completo, convirtiéndola en una extraña medusa eléctrica alimentada únicamente por impulsos de dolor. Un sentido permaneció inalterado durante su lacerante delirio, el del gusto, descubriéndole que la muerte sabe a jabón. A jabón adherido al paladar, si es que la medusa que era aún tenía paladar. Y si tenía paladar, tendría boca, y entonces podía hablar. Probó a hacerlo.

—Cómete todas las agujas, que son de hielo —dijo Mara.

El susto de escuchar su propio desvarío, esas palabras sin sentido que habían salido de su boca cuando lo que quería era pedir ayuda, la alarmó. Parpadeó luchando contra la luz brillante que la cegaba, que resultó ser solo la luz de la terraza. Su terraza. Poco a poco enfocó la cristalera, el resto de la estancia, su cuerpo inmóvil bajo el agua. Y a Frank, de pie junto al jacuzzi. En su rostro desencajado descifró la gravedad de la caída y en su mirada la perturbación de quien observa un terrible accidente. Reconoció en sus ojos la lástima pero también el alivio de quien no se encuentra en la situación de la víctima. El miedo que él transpiraba se le contagió, inyectándola de adrenalina.

—Frank, ayúdame. —Sus labios esta vez dijeron lo que pretendía—. Frank, por favor. Es como si no pudiera moverme.

Era justo eso, que no podía moverse. Su cuerpo inútil no respondía a ninguno de sus intentos, como si de verdad hubiera transmutado en un extraño espécimen de medusa cuyos tentáculos no sabían interpretar las órdenes de un cerebro humano. Sus extremidades permanecían bajo el agua como muertas, su espalda resbalaba en el acrílico, hundiéndola.

—Frank, vamos, sácame.

En los ojos asustados de él percibió el deseo de ayudarla, el instinto humano de socorrer a alguien herido. Pero antes de que respondiera a ese impulso, el brillo en su mirada cambió.

—¡Frank!

El trasero de Mara descendía por la superficie lisa arrastrando con él la columna, el cuello, la cabeza. La esquina del borde de la bañera había pasado de la nuca al occipital, el pelo flotaba alrededor de sus ojos, tenía la barbilla bajo el agua.

Frank se limitó a observar lo que ocurría, aquel instinto de ayudar ausente ya en su mirada, barnizada ahora por un brillo inquietante que la estremeció aún más. Porque empezó a entender lo que significaba.

—Me estoy hundiendo, Frank, tú me has empujado. Tú me has hecho esto. ¡Frank! ¡Ayúdame!

Él siguió mirándola sin hacer nada, el brillo en sus ojos oscureciéndose como oscurecía su alma la decisión que había tomado. Mara volvió a gritar, pero sus palabras no fueron más que burbujas, la boca ya debajo del agua. El sabor del jabón, ese amargo sabor a muerte absurda, le llegó al estómago. Todo el miedo que había sentido hasta ese momento no fue nada comparado con el que la sacudió ahora, viéndose incapaz de respirar, de moverse. El consuelo que le había proporcionado convencerse de que nadie se ahoga de manera tan tonta, en un jacuzzi casero, dejó de funcionar porque sabía que en realidad esos accidentes domésticos ocurrían, como le estaba ocurriendo a ella. Las muertes tontas solo son tontas cuando les pasan a los demás. Y ahora que Mara sabía que podía morir en una bañera entendió que nada tenía de gracioso aunque pudiera parecerlo a quienes lo leyeran al día siguiente en una noticia compartida en Facebook. A esa gente le costaría entender que alguien se ahogue en doscientos galones de agua, pero para Mara este jacuzzi era igual de grande que el océano Pacífico y ella era una miserable medusa moribunda hundiéndose hasta el suelo marino de una maldita bañera de hidromasaje.

Aún con los ojos por encima del agua, Mara pidió ayuda a Frank con la mirada. Gimió como una perra callejera, sacudió la cabeza enredando el cabello en su nariz, sus pestañas, formando una máscara de pelo. Se golpeó desesperada contra el acrílico, reavivando el dolor de la nuca. Y aunque supo que tragaría agua y que de nada serviría pedir auxilio, le fue imposible reprimir un último grito de socorro.

—*¡Barbarbraaeeeehb!*

Ése fue el sonido al que quedaron reducidas sus palabras. A punto de hundirse por completo, Mara vio cómo se relajaba el rictus de Frank, satisfecho con lo que ocurría frente a él. No resultaba difícil adivinar lo que estaría pensando. Ella era una mujer borracha, sola en casa, con un fuerte golpe en la nuca causado por un inoportuno resbalón en su jacuzzi, resbalón y golpe que habían resultado paralizantes y finalmente fatales, como en tantos otros accidentes en bañeras. Que Frank fuera el responsable de ese resbalón, que él la hubiera empujado con una bofetada cuya rojez pronto desaparecería, sería una verdad que solo ellos dos conocerían —y solo él en unos minutos, en cuanto ella terminara de ahogarse—. La puerta no estaba forzada, nadie sabía de su relación con Frank. Incluso en el caso de que algún forense avispado barruntara encontrarse frente a algo diferente a un accidente, citarían a treinta sospechosos antes que a él, todos los invitados a la fiesta. El suelo, el baño, estaba lleno de restos orgánicos de decenas de personas. Pero nadie vendría a recoger ninguna muestra. Una mujer borracha ahogada en una bañera, sin parejas conflictivas ni enemigos conocidos, en una casa sin allanar ni asaltar, es un obvio accidente doméstico. Mara leyó todos esos pensamientos en los ojos de Frank, que tan solo tendría que quedarse ahí parado y esperar a que su mayor problema se resolviera solo. Esperar un poco más a que la impertinente mujer que pretendía darle una lección sobre las consecuencias de ser adúltero se ahogara frente a él llevándose consigo sus peores secretos, esos que tanto se había esforzado ella en obligarle a revelar.

Mara aceptó que su última visión iba a ser la silueta ondulante del hombre que había decidido dejarla morir. Aceptó también que su vida entera valía menos que el secreto de una infidelidad. Bajo el agua, vio a Frank dar el primer paso hacia la puerta de salida, decidido a marcharse y olvidarse de ella para siempre. Fue entonces cuando el dedo gordo de su pie respondió. Mara lo notó moverse, tan solo el dedo gordo, pero podía controlarlo. Logró encajar la uña en una de las boquillas en la parte inferior de la bañera, lo suficiente para detener el descenso de su cuerpo e impulsarlo hacia arriba. Frente, ojos y nariz emergieron primero. Un último empujón, que amenazó con romper la uña, fue suficiente para sacar también la boca. Mara tomó una desesperada bocanada de aire que le dolió en el pecho, la inyección de oxígeno la mareó. Frank dio un paso atrás, entornó los ojos, contrariado de ver cómo su secreto se resistía a quedar oculto bajo el agua, silenciado. La verdad siempre emerge. Aunque la ahogues. Mara le dedicó lo más parecido a una sonrisa que fue capaz de dibujar.

—No te vas a librar de mí, Frank —dijo como si hubiera ganado alguna batalla. Enseguida la desesperación la dominó de nuevo—: ¡Frank! Por Dios, ayúdame.

El grito llenó su boca de agua, se atragantó con ella, tosió. Las convulsiones acabaron por romper la uña del pie. Mara descendió unas pulgadas al perder el apoyo, pero el tobillo quedó enganchado en la misma boquilla, evitando el hundimiento.

—*Farbabrar*.

El ruego traducido a burbujas, la boca de nuevo bajo el agua. Tan solo un orificio nasal quedó por encima, al menos podía respirar a través de él. Su cuerpo entero hormigueaba, quizá recuperando la movilidad, quizá perdiendo la sensación para siempre. Mara movió la cabeza buscando una mejor posición pero inspiró agua, volvió a atragantarse. Dejó el cuello en la posición que descubría la parte de nariz que le permitía respirar. Un ojo quedó sumergido, el otro no. Con ése vio cómo Frank seguía atento a sus desesperadas maniobras, sin hacer nada. Tan solo se llevó las manos a la cintura como quien, tras arreglar el motor, se pregunta por qué el coche no termina de arrancar. Lo que él estaría preguntándose era por qué esa mujer no terminaba de ahogarse.

La contrariedad de él colmó de satisfacción a Mara. Ahora que ella podía respirar otra vez, la situación no parecía tan grave. Incluso si pudiera hablar, si no tuviera la boca sumergida, no le pediría ayuda a Frank. Le gritaría que se marchara, que la dejara. Se veía capaz de aguantar el tiempo que fuera necesario hasta que algún amigo se preocupara de que no respondiera a su teléfono y viniera a casa a salvarla. Antes de rebajarse a pedir ayuda a Frank otra vez, Mara preferiría esperar a que se evaporara el agua entera de esa bañera, para salir de ella con las mismas ganas de hacerlo confesar. Ahora tenía un secreto aún más horrible que desvelar.

A pesar de lo indigno y humillante de su situación, Mara enfiló a Frank con el ojo descubierto, provocándole. Haciéndole saber a ese cobarde que estaba muy equivocado si pensaba que iba a tener la suerte de matarla con un inocuo bofetón. Si su dedo gordo había recuperado la movilidad, el golpe en la nuca quizá no era tan grave, pronto empezaría a mover el pie, los dos pies, las piernas, los brazos. Solo tenía que aguantar un poco más. Y podía aguantar todo el tiempo que hiciera falta, porque tenía las ganas, la rabia y un precioso agujero de la nariz con el que poder respirar todo el aire que necesitara hasta perder de vista a ese cobarde.

Pero ese cobarde dio entonces un paso hacia la bañera.

Y lo hizo con un dedo.

Solo con un dedo.

Como si ella fuera un insecto que aplastar en la mesa, el pulgar de Frank se posó en su sien y empujó hacia abajo. La poca fuerza que aplicó fue suficiente para hundirle la cabeza, sumergir su nariz, arrebatarle la respiración. El tobillo que servía de freno se salió de la boquilla y el cuerpo volvió a resbalar por la pared curva de la bañera, sumergiéndola. Mara sacudió todo el cuerpo, se agitó como si se ahogara en alta mar, pero en su anatomía paralizada el esfuerzo se tradujo en un leve movimiento del dedo gordo. Agitó la cabeza para salpicar, vaciar el jacuzzi, que el nivel del agua descendiera hasta su nariz. No sirvió de nada. Pegó bocados al agua en el esperpéntico intento de impulsarse hacia arriba como un pez, como un renacuajo. Incluso batió los párpados, esperando de ellos alguna ilógica propulsión. Fue entonces cuando Mara sintió que sus pulmones se agrandaban hasta parecer enormes depósitos vacíos en su pecho. Después el instinto de respirar los llenó de agua, encogiéndolos, haciéndolos pesados. Y calientes. Ardían. Ardieron hasta que toda sensación incómoda desapareció de pronto.

Mara se ahogó con la nariz a escasa distancia del aire de su terraza, allí donde permanecía el hombre que había terminado por matarla con un solo dedo, como a una pulga. Su último pensamiento antes de sentir cómo la muerte y su sabor a jabón acababan por llevársela a un radiante y plácido espacio más allá del agua y del mundo, fue el deseo de que la cámara de seguridad en el techo de la terraza lo hubiera grabado todo.

Frank se quedó mirando las burbujas, ascendían a la superficie desde el rostro de Mara —su nariz, su boca— y desaparecían en pequeñas detonaciones que se fueron llevando su ser, transformándolo en aire. La última burbuja en explotar dejó el agua calma, estableciendo una frontera precisa entre la vida fuera y la muerte debajo.

Como había hecho la primera vez que se acostó con Mara, Frank encontró muy sencillo racionalizar lo ocurrido. Y tuvo muy claro que él no había hecho nada. Una bofetada no mata a nadie, y el resbalón era culpa de Mara, era ella quien no había sabido mantener el equilibrio. Tampoco el hecho de que él hubiera empujado su cabeza bajo el agua, en una bañera, con un dedo, con un solo dedo, podía considerarse la causa de ninguna muerte, a no ser que esa muerte fuera ya inminente. Hubiera estado él en el apartamento o no, el final de Mara habría sido el mismo, no hubiera aguantado en la postura en la que se encontraba mucho tiempo más. Todo el mundo sabe lo peligroso que es prepararse un baño cuando uno está borracho y es más propenso a caídas. Incluso los amigos que hubieran estado con ella en la fiesta lo pensarían. Y se culparían, lamentarían haberse ido de casa de su amiga sin recoger, sin preguntar después qué tal se encontraba. O sin quedarse a hacerle compañía durante la noche y haber salvado así su vida.

Obnubilado con el cuerpo pálido de Mara, una luz se encendió en el bolsillo de Frank, la pantalla de su teléfono móvil. El punteo de guitarra de *You Were Meant for Me* sonó en la terraza. Frente al cadáver de su amante, Frank escuchó la canción con la que había convencido a su mujer, hacía veinte años, de que estaban hechos el uno para el otro. Escuchando el tono de llamada sin responder, imaginó a Grace en el hospital, dando vueltas en un pasillo, preguntándose dónde estaba su marido. Frank tenía que volver con ella antes de que resultara más difícil explicar su ausencia. Cuando se giró para iniciar la escapada, un recuerdo le atenazó el estómago. El de la tarde que Mara le propuso grabar una escena de porno casero en ese mismo jacuzzi. Frank elevó la mirada al techo temiendo lo que iba a encontrar. Allí estaba, la cámara de seguridad del apartamento. Y él miraba directamente al objetivo para ofrecer un retrato en primer plano de su propia torpeza. Perfecto para un cartel de búsqueda del criminal más inepto de la historia.

—¡Dios!

Frank maldijo su incompetencia, sabía muy bien que esa cámara estaba ahí, se había dejado grabar por ella hacía meses, presumiendo de desempeño sexual. Pero el idiota de Frank no se había acordado de ella mientras abofeteaba a una mujer, la dejaba morir ahogada e incluso ayudaba con un dedo a que permaneciera sumergida. Adiós a la teoría del accidente doméstico en la que había basado todas sus decisiones de los últimos minutos.

Frank corrió al panel de control del sistema de vigilancia, junto a la puerta de entrada. Con el que Mara borró aquel porno casero. Tocó la pantalla táctil para activarla. El símbolo de un candado ocupó el monitor mientras parpadeaba en azul el icono de una huella dactilar. Del icono partía una flecha hacia un sensor. Frank posó ahí su pulgar. Obtuvo un mensaje de error. Probó con el otro dedo. Error.

—¡Mierda!

Pero era lógico, solo las huellas de Mara activarían el sistema. Frank se pellizcó el labio inferior, pensando qué hacer. Y se dirigió a la cocina. Del cajón de cubiertos seleccionó unas tijeras grandes. Arrodillado junto al jacuzzi, sacó del agua la mano izquierda de Mara. Atrapó el pulgar entre los dos filos de la herramienta. Llegó a ejercer presión contra la falange antes de darse cuenta de la estupidez que estaba haciendo. El cuerpo de una mujer ahogada con un dedo cortado parecería cualquier cosa menos un accidente. Solo le quedaba una opción.

Metió los brazos en la bañera mojándose el polo, parte del pantalón. El corazón le latía en el pecho, el cuello, los oídos. Cargó el cuerpo inerte de Mara patinando en el montón de agua que su propio movimiento desbordó. Los brazos de ella colgaban como las pinzas de una enorme langosta. Su pelo chorreó por todo el suelo de la terraza, del salón, dando forma a un río en el camino hasta la entrada. Frank tropezó con una lata de cerveza, resbaló con una bolsa de hielo, a punto estuvo de perder el equilibrio las dos veces. De nuevo tocó la pantalla para activarla, pero ahora fue el pulgar de Mara el que colocó en el sensor. Había leído en algún artículo que los lectores de huella no funcionan con personas muertas, deseó que se refirieran a personas muertas hacía más tiempo, no a cadáveres aún calientes de gente recién ahogada. Al principio no funcionó, pero tras secarlo y aumentar la presión del dedo sobre el sensor, el fondo rojo de la pantalla se convirtió en verde. El candado desapareció. Un menú de opciones dio la bienvenida al sistema. Frank suspiró hinchando mucho las mejillas.

Sin soltar el cuerpo, regresó al jacuzzi, lo dejó en el agua. La ola que provocó la inmersión le mojó los zapatos. Atravesando el salón, comprobó el desastre que había formado, salpicones de agua por todas partes, su huella impresa en algunos charcos. Optó por revolverlo todo aún más, vaciando vasos de plástico sobre los muebles, latas de cerveza en el suelo. Quien lo viera pensaría que a los invitados se les había ido la fiesta de las manos.

En el menú de bienvenida del sistema, navegó desorientado entre las diferentes opciones. Enfrentado a ese rompecabezas electrónico, oyó en su mente el eco repetido de las miles de veces que Audrey le había llamado dinosaurio digital. Recordó la desesperación con la que Grace chasqueaba la lengua cuando intentaba hablarle de su canal de YouTube, sus suscriptores, sus emisiones en directo o las almacenadas en *streaming*, y él ponía cara de no entender nada. Ahora que de verdad necesitaba manejarse entre esos menús táctiles para solucionar el más grave de los entuertos, Frank se arrepintió de haberse enorgullecido frente a su hija de ser ese dinosaurio digital que a ella la desquiciaba, de resistirse al avance tecnológico como si fuera algo de lo que presumir cuando lo único que estaba consiguiendo era llegar más tarde al mismo futuro al que todo el mundo estaba abocado de cualquier forma.

Frank tocó iconos, barras y ventanas hasta dar con el archivo de grabaciones. Un mosaico de imágenes cuadradas las clasificaba por horas, empezando en la medianoche del día antes. Había miniaturas de la casa vacía por la mañana, de Mara tumbada en el sofá por la tarde, del salón lleno de gente un poco después. Recordó que Mara le había explicado que los archivos se borraban automáticamente al final de cada día. Incluso si Frank se marchaba en ese mismo instante del apartamento, lo más probable sería que la prueba incriminatoria se borrara sola en un par de horas, antes de que nadie comenzara siquiera a preocuparse por Mara. Pero no podía arriesgarse. Pulsó la imagen cuadrada del tramo horario que correspondía a su visita y obtuvo cinco barras horizontales etiquetadas como Salón, Entrada, Cocina, Dormitorio y Terraza. Una por cada una de las estancias que disponía de cámara. Descubrió que recorrer las barras con el dedo ofrecía una reproducción acelerada del contenido. Así revivió su llegada a la casa, la discusión con Mara junto a la puerta. Cambió de cámara para ver lo ocurrido en el jacuzzi. Vio la bofetada que le había soltado a Mara, grabada tan claramente como la vez que ella se puso de pie para ofrecerle lo que había entre sus piernas.

El punteo de Jewel emergió del bolsillo de Frank, esa delicada melodía tan disonante con la situación. Grace volvía a llamar, sin poder imaginar que su marido observaba en una pantalla, en ese mismo momento, la grabación de cómo su amante se golpeaba la cabeza y quedaba paralizada en el agua. Y cómo él omitía su deber de socorro. Mientras la cantante country en su teléfono cantaba sobre desayunos con tortitas y sirope de arce, Frank se vio a sí mismo sumergiendo con el pulgar la cabeza de Mara. Arrebatándole la respiración, el oxígeno, la vida. El vídeo continuaba con el traslado del cuerpo, concluía en la cámara de la entrada, en el momento que Frank accedía al sistema.

Dejó presionadas las cinco barras en la pantalla para seleccionarlas. El icono de una papelera apareció en una esquina. Lo pulsó con un suspiro de alivio, adelantándose a la desaparición de los archivos. Un sonido de alerta lo asustó, pero solo era una ventana de confirmación del borrado. Pulsó la opción de respuesta afirmativa. Y oyó otro sonido molesto.

¿Eres tú realmente? Un icono sonriente formulaba la pregunta en la pantalla, el sensor de huella volvió a parpadear. *Confirma tu huella para borrar archivo(s).*

—¡Joder!

Frank tuvo ganas de sentarse en el suelo, taparse los oídos, esconder la cabeza entre las rodillas y rendirse. Pero resistió el arrebato y regresó a la terraza. Sacó otra vez el cuerpo del agua en el momento que el teléfono volvía a sonar. Jewel despertaba otra vez a las seis de la mañana dibujando caritas felices en las yemas de los huevos mientras él presionaba por segunda vez el pulgar de un cadáver contra un sensor de huella dactilar.

Sus rodillas, que ya flaqueaban por el peso de Mara, amenazaron con vencerse a causa del desahogo que experimentó cuando la pantalla del sistema confirmó el borrado de los archivos. En el mosaico general de contenido, desapareció la foto correspondiente al tramo horario suprimido. Por si resultaba sospechoso que tan solo se hubiera borrado una hora, Frank seleccionó la jornada entera y usó el pulgar de Mara para vaciar todo el contenido del sistema. También detuvo la grabación de las cámaras. Se regodeó en la pantalla negra, vacía, como si lo ocurrido en el jacuzzi nunca hubiera tenido lugar. A partir de ahora, solo él mismo podría recordar lo sucedido, y se proponía olvidarlo en cuanto pusiera un pie fuera del apartamento. Desde ese momento, se esforzaría en que el lugar que su cerebro hubiera reservado a esas memorias quedara tan negro y vacío como la pantalla frente a él.

Volviendo a la terraza, los hurones de Audrey juguetearon entre los pies de Frank, haciendo peligrar su equilibrio. Los animales olisquearon el pelo colgante de Mara. Uno de ellos se subió a la tripa de ella de un salto, exploró sus pechos húmedos, investigó la boca, la nariz del cadáver. Frank lanzó el cuerpo a la bañera con el hurón encima, que huyó tan despavorido del agua como escapó su compañero del tsunami que se formó en la terraza.

Él quedó hipnotizado unos instantes con la visión final de Mara en la bañera, pero el móvil que volvió a iluminarse en su bolsillo requirió su atención. Con un último reconocimiento del entorno, tan caótico y desordenado como le convenía, Frank corrió a la puerta de entrada y abandonó el apartamento.

Grace aplastó de un manotazo un mosquito en su nuca, la luz exterior de la autocaravana los estaba atrayendo. Frente a ella, blandiendo el cuchillo, Mara mató otro insecto con su mano libre. De forma parecida había recreado la bofetada que Frank le había dado en su terraza.

—Te fuiste del hospital y no cogiste el teléfono en dos horas —le dijo Grace a Frank, a su lado en el camino—. Volviste empapado en sudor diciendo que no soportabas estar en el hospital, te sentías demasiado culpable. Me dijiste que habías estado dando vueltas por las calles, sin rumbo fijo. —Grace repitió lo ocurrido según Frank, para afianzar esos hechos, que fueran verdad, una verdad mucho más fácil de asumir que la que acababa de desvelar Mara—. ¿Estabas en el apartamento de ella?

—No, mi amor.

—Claro que estaba. Y lo que hizo fue matarme y tratar de encubrirlo, Grace. Te juro que sentí lo que es la muerte. Lo primero en lo que pensé al volver en mí fue en lo mismo en lo que pensé antes de morir: la cámara de seguridad. Cuando vi que todos los archivos grabados habían sido borrados, entendí que Frank habría tenido que sacarme del jacuzzi para acceder al sistema con mi huella dactilar. Así que primero me mató pero luego puede ser que me salvara la vida también. Parece ser que la apnea en una persona inconsciente hace este tipo de milagros, debiste asegurarte de que estaba debajo del agua cuando te marchaste, Frank. Debiste asegurarte de que no iba a resucitar. —Pronunció la última palabra dibujando comillas en el aire, como en una broma fuera de lugar.

Grace parpadeó varias veces para secar sus ojos.

—¿Es verdad lo que dice, Frank?

—No, mi amor, claro que no. —Su marido le dedicó una sonrisa de lado como en aquel banco frente al Starbucks donde empezó todo—. Está desquiciada, es una psicópata.

—Deja de mentir a tu mujer, Frank. Para ya —ordenó Mara. Después miró a Grace—: ¿Quieres ver lo que hizo?

Del bolso, sacó un teléfono.

—¿Qué intentas? —preguntó Frank.

Mara navegó el dispositivo con el pulgar hasta dar con lo que buscaba. Le lanzó el móvil a Grace, que lo cazó al vuelo. Le pidió que reprodujera el vídeo seleccionado, al tiempo que se disculpaba por lo mucho que iba a doler. Frank titubeó, tratando de decir algo que no llegó a decir.

Cuando Grace presionó la pantalla y empezó a ver la grabación —la horrible verdad de lo que había hecho Frank—, el mundo extraño al que sentía haber sido desterrada desde que su marido reconoció su infidelidad, se siguió transformando ahora hasta convertirse en inhabitable. Deseó que el vacío que se generó en su pecho, ausente de tantas cosas buenas que se desvanecieron de pronto, la succionara por completo. Que la hiciera desaparecer, llevándose con ella el dolor del engaño, la vergüenza, tanta tristeza. A su lado, Frank ni se molestó en asomarse a la pantalla del teléfono, se limitó a increpar a Mara acusándola de intentar engañar a su esposa con algún material que habría fabricado como parte de sus oscuras maquinaciones. Pero los gritos de él cesaron cuando, de los altavoces del teléfono, surgió el punteo de la canción de Jewel. Grace creyó que se desmayaba ante la escena dantesca que le ofrecía el móvil.

—No puede ser —murmuró Frank para sí mismo. Después se lo gritó a Mara—: ¡No puede ser! ¡Borré todos los archivos! Todas las cámaras del día.

—Vamos, Frank, eres más listo que todo eso —dijo Mara—. Lo borraste localmente. Antes de medianoche pude acceder a una copia de seguridad de todos los vídeos en la nube, desde mi propio móvil. No borraste nada.

Grace reconoció en las palabras de Mara la característica ineptitud digital de su marido. Empezaron a temblarle las manos.

—Mi amor —dijo él—, por favor, mi amor, no...

Frank debió de identificar en los ojos de Grace el vacío que a ella la anulaba por dentro. Enfrentarse a la repentina pero total ausencia de amor en esa mirada que llevaba veinte años adorándolo sin fisuras terminó por derribarlo. Se sentó en el camino escondiendo la cabeza entre las piernas. Suplicó que lo disculpara en una suerte de llanto que casi logró enternecerla.

—Lo siento mucho, Grace. De verdad que lo siento —dijo Mara—. Por todo lo que ha pasado. Por lo de tu pelo. Por ese vídeo. Al principio solo quería que tu marido te reconociera su infidelidad, que no sufrieras lo que sufrió mi madre cuando ya era tarde, pero ahora necesito que confiese algo mucho más grave. Necesito que Frank se entregue a la policía.

Frank se incorporó lleno de rabia.

—Venga, hombre, eres una psicópata que está disfrutando de todo esto. —Sacudía los brazos y escupía al hablar. Después de dirigió a Grace—: Mi amor, yo no merezco esto. Vosotros no lo merecíais. Entró en nuestra casa, le robó sus hurones a Audrey, te quemó el pelo. A saber lo que le ha hecho ahora al pobre de Earl. —Señaló la sangre en la ropa de Mara—. Merezco que tú me dejes, merezco tener que renunciar a mi hogar, a mis niños, arrepentirme el resto de mis días por haber perdido el amor de mi vida a cambio de una estúpida tentación. Pero no merezco esta locura. Lo que hiciera su padre no es culpa mía. Y si tenía ese vídeo ¿por qué no fue a la policía al día siguiente? ¿Por qué no vienen a arrestarme? Ésa era la opción lógica, no todo este despropósito.

Grace encontró sentido a lo que decía Frank, le formuló la misma pregunta a Mara.

—Tardé varios días en volver en mí, ni siquiera aún lo he conseguido del todo —respondió ella—. Lo que Frank me hizo me cambió para siempre, Grace, nunca había sentido que mi vida significaba tan poco. Que él mismo reconozca lo que me hizo será un primer paso para recuperar mi valía. No quiero denuncias, órdenes de captura, investigaciones, arrestos o que se me ponga en duda como nos suele pasar a las mujeres. Quiero que Frank confiese lo que tantos hombres niegan hacer con tantas mujeres. Que lo haga por todas las víctimas que se quedaron para siempre en una bañera, una cocina, una cama, sin tener la oportunidad de exigir responsabilidades. A mí se me ha dado la oportunidad, y exijo que mi verdugo confiese.

Frank resopló.

—Pero por favor, ¿te estás oyendo hablar, como si fueras una mártir? —dijo él—. Te encanta esto.

—Me encantó la cara que pusiste cuando me viste de nuevo en el camino, al atropellarme, eso no te lo voy a negar. Resucitada para ti. Era un momento que esperaba con ansia, le di muchas vueltas a la forma en que me presentaría ante ti como un fantasma, pero decidiste escapar antes de que hubiera elegido una. Engañaste una vez más a tu familia para arrastrarlos al otro lado del país con la excusa absurda de buscar un nuevo futuro. Y yo tuve que improvisar, presentarme aquí, evitar que te fueras. Solo el hecho de cambiar de estado ya complica y alarga cualquier procedimiento legal que pretenda iniciar sin tu confesión. ¿Ves por qué necesito que te entregues?

Frank fingió una carcajada grotesca.

—Estás loca si de verdad piensas que me voy a entregar.

Lleva ese vídeo a la policía, demuestra tu versión y ya si acaso que vengan a buscarme.

—Como tú quieras, Frank —dijo ella con una sonrisa—. Llevaré entonces el vídeo a la policía... Y lo publicaré también en internet.

Grace ahogó un grito.

—Fue mi primera opción —explicó Mara—. Subir el vídeo a la red y que todo el mundo viera cómo algunos hombres tratan a sus peores secretos, que lamentablemente suelen estar relacionados con mujeres. Estoy segura de que se haría viral, tus miles de suscriptores colaborarían en ello, Grace. Y el vídeo acabaría en las noticias, todos lo sabemos. La condena de la opinión pública sería mucho más agresiva que la de cualquier juez. Pero eso te afectaría a ti —señaló a Grace con afecto—, y a los niños. Y no quiero eso. Ellos no tienen culpa de nada. Tampoco a mí me apetece ser conocida para siempre como la mujer del vídeo a la que mataban en una bañera, pero lo haré si no me dejas otra opción, Frank.

Grace miró a su marido, que se había quedado inmóvil, con la boca abierta como para decir algo pero completamente mudo. Hasta su parpadeo se había detenido.

—¿Frank?

Podía oír su respiración raspándole la garganta. Un penetrante olor a sudor emanó de su cuerpo, los puños se le cerraron. Frank saltó a por Mara con un rugido que asustó a Grace, pero Mara blandió el cuchillo con firmeza, sin acobardarse, obligándolo a frenar. El rostro de él quedó rozando el filo.

—Ni te atrevas —dijo Mara entre dientes—. No vas a volver a tocarme.

Frank levantó las manos mostrando las palmas.

—Vale, tranquila. Perdóname, me he dejado llevar. —Retrocedió un par de pasos—. No hace falta nada de esto. Iré contigo. Pero aparta ese cuchillo, no hagas daño a mi familia, por favor. Nos vamos ahora mismo si quieres. A mí no era la justicia lo que me asustaba, solo me preocupaban mi mujer, mis hijos, que la gente que más quiero supiera las cosas tan horribles que he hecho... Y ahora Grace ya lo sabe. Voy contigo, pero baja el arma, vamos a tranquilizarnos todos. Están los niños ahí, no tienen por qué ver algo así.

Mara interrogó a Grace con la mirada. Ella asintió. Si Frank estaba dispuesto a hacer las cosas bien, como decía ahora, no había razón para seguir amenazándolo con un arma. Pero en cuanto Mara bajó el cuchillo, Frank traicionó la promesa y la embistió, la cogió de la muñeca retorciéndosela hacia la espalda. La inmovilizó con un brazo en el cuello.

—¡Frank! —gritó Grace, sintiéndose tan engañada como la propia Mara.

Incluso a ella la ofendió que su marido se aprovechara de su tamaño y su fuerza, armas tan básicas e injustas, la perpetua disparidad natural para justificar la superioridad del hombre frente a la mujer. Mara se contorsionó, consiguió liberar su muñeca. Con el cuchillo, atacó el brazo que la estrangulaba. Frank gritó con cada corte que le procuró el filo. Acabó por soltar a esa bestia armada que lo hería.

—Oh, Frank —la voz de Mara temblaba de la rabia, el cuchillo se agitaba en el aire—, oh, Frank, te aseguro que ésta es la última vez que has intentado engañarme. Oh, Frank, ahora vas a venir conmigo de vuelta a Seattle, quieras o no.

Se quedó callada unos segundos, tramando algo, su postura resultó inquietante. Después se dirigió a Grace.

—Vete de aquí —le dijo—. Llévate a los niños. Lejos.

Frank le preguntó qué insinuaba, pero ella lo ignoró, mantuvo sus ojos en los de Grace, buscando afianzar con ella una conexión femenina que repudiara al hombre que las había hecho sufrir a las dos.

—Llévatelos —repitió.

Mara recuperó el teléfono que Grace tenía en las manos y salió corriendo por el camino en la dirección de las aguas termales a las que nunca llegaron. Sus frenéticas zancadas contra la tierra se oyeron incluso después de que se adentrara en la oscuridad de la noche.

—Mi amor...

Frank intentó tocarla, Grace lo esquivó y huyó a la auto-caravana. Tenía que llevarse a los niños.

33

Mara apretó con dos dedos el pinchazo de flato en el abdomen. Siguió corriendo aunque doliera a cada zancada. El campo luminoso de la linterna del móvil marcaba su avance, guiado por los troncos a un lado del camino. Las agujas de los pinos brillaban a la luz escasa del arañazo de luna. El sudor que empapó la ropa volvió a desprender la fragancia del suavizante de Grace, que se resistía a morir a pesar del polvo, la transpiración, la sangre. Como si el hogar al que pertenecía ese olor acogedor también se resistiera a morir a pesar de la traición y el engaño. Al llegar a una cuesta ascendente, el cuerpo de Mara quiso rendirse, avisarla de que no lo conseguiría. Pero ella aceleró la marcha, gritó para animarse con la fuerza con la que pensaba obligar a Frank a irse con ella. Alcanzó la cima sintiendo fuego en las piernas, en el pecho. Recuperó la respiración en la bajada, inclinada hacia atrás. El dolor del flato remitió, o quizá se acostumbró a él, como se había acostumbrado a tanto dolor últimamente. Secó lágrimas de esfuerzo, de rabia, de ganas de hacer pagar a Frank.

Por fin la linterna alumbró la parte trasera del coche, la curiosa combinación de letras de la matrícula, SKY. Mara pensó en Molly, o Polly, la chica tan nerviosa de la oficina de alquiler. Igual que con el chico del *food truck*, o con la camarera de Danielle's, Mara no se había portado muy bien con ella, podría haber sido más comprensiva con su inexperiencia en lugar de complicarle su primera transacción en solitario. Pero es que de verdad la chica había hecho demasiadas preguntas que ella no tenía ni idea de cómo responder. ¿Cuándo se supone que devuelve una el coche cuando va en busca del hombre que la ha matado?

Con ambas manos apoyadas en el capó, Mara tomó hondas respiraciones que relajaran su pulso. La sed espesaba su saliva, secó con la camiseta un hilo de baba que parecía pegamento. Recuperada cierta calma, usó el tirador de la puerta del coche. Rompió a reír al encontrarla cerrada, porque recordó de pronto dónde estaba la llave. No había pensado en ello en todo el camino hasta aquí, obcecada en llevar a cabo su magnífico plan de regresar con el coche a por Frank, atropellarlo si era necesario para llevarlo ella misma a la policía junto con el vídeo del jacuzzi. Pero el coche no arrancaría sin la llave y la llave estaba ahora dentro de su cuerpo. La carcajada la dominó en un ataque desquiciado.

Ni siquiera había acabado de reír cuando se metió dos dedos en la boca, hasta la base de la lengua. La primera arcada retorció su estómago, dolió como un calambre en los costados, pero resultó improductiva. El sabor de sus dedos, a polvo, tierra y sangre, la indispuso aún más. La siguiente arcada raspó su garganta, inundó sus ojos. Tampoco expulsó nada. En contra de su instinto, que luchaba por expeler los intrusos en la lengua, empujó los dedos aún más. Salieron embadurnados de algo viscoso justo antes de que vomitara bilis. El sabor tan amargo, a muerte ácida, le provocó varias arcadas seguidas que tan solo expulsaron más bilis, hasta dejarla seca. Vacía. Lo último que había comido había sido la tortilla de Grace del desayuno. La llave se la había tragado hacía veinticuatro horas. Si ya era muy tarde para que saliera por la boca, tendría que salir por otro sitio. Mara no iba a permitir, después de todo lo que había hecho, que una complicación orgánica tan tonta liberara a Frank de sus responsabilidades. Con lo regular que era ella, en ese tiempo habría ido al baño al menos una vez. No debería costarle mucho. Se acercó a un árbol en el lado del camino. Se bajó hasta los tobillos el *short* vaquero que había confeccionado con el cuchillo, también la ropa interior. Apoyó la espalda en el tronco de un pino, adoptando una posición sedente.

Costó mucho más de lo que había pensado.

Pájaros diurnos que dormían ya en sus nidos salieron volando a la oscuridad, como murciélagos, espantados cuando los gemidos iniciales de Mara acabaron convertidos en gritos de dolor que reverberaron en la montaña.

34

Grace dejó una bolsa de viaje sobre la cama matrimonial, como una fugitiva que prepara un equipaje de huida. Al abrirla, la encontró llena. Enfrentó el contratiempo descargando el contenido por el suelo de la habitación. Vaciar una bolsa para volver a llenarla, su mente no pensaba con claridad.

—Pero ¿qué pasa, mamá? —preguntó Audrey—. ¿Qué haces?

—No oíamos nada —dijo Simon—. ¿Qué pasa?

Los niños no paraban de hacer preguntas, pero ella no tenía respuestas ni para las suyas propias. Actuó en silencio, moviéndose por la autocaravana con la mirada perdida. Frank, que subió tras ella, le pellizcó el codo en el dormitorio.

—¡No me toques!

Grace no pudo contener el grito ni sabiendo que sus hijos estaban presentes. Tampoco pudo contener el llanto que había estado guardando en su garganta, llanto que se agravó al ver las caras que pusieron Audrey y Simon por la forma en que ella rechazó a Frank, como si ya no lo quisiera, como si le diera asco que la tocara. Los niños nunca habían visto un desencuentro parecido entre sus padres, ni siquiera por la pistola, y Grace casi pudo oír el crujido de algo bello, milagroso, resquebrajándose frente a sus ojos. La inocencia. Si sus padres podían dejar de quererse de esa manera, ¿qué otras cosas horribles podían pasar en el mundo a partir de ahora?

—Qué vergüenza —dijo Grace, dando voz solo a ese sentimiento aunque en realidad la asolaban otros peores—. Oh, Dios, qué vergüenza.

Se frotó los brazos, el pecho, la cara, queriendo deshacerse de algo pegajoso que la envolvía. Se sintió presa de una tela invisible que la atrapaba, todas las mentiras que había tejido Frank a su alrededor, convirtiéndola en la mosca que ni siquiera sabe por qué no puede volar mientras la araña se acerca para acabar con su vida. Grace despegó de su cuerpo cosas que no estaban allí.

—¡Mamá, para! —Audrey la cogió de los hombros—. Pareces una loca. ¿Qué pasa? —Ante su silencio, se volteó para mirar a Frank—. ¿Papá?

Él tampoco respondió.

—¿Es Mara peligrosa? —preguntó la niña—. Tenía un cuchillo, lo hemos visto cuando se ha ido corriendo.

Simon abrazó a su padre, gimoteó en su tripa desplazando el parche del ojo.

—¿Es peligrosa? —repitió Audrey.

—Sí, hija, lo es —respondió Grace—. Por eso tenemos que irnos.

Siguió llenando la bolsa mientras Audrey preguntaba por qué Mara los amenazaba, qué podía tener en contra de ellos, si todo era consecuencia del atropello.

—No le des más vueltas. Hay una mujer peligrosa por ahí fuera y vamos a escapar de ella. Nosotros nos vamos. Vuestro padre se va a quedar aquí a... —no sabía qué inventar— a arreglar la caravana.

Audrey frunció el ceño por lo ilógico de la propuesta. Simon dijo que si escapaban, tenían que escapar todos. Grace tiró del niño para separarlo de Frank, insistiendo en que papá se iba a quedar a arreglar la caravana.

—Pero ¿cómo que a arreglar la caravana? —gritó Audrey—. Llevamos aquí un día entero diciendo que no se puede arreglar.

Frank se acercó a Grace.

—Mi amor, escúchame.

—Que no me toques.

Entrelazó las manos detrás de su espalda para evitar que se las cogiera.

—¿Ha hecho papá algo malo? —Audrey empezaba a entender—. Papá, ¿has hecho algo? ¿Por qué te ha cortado la cara, el brazo?

Grace se tragó las lágrimas, atenta a la respuesta que fuera a dar Frank. Quería analizar cómo era la cara de su marido cuando mentía. Entender por qué no había detectado en ese rostro ningún signo delator mientras la engañaba día tras día. Esa cara que había amado durante años conformaba de pronto un enigma indescifrable. Ya no podía asegurar lo que significaba el brillo en sus ojos, ni en qué estaba pensando su marido cuando fruncía el ceño. La sonrisa ladeada que a ella la derretía quizá encubriera realidades escalofriantes. Durante más de un año Frank le había ocultado una repetida infidelidad, la había mirado a los ojos después de ver morir ahogada a una mujer, y ella había sido tan tonta de no percibir ningún cambio en la cara que creía conocer tan bien como la de sus hijos. Una cara que había observado durante más tiempo que la suya propia en los espejos. Le entristeció pensar en todo ese tiempo perdido, mirando de frente a la falsedad, sin reconocerla.

—No he hecho nada, hija —contestó él.

No hubo en sus facciones heridas ni una sola manifestación de la mentira. Frank no titubeó, la voz no le tembló. Miró a los ojos de su hija sin desviarlos, con la misma firmeza con la que miraba a Grace para decirle que la quería. Quizá también fueron mentira todos los *te quiero* que Frank le había dedicado durante su vida juntos.

—Entonces ¿qué pasa? —insistió la niña—. ¿Por qué nos hace esto?

—Nada, hijos, ya hablaremos —dijo Grace.

Abrochó la cremallera de la bolsa de viaje y salió de la habitación esquivando a Frank, ordenando a los niños que la siguieran.

—Mamá —Simon la agarró del pantalón—, has metido el Dawn en la maleta.

Ella resopló con incredulidad. Tendría que estar muy fuera de sí para haber metido un bote de lavavajillas en la bolsa. Pero cuando la abrió sobre la mesa del comedor, ahí estaba, el jabón naranja antibacterial para lavar hasta el doble de grasa en los platos.

—¿Estás bien, mamá?

Ella asintió, aunque ver el resto del equipaje fue como asomarse a una representación de su estado de nervios: bañadores, bikinis, el cepillo de dientes del niño, un paquete de espaguetis y cinco cucharas.

—¿Para qué necesitamos una maleta, de todas formas? —Audrey se sentó en el sofá—. Habíamos quedado en que no podemos ir andando a pedir ayuda, la carretera está muy lejos. Mamá, ¿por qué no miras a papá?

Sin responder, fingiendo una calma que notaba resquebrajarse bajo su piel, Grace devolvió a su lugar el contenido disparatado de la maleta. El cepillo de dientes al armario del baño, las cucharas al cajón en la cocina. El paquete de pasta se enredó con las tiras de un bikini. Trató de desatarlas pero ella misma volvía a anudarlas. Al tercer intento, tiró el paquete al suelo, sembrando la autocaravana de espaguetis que crujieron al caminar sobre ellos.

—Sin maleta entonces —dijo como si hubiera sido su decisión desde el principio—. Vamos, hijos.

Frank se interpuso en su camino.

—Mi amor, no estás bien.

—No te atrevas a decirme cómo estoy. —Grace lo señaló con un dedo tan tenso que podría clavárselo—. No vas a volver a...

Antes de terminar la frase, la saliva se le amargó tanto que le provocó una arcada. El gesto condescendiente de su marido la revolvió aún más. Y su voz, la misma voz que le habría susurrado tantas mentiras al oído después de susurrar guarrerías al de Mara, le retorció el estómago hasta hacerle imposible contener las ganas de vomitar. Grace corrió al baño, se vació en el váter. Arrodillada frente a la taza, a través de las lágrimas provocadas por el esfuerzo, vislumbró un único pelo, largo y negro, en el suelo de la ducha. No era suyo ni de Audrey. Solo podía ser de Mara. La visión del cabello húmedo la hizo vomitar otra vez. Por los celos que sintió al pensar en ese pelo cubriendo el abdomen desnudo de su marido y por la repulsión de imaginar ese mismo cabello, mojado como estaba ahora en el suelo de su ducha, bajo el agua de una bañera en la que Frank creyó haberla matado.

Desde el comedor le llegaba en oleadas la conversación de su familia. Audrey exigiendo que se le contara la verdad, Simon defendiendo la inocencia de su amigo Earl y Frank asegurando a los niños que la situación estaba bajo control y no tenían de qué preocuparse.

—Vuestra madre y yo... —decía Frank allí fuera.

—Cállate —susurró ella en el baño—. Cállate, cállate, cállate.

Lo repitió una y otra vez al interior de la taza, buscando aislarse de la voz de su marido, que permaneció como un murmullo ininteligible a lo lejos. El desagradable rumor de las olas de un océano de mentiras.

—¡Que te calles! —gritó Grace.

La intensidad del alarido aniquiló el murmullo y la llenó de una renovada energía. Se levantó impulsada por la claridad de un objetivo, proteger a los niños. Y para ello necesitaba alejarlos de la autocaravana, como había avisado Mara.

—Niños, nos vamos —ordenó sin dar cabida a ninguna otra opción.

Agarró de la muñeca a Simon, de la mano a su hija. Tiró de ellos hacia la puerta de entrada haciendo caso omiso a los comentarios de Frank. Audrey se resistió, liberó su brazo de una sacudida.

—¡No hasta que me digáis que está pasando! ¡Ya no soy una niña, mamá! No puedes arrastrarme a donde tú quieras y pedirme que me separe de mi padre sin explicarme qué es lo q...

Grace la acalló de una bofetada. Los nervios, el estado de emergencia, el volumen tan alto de la voz de su hija. Todas esas excusas se buscó en un instante para justificar su acción.

—Perdóname, hija. Por favor, perdóname.

Acarició la rojez del bofetón con una mano temblorosa que apagó la rabia en los ojos de Audrey. Su hija reconoció en su disculpa el verdadero arrepentimiento que sentía, lo superada que se encontraba ante la situación. Y también entendió que la gravedad de lo que estuviera ocurriendo no daba cabida a berrinches ni orgullos adolescentes. Audrey besó la mano con la que ella le había pegado en un gesto de perdón que emocionó a Grace. En su niña, vio por primera vez a la joven adulta que ella presumía de ser.

—Mamá...

El rugido de un motor la interrumpió.

Unos faros llenaron de luz el interior de la autocaravana.

—¡Un coche! —celebró Simon.

Grace apartó a Frank de la puerta con un codazo, bajó con los niños.

—¿Es Mara? —preguntó Audrey.

—¡Yuju! ¡Funciona su coche! —dijo Simon como si fuera una buena noticia—. ¡Podemos irnos!

Pero Grace emprendió camino en dirección opuesta. El niño extendió el brazo libre hacia su padre, estirando los dedos en el aire y rogándole que los acompañara. Frank los alcanzó, agarró la mano de Simon.

—Ni lo sueñes, tú te quedas aquí —dijo Grace—. Te toca a ti lidiar con ella. Esa mujer es tu problema. No el mío, no el de tus niños.

—Mamá, los problemas de los demás son también de uno mismo si de verdad se quiere ayudar —dijo Audrey—. Lo otro es una visión muy egoísta de la vida. Yo quiero ayudar a papá.

—Y yo —dijo Simon.

El motor del coche se revolucionó, rugiendo como un animal que avisara de un ataque. Incapaz de mirar a los ojos a Frank, Grace se dirigió a él fijando la vista en su nariz, desenfocando el resto de su cara como empezaba a estar desenfocado todo su pasado compartido.

—Hazlo por tus hijos, Frank. Deja que nos vayamos.

La bestia furiosa que era el automóvil de Mara amenazó con ráfagas de luces largas. Frank soltó la mano de Simon.

—Os quiero mucho —dijo.

Grace entrevió en su rostro una expresión descorazonadora —la de sentirse excluido del equipo más importante al que había pertenecido nunca—, pero no permitió que la pena la dominara. Retomó la huida arrastrando a los niños, alejándose del coche y de Frank. Aunque ellos se quejaron, patearon levantando polvo e intentaron detenerla defendiendo a su padre, Grace apretó la marcha, apartándose de la trayectoria que pudiera trazar el automóvil. No se detuvo hasta que quedaron refugiados en la oscuridad, entre los árboles a un lado del camino. Desde ahí vio cómo Frank se encaraba con Mara.

—¡¿Qué?! —En la luz exterior de la autocaravana resultó visible la nube de saliva pulverizada que escupió al gritar—. ¡¿Qué vas a hacer?!

—Llevarte conmigo —dijo Mara por la ventanilla.

Él avanzó hacia el coche con el pecho inflado, desafiante. Apisonó sin percatarse el castillo de Simon, derrumbando la torre, la fortaleza de piñas, la bandera hecha con una hoja.

—¡Venga! —dijo Frank—. ¡Atrévete!

Siguió increpando a Mara a medida que se acercaba. Añadió un puño a la intimidación, elevándolo en tensión, el codo recogido hacia atrás. De nuevo el hombre valiéndose de su ventaja natural para amedrentar a una mujer. Grace quiso tapar los ojos a los niños, pero apartaron su mano como si fuera otro mosquito de los que los asediaban. Ni el arrojo de Frank ni su superioridad física sirvieron de nada cuando Mara pisó el acelerador. Las ruedas derraparon, buscando en el camino arenoso un agarre que se resistió. Audrey, Simon y Grace gritaron temiéndose el peor desenlace, pero Frank tuvo el tiempo justo de voltearse y correr. Saltó al interior de la autocaravana poco antes de que Mara chocara contra ella. El impacto desencajó la puerta lateral de entrada, quedó colgando de una única bisagra.

—¡Voy a llevarte! —gritó Mara sobre el ruido mecánico del cambio de marcha.

La respuesta de Frank, asomado al umbral, quedó enmudecida por la maniobra del coche en retroceso, pero Grace entendió por sus gestos, señalándose la cabeza, que estaba tachando de loca a Mara. Una vez que el coche recuperó distancia con la autocaravana, la embistió de nuevo con un potente acelerón. Logró tambalearla, incluso desplazarla. En su interior cayeron cosas, sonaron cristales rotos.

Audrey saltó de los árboles al camino.

—¡Mamá, tenemos que ayudarle! —Señaló el coche que se estrellaba por tercera vez—. Esa mujer quiere matar a papá.

—Por favor, hija, no lo entiendes.

La propia Grace hacía esfuerzos por asumir lo que estaba ocurriendo, comprender de qué manera la plácida noche en la que había cenado perritos calientes con su familia se había transformado en un infierno de mentiras, venganzas y persecuciones. Simon se soltó de Grace y se colocó junto a Audrey. Cogidos de la mano, anunciaron que iban a defender a papá. Escaparon hacia allá antes de que ella pudiera hacer nada.

Tras una nueva embestida, Mara no frenó el coche, sino que siguió acelerando contra la autocaravana. Las ruedas levantaron columnas de humo y polvo, el olor a goma quemada alcanzó a Grace, que perseguía a los niños. El coche desplazó el morro de la autocaravana hasta que su rueda izquierda alcanzó el desnivel a un lado del camino. Dicho desequilibrio se sumó a la inestabilidad que generaban las ruedas pinchadas, inclinando el vehículo. Un grito desesperado de Mara se elevó sobre el rugido del motor, que se revolucionó hasta la avería en un empujón definitivo. Los niños gritaron.

—¡Papá!

Aún a cierta distancia, se detuvieron al ver cómo la autocaravana se volcaba hacia un lado, sobre la zanja llena de maleza en la que Audrey había buscado los móviles. El suelo vibró, el ruido resultó ensordecedor. Un pequeño terremoto en mitad del bosque. La luz exterior de la autocaravana parpadeó por algún cortocircuito, pero logró permanecer encendida, su nueva posición creó sombras diferentes, extrañas. Grace alcanzó a sus hijos por la espalda, los abrazó besando sus mejillas. Temblaban. Secó el ojo descubierto de Simon, que preguntó si papá estaba bien. Ella asintió sin saber la respuesta, pero Frank lo confirmó al salir por el tragaluz sobre la ducha. Tras desmontar la ventana de plástico, emergió por el hueco creado en el techo, ahora pared, de la autocaravana. Cayó entre las hierbas, se levantó sacudiéndose la ropa. Grace notó la intención de los niños de correr a por él, los sujetó.

Los intentos de Mara de volver a arrancar su coche quedaron reducidos a infructuosas revoluciones del motor, atragantamientos del tubo de escape, desastrosos raspones de la caja de cambios. Bajó del automóvil dejando la puerta abierta.

Grace ahogó un grito al ver que empuñaba el cuchillo.

—¡Deja en paz a mi padre! —gritó Audrey.

La niña luchó por escapar del agarre de Grace, pero ella la retuvo.

—Hijos, por favor, marchaos —dijo Frank—. Haced caso a vuestra madre. Id a buscar ayuda.

—¡Tiene un cuchillo, papá! —gritó Simon.

—Hijo, tenéis que iros.

Mara, que rodeaba la autocaravana volcada buscando a Frank, tomó su voz como referencia. Alcanzó la parte trasera del vehículo en el mismo momento en que él sorteaba los últimos matojos. Al encontrarse de frente, apenas separados por tres pasos, ambos adoptaron posturas defensivas. Frank habló a los niños sin retirar la mirada de la mujer armada frente a él.

—Id con mamá. Tenéis que ir con ella ahora. Audrey, Simon, por favor acompañad a vuestra madre. Yo me encargo de la intrusa. —Avanzó un paso hacia ella—. Tranquila, tranquila, vamos a tranquilizarnos todos.

Grace reconoció las palabras que había usado él antes, las mismas con las que logró que Mara bajara el arma solo para engañarla y atacarla a traición. Ella se adelantó ahora, embistiendo a Frank como si fuera su coche y él la autocaravana. Rodaron ambos por el camino entre gruñidos, jadeos. Frank catapultó a Mara de una patada, cayó al suelo con un grito. Se incorporó enseguida, secándose con la muñeca la sangre del labio. Los niños se revolucionaron entre los brazos de Grace.

—Mamá, por favor, somos cuatro contra una —dijo Audrey—. ¡Papá, somos cuatro contra una! ¡Déjanos ayudarte!

—Marchaos de aquí —repitió él. A punto de que Mara lo atacara de nuevo, Frank miró a los árboles, a los niños—. Os quiero mucho, hijos. No lo olvidéis nunca.

Huyó del lugar adentrándose en el bosque. Grace entendió que lo hacía para que Mara fuera tras él, alejando el peligro de su familia. Las ramas de algunos pinos se sacudieron, revelando la trayectoria de la persecución, montaña arriba. Simon rompió a llorar, llamando sin cesar a papá.

—¿Por qué no le ayudas? —dijo Audrey sin separar los dientes—. Mamá, tenemos que ayudarle. Es nuestro padre.

La forma en que la niña usó el argumento, tan obvio como poderoso, recordó a Grace que ni el mundo lleno de mentiras al que había sido desterrada podría destruir ciertas verdades. El amor de ella por sus hijos, por ejemplo. O el hecho de que Frank sería siempre el padre de esos mismos hijos. Y que ellos a él lo amarían siempre, incluso habiendo cometido los actos más atroces.

—Vale, pero voy yo —dijo Grace, reconociendo en los rostros de sus hijos tantas pinceladas del de Frank—. Vosotros os quedáis aquí.

—No, mamá...

—Hija, por favor, demuestra que no eres una niña y colabora en una situación real de peligro. Yo voy a ayudar a tu padre, pero tú tienes que quedarte aquí vigilando a tu hermano pequeño. Él de verdad es un niño y necesita una joven adulta que lo cuide.

Audrey enderezó la espalda orgullosa de recibir esa consideración.

—Vale, mamá. —Apoyó el brazo sobre el hombro de su hermano—. Me quedo con él.

Grace los besó a los dos. Después se volteó y enfrentó la frondosa oscuridad del bosque por el que Frank huía de Mara. Aún podía deducirse su ubicación por las ramas que se agitaban, las piñas que se precipitaban al suelo. La autocaravana dejó escapar un sonido mecánico que sonó a un lamento del que Grace podría apropiarse. Con paso dubitativo, cruzó el camino, sorteó los matojos de la zanja y se adentró en la montaña.

35

La rama de un matorral arañó el rostro a Frank, reabrió uno de los cortes que se había hecho con el jabón. Resultaba complicado esquivar a tiempo los obstáculos en la oscuridad. La sangre brotó en su frente, resbaló hacia la sien mezclándose con el sudor que empapaba su cuerpo. A pesar de lo extenuante de la subida por la montaña, Mara seguía persiguiéndolo con la misma velocidad. Frank temió que al final fuera él quien tuviera que rendirse primero, ir abriendo camino entre la vegetación añadía a su escapada un trabajo que Mara se ahorraba.

Ella ahora le daba miedo de verdad. La veía capaz de hacer cualquier cosa. Dos pinos medianos se interpusieron en el camino, formando una pared de ramas. Demasiado cansado para desviar su trayectoria, Frank optó por cubrirse la cara y atravesar la pared de agujas. Sintió cómo rasgaban la piel de sus brazos. Aunque había dado por hecho que encontraría más árboles y matorrales justo detrás, un claro lo recibió al otro lado.

Era un semicírculo casi desprovisto de vegetación, tan solo hierbas bajas y flores alfombraban la superficie. El bosque a sus espaldas definía la parte curva, la parte más recta resultó ser el borde de un precipicio al que Frank se aproximó con pasos cortos, las rodillas flexionadas. La colosal altura le agarrotó las piernas, Frank sufría del tipo de vértigo que no se explica como miedo a las alturas sino como miedo al deseo de arrojarse al vacío. A pesar de la oscuridad, discernió las dimensiones espectaculares del paisaje, las copas de los árboles formando un oscuro océano verdoso. En el cielo —tan estrellado como el que disfrutaron la noche anterior desde la autocaravana antes de que la calamidad se cerniera sobre ellos— brillaba con discreción la misma luna mínima del día antes. Frank la observó, maravillado con su decadente presencia, casi parecía que se estuviera despidiendo para siempre del firmamento.

Entonces percibió el desagradable aroma, al mismo tiempo que oyó el borboteo, ambas sensaciones lo envolvieron de pronto. Bajó la mirada a sus pies. El origen del olor a azufre y las detonaciones de una ebullición gaseosa no se encontraban en el suelo que lo sostenía sino en las aguas termales al fondo del precipicio.

—Estábamos llegando —se dijo para sí mismo—. Ya casi estábamos.

Saber que la autocaravana estuvo siempre tan cerca de un terreno con actividad geotérmica lo llevó a imaginar una escena ideal en la que su familia pernoctaba en las aguas termales, como estaba previsto. En esa realidad paralela, lo ocurrido en las últimas veinticuatro horas era tan solo una pesadilla. La ensoñación se interrumpió cuando oyó a sus espaldas el grito de Mara atravesando la pared de agujas de pino. En efecto, estaba en una pesadilla, pero la pesadilla era real.

—Te tengo —dijo ella.

—Venga ya, déjalo. —Frank se volteó para encararla, la tenía a unos diez pasos de distancia. Le habló como a una niña que estuviera retrasando su hora de ir a la cama—. Déjalo ya. ¿Qué más vas a hacer?

—Clavarte el cuchillo si es necesario.

Frank resopló.

—Estás más loca de lo que pareces si piensas de verdad

que voy a ir contigo a ningún sitio, que voy a entregarme. He estado a esto —apretó el índice y el pulgar en el aire— de salirme con la mía. Y todavía puedo hacerlo.

—Saliste huyendo de mi terraza y has huido hasta hoy, hasta aquí. Pero mira qué cosas, se ha acabado el suelo bajo tus pies. —Mara señaló el precipicio con el cuchillo—. Ya no puedes huir más allá. Es como si el mundo entero te estuviera enviando una señal.

—Huir me habría funcionado si tú no hubieras regresado de entre los muertos. —Le dio rabia pensar en su propia torpeza, el error de novato de no comprobar que la mujer a la que había creído matar estaba muerta en realidad—. Nada de esto habría pasado si te hubieras quedado muertecita en tu bañera. A lo mejor la señal que me está enviando el mundo es que tengo que matarte otra vez. Pero de verdad. —La simpleza de esa solución, la facilidad con la que podía librarse otra vez del problema y experimentar la misma liberación que sintió mientras bajaba en el ascensor la noche del jacuzzi, resultó aplastante—. Sí, quizá eso es lo que tengo que hacer...

Frank caminó a un lado y a otro del precipicio, sus pisadas más enérgicas cuanto más seguro estaba de que tenía la salvación al alcance de las manos. La noche antes, en la tienda de campaña, estrangular a Mara había resultado muy tentador. Quizá era el momento de abandonarse a la tentación una vez más.

—Eso es lo que voy a hacer...

Dio voz a su reflexión sin darse cuenta, escupiendo las palabras con la furia que crecía en su interior. Furia hacia la mujer que se había empeñado en estropearle su nueva vida. Esa mujer insignificante, esa aventura mediocre se había creído con el derecho de imponer su verdad sobre la felicidad de su esposa, sus hijos, sobre la suya propia. Si matarla era la única solución a la que se reducía todo...

—¡Voy a matarte! —gritó al aire. Se dirigió a Mara con los brazos adelantados, apretando el cuello que aún no estaba ahí. Ella blandió el cuchillo fingiendo seguridad, pero la delató el temblor en sus manos—. ¡Voy a matarte loca hija de...!

—¡Frank!

La aparición de Grace en el claro aplacó los instintos de Frank. Se detuvo en seco, aún a cierta distancia de Mara, cuando imaginó lo que su esposa veía: el hombre al que amaba disfrazado de esperpéntico amago de asesino.

—Frank.... —Lo observaba tan horrorizada como confundida—. ¿Quién eres?

Esa pregunta, que su esposa lo mirara como a un desconocido, dolió más que todas las acusaciones de Mara, que todos los gritos anteriores de Grace.

—Hazlo por tu mujer, Frank. —Mara había recuperado la entereza, el temblor del arma cesó—. Confiesa y da un buen ejemplo a tus hijos, el ejemplo de que asumir los errores que uno comete es la manera correcta de actuar en la vida.

—No soporto escucharte hablar. —Frank dejó escapar un suspiro agotado, lo enervaba ese moralismo de Mara, la superioridad con la que hablaba—. Mis hijos no tienen por qué saber nada de lo que he hecho, no van a saberlo. No tengo ningún ejemplo que darles con nada de lo que ha pasado aquí.

Buscó en los ojos de Grace la confirmación de que así sería, que protegerían a Audrey y Simon de la verdad.

—En algún momento tendrán que saberlo. —Grace negó con la cabeza—. No voy a mentir como tú.

—Mierda, mi amor, ¿estás conmigo o con ella?

—Ya no lo sé, Frank. De verdad que no lo sé. In... —tartamudeó, como si pronunciara unas palabras que no tuvieran cabida en su boca—, in... intentaste matarla.

—No, Grace —dijo Mara—. No lo intentó, me mató. Se fue del apartamento creyendo que lo había hecho.

Frank se mordió la lengua para no decir lo que pensaba, pero lo acabó soltando:

—Y no sabes lo mucho que desearía ahora que hubieras muerto de verdad.

—¡Frank! —regañó Grace.

—¿Sabes una cosa? —Mara dio un paso adelante—. He llegado a pensar que morir habría sido menos doloroso. Una mujer muerta nunca sabe ni tiene que recordar todos los días cómo la dejaron tirada bajo el agua, ahogada, olvidada como un mal secreto. Una mujer muerta no se despierta y descubre lo poco que significa su vida, toda su vida, para un hombre que prefirió que no siguiera viva. Para ti yo solo era una incomodidad, un secreto vergonzoso que merecía morir bajo el agua. No sabes lo mucho que duele eso. No me has roto el corazón, Frank, me has roto el alma. Algo ha cambiado para siempre dentro de mí. ¿Has estado alguna vez tan triste como para no tenerle miedo al dolor ni a la muerte? —Con el cuchillo, recorrió su antebrazo dibujando una línea sangrienta—. Yo sí, desde esa noche. Ahora la única manera de dar algo de sentido a todo este sufrimiento es verte pagar por lo que has hecho.

Frank bufó para menospreciar las palabras de Mara. Grace, por el contrario, asentía mientras secaba lágrimas en sus ojos. Se acercó a ella y la reconfortó frotándole el brazo.

—Esto es de risa —dijo él, incapaz de creer que su esposa se pusiera del lado de Mara. Se dio la vuelta para desahogar su rabia gritando al precipicio—. ¡No me lo puedo creer, Grace! ¡No me lo puedo creer! ¡Dios!

La inmensidad le devolvió un eco repetido.

Dios-Dios-Dios.

Al fondo del abismo permaneció constante el borboteo del agua, el olor a huevo podrido llegaba en oleadas de creciente intensidad. Esa peste a azufre generó en la mente de Frank la imagen de un infierno abriéndose a sus pies, reclamándolo.

Quizá la única forma de evitarlo era claudicar. A lo mejor Mara había tenido razón desde el principio. Si su cerrazón lo había traído, literalmente, al borde de un precipicio, a lo mejor era el momento de empezar a pensar de manera diferente. O a lo mejor no.

—No pienso hacer nada —decidió tras voltearse—. No voy a ir a ningún sitio.

Se agarró la cintura con las manos.

—Entonces el vídeo va a internet —dijo Mara—. Tus hijos no solo sabrán lo que hiciste, sino que además podrán verlo. Y la policía acabará yendo a por ti igualmente. Tardaré más en verte pagar, pero lo veré.

Frank se encogió de hombros, mostrando indiferencia.

—Primero tendrás que demostrar que tu vídeo es real, hoy en día es muy fácil trucarlos, habrá mil comentarios que lo acusen de ser falso. Yo seré el primero en negarlo. Y sin una víctima real, sin una mujer muerta, no creas que la policía va a tratar tu caso con mucha urgencia. Como mínimo ganaré tiempo. Tiempo de huir. No a otra costa, a otro país si hace falta. —Aunque iba improvisando sus argumentos, no le sonaron del todo disparatados, el plan podía funcionar. Crecido por la lógica de su estrategia, dio a Mara por derrotada—: No hay nada que puedas hacer para obligarme a ir. Vas a tener que clavarme ese cuchillo de verdad, porque no tienes nada.

Mara giró el arma en su mano. Una brisa se elevó desde el precipicio, trajo consigo el vapor del agua hirviendo ahí abajo. Frank vio cómo ella apretaba las cejas, la mandíbula, pensando algo.

—No puedes hacer nada —le repitió él.

Entonces Mara atacó a Grace cuando ella buscaba algo en el bolsillo, quizá un pañuelo para sonarse la nariz. La inmovilizó con un brazo a la altura de la tripa, con la otra mano apretó el cuchillo contra su cuello. Grace no tuvo tiempo ni de gritar antes de que el arma le cortara la respiración. Tan solo abrió mucho los ojos, mirando hacia abajo como si quisiera comprobar que lo que estaba ocurriendo era real.

—¡No la toques!

Frank corrió a por ellas.

—Ni te acerques. —Mara retrocedió un paso. Presionó la punta del filo contra el cuello de Grace, derramando una gota de sangre—. Lo haré si te acercas.

—Frank... —susurró Grace.

—No quieres hacerle daño —dijo él—, a ella no. Mi mujer no te ha hecho nada. Quisiste ayudarla desde el principio. Todo esto es culpa mía, no tiene sentido que le hagas daño a ella. Por favor.

—Me has roto tanto por dentro que ya no me cuesta hacer daño a los demás.

—No serías capaz.

Pero Mara apretó más el cuchillo, Grace tosió. Frank giró sobre sí mismo, dándose puñetazos en los muslos. Se agarró el pelo de la cabeza, tiró de él.

—¡Dios!

Dios-Dios-Dios.

—Mi amor. —Se dirigió a ella pidiendo clemencia con las manos juntas—. No puedo ir a la cárcel, Grace. No puedo estropear mi vida de esa manera, perderos así.

—Frank —Grace carraspeó contra el arma—, ya nos has perdido. No voy a dejar que te acerques a los niños nunca más.

—Por favor, mi amor, no digas eso. —La congoja amenazó con robarle la voz—. Oh, Grace, no digas eso.

—No tienes ninguna opción. —La voz de Grace resultó más clara cuando Mara aflojó la presión del cuchillo—. No se trata de confesar con ella o librarte de ella y volver con nosotros. Nosotros ya no estamos.

—Mi amor...

Sintió cómo se le arrugaba la cara, luchando contra el llanto.

—Ya nos has perdido —dijo Grace.

Frank se alejó para dejar de oírla, lo que decía era demasiado doloroso. Alcanzó el borde del precipicio. Acusó tal vértigo que le temblaron las piernas, pero prefería enfrentarse a ese abismo que a la horrible realidad que Grace le presentaba.

—No tienes nada más que perder —añadió ella a sus espaldas.

Las palabras reverberaron en su mente como el eco de sus gritos en la montaña. No tienes nada más que perder. No tienes nada más que perder. La última repetición la susurró él mismo a la inmensidad:

—No tengo nada más que perder...

La luna casi inexistente en el cielo le recordó al ojo ausente de Simon.

Frank se miró los brazos, uno de ellos cubierto de sangre ya seca, marrón.

—¿Quién soy?

Se repitió la pregunta que le acababa de formular Grace. Después de veinte años juntos, su mujer no tenía ni idea de quién era. Quizá él tampoco lo supiera. Se había engañado tanto que le resultaba imposible reconocer, en la persona ensangrentada que temblaba frente a un precipicio, al padre y marido ideal que creía ser. Palpó su rostro queriendo reafirmar su identidad, pero tan solo encontró facciones heridas, desfiguradas. Era como si otro Frank, el verdadero, el del alma deforme y corrupta, se hubiera manifestado físicamente para exigir que su fealdad fuera reconocida. La imagen tan indigna de sí mismo sirvió para que Frank asumiera de pronto la verdadera gravedad de lo que había hecho. La inmensidad del dolor que había causado resultó abrumadora en su pecho.

—Grace, lo siento tanto... —La sensación de arrepentimiento era infinita—. Pero Mara no va a hacerte daño si yo no estoy aquí. El problema soy yo, el causante de todo lo malo soy yo. Y cuando esto se sepa os voy a seguir causando dolor y problemas a ti y a los niños. —Pensar en sus hijos iluminó durante un instante la oscuridad que lo asolaba por dentro—. Por favor, Grace, nunca les cuentes nada de lo que hice.

—Frank, ¿qué haces?

—Mírame, he acabado al borde del precipicio de mis propias mentiras. —Se asomó al abismo—. Y obtengo justo el castigo que merezco: una enorme bañera de agua caliente. ¿Qué te parece, Mara? Es un maldito jacuzzi enorme. Toda una lección del karma, ¿no? Y este olor a azufre... Voy a ir directo al infierno por cometer los pecados más graves y antiguos que existen: adulterio y asesinato.

—¡Frank! —Grace forcejeó contra la camisa de fuerza que eran los brazos de Mara, que no la dejó marchar—. ¿Qué estás diciendo?

—¿Qué otra cosa puedo hacer, mi amor? ¿Cómo puedo estropear menos tu vida y la de los niños? No quiero que visiten a un padre en la cárcel, si es que vas a dejarlos venir a verme. No quiero que sepan las cosas que he hecho. ¿Qué va a decir Audrey cuando sepa que intenté... —se corrigió honrando también el dolor de Mara—, que maté a una mujer? No quiero que Simon sepa por qué perdió su ojo, su precioso ojo... Por mi culpa. Dios mío, Grace, soy horrible.

—No lo hagas —dijo Mara—. No sigas huyendo.

—Es lo más fácil. —Realmente se lo parecía, quizá huir era lo único que sabía hacer, hasta las últimas consecuencias—. Esto es más... limpio.

Abarcó con los brazos el hermoso paisaje frente a él. El temblor en sus piernas cesó. El vértigo y su pulsión de saltar al vacío dejaron de resultar amenazantes. Se volvió para mirar a Grace por última vez.

—Te quiero, Grace, mi amor. Mi único amor. Siempre te

quise y siempre lo haré. Sigo convencido de que tú eras mi destino —sonrió a un recuerdo de ellos dos en un coche, rebobinando el casete de su canción con un bolígrafo—, pero creo que yo no era el tuyo después de todo. Diles a los niños que lo siento, y que los quiero muchísimo.

36

Grace se revolvió en los brazos de Mara en cuanto adivinó las intenciones de Frank, que saltó al vacío antes de que ella pudiera liberarse. Mara se quedó inmóvil, incapaz de reaccionar o aflojar los músculos de su cuerpo.

—¡Suéltame!

Grace desabrochó las manos que la apresaban, al escabullirse se cortó el pecho con el filo del cuchillo. Llegó al borde del precipicio a gatas, sus extremidades habían ido perdiendo la capacidad de sostenerla durante la carrera. Incluso con cuatro apoyos, le costó mantener el equilibro. Aunque su idea era gritar, dejarse los pulmones en un alarido que trajera a su marido de vuelta, de su boca tan solo emanó un susurro.

—Frank. —Parecía que estuviera contándole un secreto al abismo—. Frank, por favor.

Los gritos en su pecho, su mente, no eran más que jadeos al salir de su garganta. Tocó la herida en su cuello para comprobar si era la causante de su falta de voz, pero no halló más que un corte superficial.

—Frank —susurró otra vez.

Los codos acabaron por fallarle y Grace se desplomó, el pecho al borde del abismo, los brazos colgando hacia la nada, como si de alguna manera pudiera alcanzar aún a su marido, que había desaparecido ya en la oscuridad, tan abajo, tan lejos. El grito que él profirió al saltar había ido disminuyendo de volumen hasta que el burbujeo de la ebullición, el rumor de la brisa sulfurada en sus oídos, fue lo único que Grace pudo oír.

Sus lágrimas cayeron al vacío como una lluvia diminuta, las imaginó diluyéndose en el agua hirviendo, ácida, en que también lo haría Frank. Recordó lo que había leído en la guía de Idaho sobre aguas termales peligrosas, los muñones de Earl, lo que le había pasado a su perro. La idea la horrorizó tanto que todos los gritos que no había conseguido articular confluyeron ahora en su garganta. Grace gritó el nombre de su marido con tanta fuerza, tantas veces, que acabó escupiendo sangre.

No obtuvo ninguna respuesta.

Su mente delirante jugueteó con la idea de permitir que el peso de sus brazos venciera al del resto del cuerpo, dejarse caer también al vacío para morir junto a Frank, huir como él de todos los problemas, de tanto dolor. Asustada por sus propios pensamientos, Grace escapó del influjo del precipicio arrastrándose hacia atrás. Lloró con la frente en el suelo, el sabor a tierra en su boca mezclándose con el de la sangre.

Mara murmuró algo detrás de ella.

Grace se giró, vio la luna reflejada en el filo del cuchillo. Cuando Mara lo dejó caer, se convirtió en un punto de luz entre la hierba, una tétrica luciérnaga.

—Déjame que te ayude. —Mara caminó hacia Grace, se arrodilló y la cogió del codo—. Vamos, Grace, levanta.

Ella sacudió el brazo para liberarse. Se volvió sin dar opción a que Mara le prestara más ayuda, se levantó por sí misma sin siquiera mirarla. El pelo le cubría la cara, se le metía en la boca. Escupió un mechón, tosió.

—Tranquila, Grace. No iba a hacerte nada con el cuchillo.

Mara dirigió una mano a su rostro, quizá para ayudarla a peinarse, pero Grace la detuvo, atrapándola por la muñeca.

—No me toques, no vuelvas a tocarme. —Se apartó el cabello de la cara con una sacudida de cabeza—. Siento mucho lo que te hizo mi marido, pero no te atrevas a acercarte a mí o a mi familia nunca más. En tu vida.

Desechó la muñeca como si fuera de trapo. Grace terminó de peinarse con los dedos, secó la sangre en su pecho y recogió el cuchillo del suelo. Por si acaso, lo lanzó al abismo. Después emprendió el regreso a la autocaravana, a sus niños, incapaz siquiera de pensar cómo les explicaría lo ocurrido.

Antes de abandonar el claro, Mara dejó escapar un sollozo. Preguntó al aire qué había hecho. Cayó de rodillas a la hierba, apoyó el trasero y lloró con la cara entre las manos. Grace tuvo la intención de acercarse, consolarla, aliviar la agonía de otra persona, una víctima, como a ella le gustaría que alguien aliviara la suya. Pero no lo hizo. Pensó en la pena que le causó a Audrey perder los hurones, en su propio sufrimiento al ver cómo se le caía el pelo frente al espejo. Si a Mara ser una víctima la había convertido en verdugo, entonces ella también era un verdugo. La paz, el verdadero perdón, solo puede conseguirse con grandeza y la grandeza pertenece a quienes son capaces de vencer el sufrimiento sin necesitar trasladárselo a nadie más, ni siquiera a la persona que se lo causó. Grace dejó a Mara a solas con su pesar, aún la escuchó llorar mientras ella iniciaba el descenso entre ramas de pino.

Bajó por la montaña a merced de la inclinación del terreno, dejándose llevar. Su cerebro exhausto ni siquiera podía molestarse en pensar si existiría un mejor camino, tan solo quería llegar cuanto antes junto a sus niños. Avanzó con la mente en blanco, un espíritu nocturno vagando entre los árboles. Cuando la luz de la autocaravana volcada resultó visible, la usó como faro de su travesía. Agujas de pino, piñas y hierbas secas crujían bajo sus pasos, avisaron de su llegada antes de que alcanzara el camino.

—¿Papá? —preguntó Simon.

La voz de su niño preguntando por su padre estrujó su corazón roto. El ruido de sus sollozos superó entonces al de sus pasos.

—Eres tú, mamá.

Ella salió al camino por la zanja de los matojos. Sus hijos la recibieron con rostros asustados, la niña preguntó enseguida por las heridas en su pecho, su cuello. Grace los abrazó.

—¿Qué ha pasado? —preguntó Audrey.

—Tenemos que ir a buscar ayuda —respondió ella.

—¿Y papá?

—¿Y la señora loca?

Grace tomó aire sin saber qué decir, se sintió incapaz de articular palabra, cualquier respuesta que diera sería igual de terrible.

—¿Está papá bien?

A esa pregunta más directa negó con la cabeza, ella no sabía mentir, tan solo callar.

—Me temo que no. —Tragó saliva—. Ha habido un accidente.

De momento no quiso explicar nada más, lo que contara podría marcar para siempre la vida de sus niños y su cabeza se encontraba en las peores condiciones para tomar una decisión tan importante. Aun así, la poca información fue suficiente para que Simon empezara a llorar. El doctor logró salvar el lagrimal del ojo ausente, así que derramó lágrimas por ambos ojos, hasta empapar el parche.

37

Caminando en dirección a la carretera, el negro del cielo se había ido transformando en índigo, después la claridad se tragó a la pequeña luna. La aparición del rocío trajo consigo el denso aroma a pino del amanecer, pero en las pequeñas gotas en las que Grace veía el día antes preciosos brillantes de alta joyería, ahora no vio nada más que gotas. Incluso lágrimas, el bosque entero llorando su desgracia.

Tras las primeras millas, Simon se había sentado en el suelo jurando que no daría un paso más que lo alejara de su padre y Grace había tenido que cargarlo a sus espaldas. Lo oyó llorar sobre su hombro hasta que se quedó dormido durante un rato. Ahora el niño avanzaba de nuevo por su propio pie, de su mano y la de su hermana. Audrey había hecho muchas preguntas durante el inicio del trayecto, pero el silencio absoluto de Grace terminó por agotarla.

Anduvieron los tres con pasos cortos, el crujido de la gravilla bajo su calzado fue la única conversación que mantuvieron hasta que, al girar una curva, una línea de humo resultó visible contra el azul pálido que había adoptado el cielo. Parecía estar a bastante distancia aún, pero suponía una meta más alcanzable que el restaurante de la carretera, que a Grace se le antojaba tan lejano como el propio Boston, ese destino al que se dirigían en alguna otra vida que ya no era la suya.

—¿Será Earl? —preguntó Simon.

Grace había pensado que el humo provendría de la hoguera de algún campista, pero la perspicacia de sus hijos no dejaba de asombrarla. Era muy posible que fuera Earl, aunque el hecho de que su camioneta expeliera humo de esa manera la preocupó, por lo que Mara pudiera haber hecho con ella.

—No sabemos lo que es —respondió Grace—. Ahora veremos.

La posibilidad de reencontrarse con Earl animó a Simon a aligerar el paso. Grace y Audrey, tras intercambiar una mirada pesimista, aumentaron también la velocidad de la marcha, en su caso por si el hombre necesitaba socorro urgente. A partir de la tercera curva que tomaron, a los tres los envolvió un olor a gasolina que fue haciéndose más penetrante a medida que se aproximaban. Por fin, tras un cambio de rasante, dieron con el origen del humo.

Era la *pick-up* de Earl.

Y, parada a su lado, se encontraba una autocaravana familiar.

Grace parpadeó para disolver el espejismo, se sintió trasladada en el tiempo, como si un agujero de gusano la hubiera llevado dos días atrás, cuando la vida era tan diferente. Pero ni frotándose los ojos desapareció esa autocaravana que tanto se parecía a la de ellos, igual que no desaparecieron tampoco las dos personas que caminaban en torno a la camioneta de Earl haciendo aspavientos. Estaba volcada sobre el camino, quemada, rotas la luna delantera y ventanillas laterales. Grace encargó a Audrey que se quedara con Simon, ella corrió sola hacia el lugar del siniestro.

Las dos personas se giraron al oír sus pasos. Era una pareja de la edad de Frank y ella. Vestían pantalones cortos, estrenaban zapatillas deportivas muy blancas, como en un cliché de pareja suburbana que sale de excursión en verano. Ambos llevaban polos, jerséis al cuello. Ahogaron un grito al verla llegar.

—¿Y a ti qué te ha pasado? —Las numerosas pulseras de la mujer cascabelearon cuando se llevó la mano a la boca—. ¿Otro accidente?

Antes de responder, Grace se arrodilló junto a la camioneta, se asomó a la cabina temiendo el estado en el que encontraría a Earl.

—No hay nadie —dijo el hombre mientras giraba el cuello en todas direcciones—. No hemos encontrado nada. Vimos el accidente y paramos, pero no parece que haya nadie. ¿No irías tú dentro?

Lo preguntó mirando a lo lejos, como si estuviera calculando hasta dónde podría haber salido despedida Grace tras un impacto. Su aspecto debía de ser lo suficientemente grave para concordar con las secuelas de una camioneta volcada. Antes de que pudiera responder, Simon empezó a gritar.

—¡Está aquí! ¡Es Earl!

El niño agitaba los brazos a un lado del camino, señalando algo entre la maleza. Todos se acercaron. Era un cuerpo, Earl. Simon fue el primero en quitarse la camiseta y tapar un corte que sangraba en su muslo.

—¿Estás bien, Earl? ¡Earl!

El viejo abrió los ojos, sonrió al reconocer al niño.

—He estado en situaciones peores. —Tocó la pierna de Simon agradeciendo su preocupación—. Al menos esta vez no he perdido las manos.

Mostró sus muñones al aire.

—Oh, Dios mío. Hay que buscarlas. —La mujer se volteó mirando al suelo—. Hay que buscarlas, las manos. No han podido caer muy lejos, todavía se pueden coser.

Grace la detuvo y le explicó la realidad, generando en ella un suspiro entre el alivio y el sonrojo.

—¿Y a vosotros qué os ha pasado?

—Todo —contestó Grace, no existía otra palabra—. Nos ha pasado todo.

Grace le preguntó a Earl si había sido Mara la causante del vuelco, del corte en su pierna. El matrimonio suburbano se miró sin saber qué decir.

—Llevaba un cuchillo —afirmó Earl—. Se puso agresiva como un bisonte cabreado, quería volver a por vosotros.

—Le ha hecho algo a mi padre también —dijo Simon—, tenemos que buscar ayuda.

Earl miró a Grace, cuestionando con sus ojos arrugados la gravedad de la situación. Un lento parpadeo de ella fue suficiente para que el viejo entendiera el trágico desenlace del que Simon aún no tenía confirmación. Earl acarició el rostro del niño.

—Me has salvado, Simon, eres un héroe —le dijo—. Y los héroes son muy fuertes. No te olvides nunca de lo fuerte que eres. Tú puedes con todo.

El hombre del jersey al cuello anunció que acababa de llamar al 911, que la ayuda estaba en marcha. Su mujer opinó que no podían esperar a que la ambulancia llegara hasta aquí, que solo existía este camino y tardarían mucho en alcanzarlos, quizá demasiado. Lo más inteligente sería ir acercándose ellos al mismo tiempo y así toparse con la ayuda en un punto anterior. A Grace la emocionó comprobar que se podía ser bueno, como había sido ya el hombre con sus acciones, pero que siempre se podía ser un poco mejor, como había sido la mujer al sacrificar su propio viaje para mejorar la asistencia a la víctima.

—Venga, vamos a subirlo.

La pareja, Audrey y Simon, rodearon a Earl. Grace pidió el teléfono al hombre. Se apartó de sus hijos, que colaboraban con el traslado del viejo. Marcó los tres dígitos del número de emergencias y contó a la centralita lo ocurrido con Frank, el lugar aproximado de su caída, por si aún era posible recuperar el cuerpo. Ella esperaría en el punto del camino en el que la primera ambulancia se encontrara con la autocaravana y se llevara a Earl. Aplicando la lección que acababa de enseñarle la mujer del jersey, Grace fue un poco más buena aún y avisó también de que una mujer tenía el coche estropeado en la misma zona.

—¡Ven! —Desde la puerta de la autocaravana, la mujer del jersey hacía señas para que Grace se diera prisa—. ¡Nos vamos!

Audrey y Simon esperaron a subir con su madre. Una vez arriba, encontraron, sentados a la mesa del comedor con los cinturones abrochados, a dos niños de edad similar a ellos, solo que el mayor era el niño y la menor la niña.

—¿Habéis visto las aguas calientes? —preguntó la pequeña, encajando al hablar la lengua en el hueco del diente que le faltaba—. Nosotros venimos a ver las aguas calientes. Están calientes.

—No —respondió Grace sorbiéndose la nariz—, no hemos llegado a verlas.

—Aguas termales, Sophia —corrigió su madre desde el asiento del copiloto—. Y ahora vamos a tardar un poco más en llegar, ¿vale? Tenemos que llevar al señor de atrás.

Grace vio que Earl estaba tumbado en el dormitorio principal, al matrimonio no le había importado manchar su cama de sangre, maleza y tierra con tal de ayudar a un desconocido.

—¿Todos listos? —preguntó el hombre, arrancando el motor.

Grace se sentó con sus hijos en el sofá, uno a cada lado, Simon sin camiseta. Los abrazó y besó en la sien, la coronilla. Mientras pudiera repetir ese beso una vez cada día, su vida estaría por siempre cargada de significado. Audrey entrelazó los dedos en su mano derecha, Simon hizo lo mismo con la izquierda. Ambos apoyaron la cabeza en sus hombros. La autocaravana emprendió la marcha, meciéndolos. Por la ventana de la cocina, Grace vio pasar el paisaje arbolado. Alejó su mente de pensamientos peores enumerando la lista de coníferas que estudió con Simon: Pino blanco occidental, Pino Ponderosa, Abeto de Douglas, Tsuga del Pacífico...

La mujer del jersey tomó la mano a su marido, apoyada en el reposabrazos del asiento, un gesto igual al que había hecho Grace hacía dos noches, agarrándose a Frank para que la guiara hacia el futuro. En la pareja al frente de la autocaravana, con sus dos hijos de edades similares, Grace vio un retrato familiar tan ideal como el que conformaban ellos hace dos días. Cuando también Frank y ella parecían un matrimonio perfecto.

38

Grace llevaba semanas deseando que los niños empezaran el colegio, recuperar la rutina ayudaría a restablecer parte de la normalidad que habían perdido al inicio del verano. Se anudó la bata mientras preparaba el desayuno, las mañanas ya eran frías a primeros de septiembre. Todavía se equivocaba al abrir los armarios, seguía buscando los cereales, los boles, en el lugar erróneo, su cerebro aún acostumbrado a la disposición de la casa de la que salieron con Frank y a la que nunca regresaron. Aunque habían vuelto a Seattle —ni ella ni los niños encontraron ninguna razón para abandonar la ciudad que sentían como su verdadero hogar—, Grace rechazó la oferta de la compañía de Frank de recuperar su antigua casa, aceptó otra más pequeña en la misma zona. Como le había ocurrido a él tras el disparo, Grace se sentía incapaz de seguir viviendo en una casa en cuya pared permanecía el agujero de la bala que le costó un ojo a su hijo. Ahora que ella también sabía la verdad, ese agujero, aun tapado con cemento, siempre le recordaría a la pistola que compró su marido para protegerse de la amante que allanaba su morada queriendo presionarlo y que él acabó matando en una bañera para después salir huyendo.

Grace detuvo esas corrientes de pensamiento obsesivo que empezaban con el agujero en la pared y acababan siempre igual, en desastre y desgarro emocional. Por eso mismo era imposible que hubieran vivido en la otra casa. La de ahora era suficiente para ellos tres; de hecho, la cocina era más grande y por eso Grace se seguía equivocando de armario y de estante al preparar el desayuno. En cuanto los niños lo acabaran y se marcharan al colegio, ella grabaría su primer vídeo en dos meses para el canal de YouTube. Ya había dispuesto el set y se había preparado mentalmente para enfrentarse a la cámara. Algún día contaría a sus suscriptoras la verdad de lo ocurrido, siempre había sido muy honesta con ellas y no entraba en sus planes dejar de serlo, pero de momento prefería no abordar el tema. A través de una noticia en prensa local, una de esas noticias sobre turistas o excursionistas despistados que acaban quemados o disueltos en aguas termales a las que no respetan lo suficiente, varios seguidores filtraron en redes sociales que el marido de Gracefully —mucha gente la llamaba a ella por el nombre del canal— había sufrido un fatal accidente en la montaña y que de su cuerpo tan solo se habían recuperado algunos restos óseos. Grace tenía pensado mantener esa versión por omisión hasta que se sintiera preparada para contar la verdad. Igual que había compartido su felicidad matrimonial para servir de ejemplo y animar a la gente a aspirar a la perfección, ahora compartiría todo su dolor, vergüenza y sufrimiento para servir de ejemplo sobre cómo afrontar los reveses más duros que la vida nos esconde.

El microondas pitó al terminar de calentar la leche.

Grace separó el dedo que se frotaba contra la ceja, gritó a los niños.

Audrey fue la primera en entrar, menos arreglada de lo que se esperaría de una chica nerviosa a punto de empezar un nuevo curso. Pero ella siempre quería mostrarse tal y como era, se sentía confortable en su cuerpo, segura de su vestimenta, no necesitaba adornos ni engañar a sus compañeros con una primera impresión más trabajada de lo que la trabajaría en días posteriores. Grace entendió que su hija quería ser tan ella misma el primer día de curso como el último, y eso era algo de lo que estar muy orgullosa.

Audrey, a diferencia de los suscriptores de *Gracefully*, sí sabía la verdad de lo que ocurrió en la montaña. Exigió a Grace que se lo contara poco después de los hechos, argumentando que tenía todo el derecho del mundo a conocer la realidad de su padre. Grace se lo contó una noche, llorando las dos con las manos entrelazadas sobre la mesa de la cocina, compartiendo tazas de chocolate caliente que ella preparó siguiendo la receta de uno de sus vídeos. Les puso incluso trozos de nube, como si unos pequeños dulces de color rosa pudieran combatir de alguna manera la amargura del mundo, iluminar lo oscura que podía llegar a ser la realidad. Audrey, por sí misma, la joven adolescente perteneciente a una generación de la que muchos adultos se burlaban, demostró ser más adulta que su propia madre al pedir por favor que la llevara a terapia. Lejos quedaba para esta juventud el cliché de la madre que recomienda un psicólogo a su hija y ésta lo rechaza con rebeldía porque defiende no estar loca. Eso ya no pasaba. Los adolescentes de hoy eran tan maduros que sabían lo mucho que podía ayudar la terapia, manejaban términos sobre salud mental sin ningún tipo de miedo o reserva. Audrey supo que con ayuda psicológica profesional conseguiría aceptar el mal que había hecho su padre, un mal que debía ser afrontado y reconocido, pero que no debía ser lo único a lo que quedara reducida la memoria de Frank. Audrey quería seguir siendo capaz de recordar todo lo bueno que tenía su padre, que era mucho, casi todo. Se negaba a permitir que el mal eclipsara al bien, como ocurre en tantas otras situaciones de la vida, cuando en realidad el mal casi siempre es más pequeño y menos poderoso que el bien. A sus dieciséis años, Audrey hablaba de las personas como entes complejos, llenos de sentimientos encontrados, opuestos, y defendía que de nada sirve condenar esa realidad en los otros cuando nosotros mismos enfrentamos dicha complejidad. La única opción coherente es aceptar las contradicciones de los demás como aceptamos las nuestras. Grace se quedaba con la boca abierta cuando oía hablar así a su niña, incluso sentía envidia de la mente tan abierta con la que se enfrentaba a las circunstancias. Lo que más le sorprendía era que fuera la misma niña que cantaba Taylor Swift en la ducha y seguía llorando con *Bajo la misma estrella*. Quizá demostraba que criticar los referentes de las generaciones posteriores es hacer una lectura muy superficial de su realidad.

La propia Grace no se sentía tan madura como Audrey, ella aún luchaba contra los malos sentimientos que la invadían desde lo ocurrido en la montaña, no podía hacer ninguna otra lectura, apenas podía recordar al antiguo Frank. Cada vez que pensaba en él, algo que seguía haciendo todos los días, a todas horas, lo único que sentía era rabia, tristeza. Odio. Por todo. Por el engaño, por la pistola, por el ojo de Simon, por saltar del maldito precipicio como si no hubiera habido otra salida. Grace sabía que no era justo recordar a Frank solo por lo malo, que en veinte años no solo le mintió y la engañó con otra mujer, también la hizo feliz, muy feliz, durante esos mismos veinte años. Como decía Audrey, permitir que el mal del último tramo de su matrimonio eclipsara el bien de todos los anteriores, mucho más importantes, sería un error, una injusticia, un terrible camino a seguir para ella y para la humanidad en general. El Frank que saltó al abismo era el mismo Frank que le grabó veinte veces una canción de Jewel por las dos caras de un casete, pero eso a Grace aún no le servía de nada. Tendría que seguir trabajando en su rabia, en su capacidad para perdonar.

Simon entró en la cocina, repeinado, sonriente aunque más nervioso que Audrey por el primer día de clase. Abriendo ambos ojos, preguntó a Grace si sus compañeros notarían cuál era el de mentira. Con total honestidad, ella contestó que no. La primera vez que pusieron la prótesis ocular a Simon en el hospital —al final terminó el tratamiento en el mismo en el que lo empezó—, a Grace le sorprendió tanto lo realista de su aspecto que durante un segundo creyó que un milagro había devuelto el ojo a su hijo, que todo había sido una extraña pesadilla de la que finalmente despertaban. Incluso sintió la mano de Frank agarrándola desde la silla vacía que tenía al lado, preguntándole por qué había sufrido tanto esos meses si no había pasado nada, si todo estaba bien.

Sobre su padre, Simon seguía creyendo que cayó accidentalmente al precipicio mientras huía de la señora loca, como él llamaba aún a Mara. Para él, no era más que una extraña que se les cruzó en el camino, que quería hacerles daño porque sí, porque era una mala persona. A su edad era mucho más fácil clasificar a las personas como buenas o malas, sin matices. Y la señora loca tenía que ser una mala persona si había provocado que su padre cayera al vacío.

Grace nunca volvió a saber de Mara, Earl tampoco quiso tener nada más que ver con ella, ni siquiera presentó cargos por su agresión. Cuando Grace le preguntó por qué, él contestó que ya la atraparía otra justicia más acertada que la que han inventado los hombres, que él prefería limitarse a agradecerle que lo hubiera sacado de la camioneta. Dijo que si no lo hubiera hecho, él sería ahora un montón de ceniza volando entre los pinos y su mujer tendría que matar ella solita las plagas de *stinkbugs* de cada verano. Earl había escrito ya dos postales a Simon en este tiempo, demostrando todo lo que podía hacer sin manos. Grace le había mandado recientemente una foto del niño con su ojo nuevo, estaba deseando recibir su respuesta.

Audrey derramó la leche al servirse en su taza, quizá no estaba tan tranquila como aparentaba.

—Te va a ir muy bien, les vas a encantar a todos —le dijo ella, convencida de lo que decía—. Es imposible que no les encantes. Y quién sabe si hoy mismo conocerás a tu amor del último curso, al hombre de tu vida.

—O a la mujer de mi vida, mamá, a ver cuándo vas abandonando tus ideas heteropatriarcales.

—Vale, vale. A la persona de tu vida —se corrigió Grace.

—Mucho mejor. —Audrey limpió la leche derramada, terminó de llenar la taza—. *Persona* es la mejor palabra para definirnos unos a otros, sin género, sin edad, sin nada, solo humanidad y personalidad, que es lo que todos tenemos en común.

—Mamá, ¿tú estás segura de que les va a encantar a sus compañeros hablando así? —soltó Simon.

Audrey fue la primera en reírse, Grace y Simon se le unieron.

Se callaron a la vez cuando oyeron un ruido extraño en el salón. O quizá había sido en el porche trasero. Simon no le dio importancia, pero Audrey y Grace intercambiaron miradas de preocupación, las dos estaban adjudicando la misma explicación, terrible, a ese ruido. A Grace la invadió una oleada de ansiedad que reprodujo exactamente las que experimentaba durante las noches que oyeron ruidos en casa cuando aún estaba Frank.

—No os mováis —ordenó a los niños.

Del bolsillo de la bata sacó su teléfono.

Marcó el 911 sin lanzar aún la llamada, atenta al silencio de la casa.

—¿Qué pasa, mamá? —preguntó Simon.

Ella le pidió que se callara con un dedo en los labios.

El siguiente crujido del suelo impulsó a Grace a presionar el botón verde del móvil, se lo colocó en la oreja dispuesta a avisar de que tenía un intruso en casa. Más bien una intrusa. Pero antes de que respondieran la llamada, hubo un ruido particular, como un silbido, que hizo que Audrey se llevara una mano al pecho. Sus facciones deshicieron el gesto de inquietud para dibujar otro más parecido a la expectación. Entonces se oyó un peculiar repiqueteo.

—No puede ser.

La expectación de Audrey se iba transformando en alegría. Resultaron audibles más silbidos, en realidad gemidos agudos, unidos a la vibración de un correteo que se aproximó a la cocina. Dos naricillas con bigotes asomaron por el umbral de la puerta.

—¡Son ellas! —gritó su hija—. ¡Son Hope y Joy!

Los hurones de Audrey entraron en la cocina y corrieron directos a por ella, escalaron sus piernas, las patas de la mesa, saltaron a su pecho. Olisquearon la cara de su dueña como si la llenaran de besos de reencuentro.

—¡Habéis vuelto!

Audrey abrazó a los inquietos animales, que rodeaban su cuello, investigaban su tripa, robaban cereales del bol de Simon.

Emocionada con la reacción de su hija, Grace no prestó atención a la voz en el auricular, que le preguntaba cuál era su emergencia. Volvió a preguntárselo ahora, justo en el momento en que Grace veía, a través de la ventana, cómo un arbusto se movía a la salida del jardín.

Mara acababa de estar allí.

La tercera vez que le preguntaron cuál era su emergencia, Grace tuvo que decidir si podía perdonar a Mara. Si sus justificables intenciones iniciales y la buena voluntad de devolverle los hurones a Audrey podían ser suficientes para empezar a reparar el daño que esa mujer le había causado o si iba a continuar viviendo en el miedo y el rencor. Antes de responder, Grace miró a su hija, a la pura alegría que desbordaba su sonrisa. También miró a Simon, que acariciaba con ternura a los hurones mientras le decía a su hermana que él siempre supo que regresarían a casa con ella.

Colgó el teléfono sin decir nada.

Decidió aceptar la ofrenda de paz de Mara y dejar que fueran el amor y la confianza los valores que prevalecieran sobre el odio y la sospecha. Pensó que quizá, con pequeños gestos como el suyo —el simple hecho de interrumpir una llamada cargada de resentimiento— podría ir reduciéndose poco a poco el dolor en el mundo.

Grace dejó el móvil en la encimera, junto a la fotografía en la que ella y Frank rebobinaban un casete con un bolígrafo, imagen que Simon todavía usaba para hablar con su padre. Después Grace se sentó junto a sus niños, permitiéndoles a los hurones que escalaran también por su cuerpo, nunca antes había dejado que lo hicieran. De alguna manera, la aparición de esos animales acababa de restaurar su fe en el futuro, porque se dio cuenta de que si Hope y Joy podían volver, también podrían volver a ella tantas y tantas cosas que perdió en la montaña.